भारत

इतिहास, संस्कृति और धर्म

भारत

इतिहास, संस्कृति और धर्म

अश्विनीकुमार दुबे

Sarvatra
An imprint of Manjul Publishing House

Sarvatra
An imprint of Manjul Publishing House

◆ द्वितीय तल, उषा प्रीत कॉम्प्लेक्स,
42 मालवीय नगर, भोपाल-462 003
◆ सी-16, सेक्टर 3, नोएडा, उत्तर प्रदेश, 201301
वेबसाइट : www.manjulindia.com

यह संस्करण 2023 में पहली बार प्रकाशित

ISBN 978-93-5543-248-3

अश्विनीकुमार दुबे इस पुस्तक के
लेखक होने की नैतिक ज़िम्मेदारी वहन करते हैं

मुद्रण व जिल्दसाज़ी : रेप्रो इंडिया लिमिटेड

हम कौन थे, क्या हो गए, क्या होंगे अभी
आओ मिल विचार करें, इन समस्याओं पर सभी

(भारत-भारती)

प्राक्कथन

हम कौन थे, क्या हो गए, क्या होंगे अभी आओ मिल विचार करें, इन समस्याओं पर सभी 'भारत भारती' की ये पंक्तियाँ इस किताब की प्रेरणास्त्रोत हैं। मैं विज्ञान का विद्यार्थी रहा। मैंने कभी इतिहास, भूगोल, संस्कृति और धर्म की अकादमिक शिक्षा प्राप्त नहीं की। साहित्य में रुचि है इसलिए इन विषयों को साहित्य के रूप में पढ़ा। मेरे अधिकांश मित्र वे हैं, जो विज्ञान की पढ़ाई करके नौकरी में आए। मेरा उनके परिवार में उठना-बैठना है। मेरे और उनके बच्चे इंजीनियरिंग, मेडिकल, एम.बी.ए. और सी.ए. आदि की पढ़ाई कर रहे हैं। इस प्रकार मेरे मित्र और बच्चे, जिनसे मेरी बातचीत होती रहती है, वे भारत के इतिहास, संस्कृति और धर्म के विषय में उतना ही जानते हैं, जो पत्र-पत्रिकाओं में प्रायः छपता रहता है। अतः इस देश में मेरी पीढ़ी के बहुत लोग और नई पीढ़ी के युवा, इन विषयों से अनजान से हैं। किसी हद तक उन्हें गलत जानकारी है, जिसके कई कारण हैं। मेरी इच्छा हुई कि मैं अपने मित्रों, परिचितों, पाठकों और देश की युवा पीढ़ी के लिए एक ऐसी किताब लिखूँ जिसमें भारत के इतिहास, संस्कृति और धर्म पर वैज्ञानिक ढंग से विचार किया गया हो। हमारे यहाँ इन विषयों को देखने की दो दृष्टियाँ हैं; एक तथाकथित मार्क्सवादी दृष्टि, जिसमें विषयों का उनकी तरह से विश्लेषण है। दूसरी है, इसके विपरीत दृष्टि, जिसमें अनावश्यक रूप से विषयों को गौरवशाली बताने की प्रथा है। एक संतुलित, विचारपूर्ण और वैज्ञानिक दृष्टि से इन विषयों को व्यक्त करने की कोशिश नहीं की गई। अपने सीमित अध्ययन-मनन के उपरांत मैंने इस पुस्तक में वैज्ञानिक दृष्टि से विषयों पर विचार किया है।

पुस्तक में कई जगह आपको पुनरुक्ति दोष मिलेगा। एक पाठक की तरह पढ़ते हुए मुझे यह दोष मिला है। मैं चाहता तो इस दोष को दूर कर

सकता था। टाइप होने के पश्चात् मैंने कई-कई बार पांडुलिपि को पढ़ा है। निश्चित रूप से कई जगह बातों का दुहराव है। जब मैं नए विषयों पर बात कर रहा हूँ तो उसे स्पष्ट करने के लिए मुझे पूर्व वर्णित संदर्भ दोहराने पड़े। ऐसा कई बार कई विषयों के साथ हुआ है। बिना संदर्भ दिए शायद वह विषय पूरी तरह स्पष्ट नहीं हो पाता। मुझे ऐसा लगा कि ऐसा करने से विषय-वर्णन ज्यादा प्रभावशाली बन पड़ा है। आप पढ़कर ही मेरी बात से सहमत हो पाएँगे। यदि सहमत न हो पाएँ तो मैं निवेदन करना चाहूँगा कि जानबूझकर की गई मेरी इस गलती को नजरअंदाज करने की कृपा करेंगे।

मैंने अपने परिचितों में सैकड़ों लोगों से इन विषयों पर संवाद किया है। बड़े राजनेता, अफसर, पत्रकार, कलाकार और विद्यार्थी इन विषयों पर अपनी अलग-अलग राय रखते हैं। उनके अभिमतों को उन्हीं दो दृष्टियों से, जिनका जिक्र मैंने ऊपर किया, वर्गीकृत किया जा सकता है। अपने-अपने विश्वासों के प्रति लोगों के जबर्दस्त पूर्वाग्रह हैं। वैज्ञानिक दृष्टि, जिसका हम बहुत ढिंढोरा पीटते हैं, उस दृष्टि से इन विषयों पर सोचने का प्रयास क्यों नहीं किया जाता? मेरा अपना कोई पूर्वाग्रह नहीं है। मैं एक विश्लेषक हूँ। जो तथ्य मुझे जैसे दिखाई दिए, मैंने उन्हें ज्यों-का-त्यों प्रस्तुत किया है। मैं एक बहुत बड़े वर्ग को भारत के इतिहास, संस्कृति और धर्म के वैज्ञानिक पक्ष से परिचित कराना चाहता हूँ।

मेरे सामने सबसे बड़ी समस्या यह थी कि अपने विषयों की शुरुआत कहाँ से करूँ? मैंने तीनों विषयों पर पाषाण युग से विचार करना प्रारंभ किया है। उस समय से लेकर वर्तमान इक्कीसवीं सदी तक, हमारा क्रमिक विकास कैसे हुआ? इतिहास के विषय में तो कई इतिहासवेत्ताओं ने विस्तार से लिखा है। संस्कृति और धर्म के क्षेत्र में विकासक्रम के अनुसार कम लिखा गया है। मुझे तीनों विषयों को वैज्ञानिक ढंग विश्लेषित करना था, वही मैंने इस पुस्तक में किया है।

मैं जब अपने मित्रों से इस पुस्तक की योजना के विषय में बातचीत कर रहा था, तब सभी मित्रों ने कहा कि आपकी यह पुस्तक पाँच सौ पेजों से क्या कम बनेगी! मुझे भी शुरू में ऐसा लगा था। बहुत मोटी किताबें लिखने में मेरा विश्वास नहीं है। मैं संक्षेप में अपनी बात लोगों को बता देना चाहता हूँ। इस किताब का विषय ही ऐसा है कि किताब का मोटा होते चला

जाना स्वाभाविक था। मैंने दृढ़ संकल्प के साथ लगभग डेढ़ सौ पेजों के अंदर सामग्री समेटने का लक्ष्य निर्धारित किया और उसमें मुझे सफलता मिली।

भारत में रहने वाले हर नागरिक को अपने देश के इतिहास, संस्कृति और धर्म के विषय में जानना चाहिए। विश्वविद्यालयों में इन विषयों को बहुत विस्तार से पढ़ाया जाता है। अन्य विषयों को लेकर अपनी शिक्षा पूरी करने वाले इन विषयों से कैसे परिचित होंगे? इस प्रश्न को ध्यान में रखकर ही इस पुस्तक की रचना संभव हो सकी। इस प्रकार यह एक परिचयात्मक किताब है। इसमें विषय के विस्तार से यथासंभव बचने का प्रयास किया गया है। सामान्य परिचय के लिए जितनी जानकारी की जरूरत है, उतनी ही इसमें रखी गई है।

मुख्य बात मैं पुनः कहना चाहूँगा कि मेरी पूरी शिक्षा विज्ञान विषयों के साथ हुई है। साहित्य में बचपन से ही गहरी दिलचस्पी है। मैंने अब तक व्यंग्य, कहानियाँ, उपन्यास और संस्मरण आदि लिखे हैं। इतिहास, संस्कृति और धर्म पर लिखने का यह मेरा पहला अवसर है। मेरा भरोसा किसी भी विषय के क्रमबद्ध अध्ययन पर है और यही वैज्ञानिक दृष्टि है। कहीं भी इस किताब में मैंने दृष्टि का दामन नहीं छोड़ा है। तर्क और विश्लेषण के साथ ही मैंने विषय का विवेचन किया है।

मेरा उद्देश्य है कि लोग भारत के इतिहास, संस्कृति और धर्म के विषय में सामान्य जानकारी रखें, जो रूढ़ियों से मुक्त हो। जो जैसा है, उसे उसी रूप में जानना चाहिए, बिना किसी पूर्वाग्रह के। यदि आपको मेरी ईमानदारी पर भरोसा है तो आप इस किताब को जरूर पढ़िए। मुझे विश्वास है कि आप निराश नहीं होंगे।

—अश्विनीकुमार दुबे

अनुक्रम

इतिहास

भारत के विषय में जानने के लिए सबसे पहले हमें इसके अतीत में जाना होगा। यह बात आज सर्वमान्य है कि दुनिया में सबसे पहले मानव सभ्यता इसी भू-भाग में पाई गई। इस भू-भाग की पहचान दुनिया में सबसे ऊँची पर्वत चोटी एवरेस्ट से है, यह हिमालय नामक पर्वत माला की सर्वाधिक प्रसिद्ध चोटी है। उत्तर से पूर्व की ओर यह पर्वत माला फैली हुई है। पूरब के नीचे बंगाल की खाड़ी। दक्षिण में हिंद महासागर एवं पश्चिम की ओर अरब सागर फैला हुआ है। सिर्फ उत्तर से पश्चिम की ओर खुला क्षेत्र है। इस प्रकार इस धरती पर एक भू-भाग ऐसा है, जिसके उत्तर में संसार की सबसे ऊँची पर्वत चोटी, तीन ओर सागर से घिरा हुआ और उत्तर से पश्चिम की ओर खुला क्षेत्र, जहाँ एक बड़ी नदी बहती है, जिसे सिंधु नदी नाम से जाना जाता है। इस नदी को इस क्षेत्र की सीमा रेखा के रूप में माना जा सकता है। इस प्रकार सिंधु नदी, हिमालय और सागरों से घिरे हुए भू-भाग में सबसे पहले मानव सभ्यता के प्रमाण मिलते हैं। यह समय ईसा से चार सहस्त्राब्दी पूर्व का है।

पाषाण युग से शुरू करें तो जिस समय शेष दुनिया में मनुष्य बंदरों की तरह रह रहा था उस समय इस भू-भाग का आदमी पत्थरों के औजार इस्तेमाल करने लगा था। विशाल नदियों, घने जंगलों और पर्वतों से आच्छादित यह क्षेत्र मानव जीवन के लिए अनुकूल परिस्थितियाँ निर्मित करता था इसलिए इस भू-भाग से मानव सभ्यता के विकास चरण बढ़ते हुए दिखाई देते हैं। उस समय के लोगों का मुख्य उद्यम शिकार और खाद्य वनस्पतियों का संग्रहण था। लोग समूह बनाकर रहने लगे थे। नुकीले पत्थरों से औजार बनाए जाते। पशु-पक्षियों का शिकार किया जाता। पत्थरों को रगड़कर अग्नि पैदा करने की कला मनुष्य ने उसी काल में सीखी। मांस को अग्नि में भूंजकर खाने का हुनर भी आदमी जान चुका था। विभिन्न प्रकार की वनस्पतियाँ; जिनमें फलों-फूलों को खाद्य सामग्री के रूप में इस्तेमाल करना आदमी सीख रहा था। इस प्रकार मानव जीवनयापन के अवशेष इस भू-भाग में बहुतायत से पाए गए हैं।

सबसे पहले दक्षिणी क्षेत्र में उस काल के उपकरण पाए गए, जिन्हें अब मद्रास कुठारों के नाम से जाना जाता है। उत्तरी भागों में भी इस प्रकार के पत्थरों से बने हुए उपकरण मिले, जिन्हें सोहन उपकरण कहा गया। उत्तर भारत के पहाड़ों और नदियों के पास गुफाओं एवं दक्कन के पर्वतीय क्षेत्र और नदी घाटी क्षेत्र में इस प्रकार के उपकरण पाए गए। आसपास उपलब्ध पत्थरों और चट्टानों को देखकर यह अनुमान लगाया गया कि यहाँ रहने वाले मनुष्यों ने इन्हीं पत्थरों से ये औजार बनाए। इस प्रकार उत्तर भारत में पाए जाने वाले औजार अलग एवं दक्कन की गुफाओं में पाए जाने वाले औजार भिन्न हैं। नदियों, पहाड़ों और घने जंगलों के कारण यहाँ की जलवायु जीवन के लिए अनुकूल है इसलिए पुराने मनुष्य ने इन्हीं नदियों के आसपास रहना उचित समझा होगा। दक्षिण में तिन्नैवली के निकट और पूर्व में वीरभानपुर क्षेत्र में पाषाणकालीन बस्तियाँ होने के प्रमाण मिले हैं। इसी प्रकार गुजरात में लंगनाज, उत्तर तथा सिंध क्षेत्रों में पाषाणकालीन अवशेष प्राप्त हुए हैं। कई क्षेत्रों में हिरणों, बारहसिंघों, जंगली सूअरों और बैलों की हड्डियाँ भी मिली हैं। इस प्रकार उस समय दो प्रकार से जीवनयापन करने के उदाहरण मिलते हैं। पहला तो शिकार आधारित जीवनयापन, जिसमें पशुओं के शिकार और मछली पकड़कर उन्हें खाने की बात सामने आती है। दूसरा वनस्पति आधारित जीवनयापन। मनुष्य ने प्रारंभ में ही जीवनोपयोगी वनस्पतियों की पहचान कर ली थी। इनमें जंगली वृक्षों से प्राप्त फल और उपयोगी घास, पत्तियाँ आदि का भोजन के रूप में उपयोग होने लगा था। आगे चलकर इसी आधार पर कृषि कार्यों की खोज की गई, जिनमें उपयोगी वृक्ष लगाना, पौधे एवं जंगली घास आदि उगाना शामिल है। धीरे-धीरे पशुपालन एवं कृषि उपज की पद्धतियाँ उस युग में आदमी ने सीखना प्रारंभ कर दी थीं।

अभी भी शेष दुनिया में मानव सभ्यता का विकास इस तरह नहीं हो पाया था। धरती के शेष भाग में जब मनुष्य अपने आदिम युग से बाहर निकलने की कोशिश कर रहा था, तब इस भू-भाग में सिंधु घाटी की सभ्यता अपने पाँव पसारने लगी थी। यह समय ईसा से 4000 वर्ष पूर्व से 2010 पूर्व तक का है। इस काल में आते-आते मनुष्य गुफाएँ छोड़कर कच्ची ईंटों के बने हुए घरों में रहने लगा था। समूह में रहने की आवश्यकता के विस्तार ने बस्तियों और व्यवस्थित नगरों का रूप ले लिया था। जब मानव बस्तियाँ बनीं, नगर निर्मित हुए, तब मार्गों के निर्माण के विषय में भी सोचा गया।

घरों में जल संग्रहण और उसके निस्तार पर विशेष रूप से विचार किया गया। लगभग हर घर में कुएँ के निर्माण पर विशेष बल दिया गया। सार्वजनिक कुएँ भी बनाए गए। घरों में पानी के निस्तार के लिए लोग बहुत सतर्क थे। स्नानागार बनाए गए और जल निकासी की समुचित व्यवस्था की गई। इस सभ्यता के अंतर्गत छोटी बस्तियाँ और बड़े नगरों का अस्तित्व प्रमाण में आया है। छोटी-छोटी बस्तियों के भग्नावशेष कई जगह मिले हैं। इसके अतिरिक्त कई बड़े नगरों के होने

संबंधी अवशेष भी मिलते हैं। इनमें हड़प्पा और मोहनजोदड़ो सबसे बड़े शहर चिह्नित किए गए हैं। मोहनजोदड़ो का क्षेत्रफल ढाई से तीन वर्ग किलोमीटर था और एक अनुमान के अनुसार यहाँ की आबादी पैंतीस हजार से लेकर एक लाख के बीच मानी जाती है। शहरों को सुव्यवस्थित ढंग से बसाया गया था। शहर के मध्य में दुर्ग, गढ़ी अथवा कोट थे, सामान्य से अपेक्षाकृत बड़ी इमारतें थीं, जिनमें शहर के विशिष्ट लोग और अधिकारी रहा करते थे। इसके चारों ओर छोटे-बड़े सब प्रकार के घरों के होने के प्रमाण हैं। कुछ मकान तीन मंजिल तक के हुआ करते थे, जिनका अनुमान सीढ़ियों को गिनकर लगाया गया है। पूरे शहर में बड़े (दस मीटर चौड़ाई तक) और छोटे रास्तों का जाल बिछा हुआ था। सभी रास्ते एक-दूसरे को समकोण पर काटते थे। हड़प्पा में एक बड़ा-सा शोभा यात्रा पथ मिला है, जिसमें विशेष अवसरों पर जुलूस आदि निकलते रहे होंगे अथवा सैनिकों के आवागमन के लिए इस पथ का इस्तेमाल किया जाता रहा होगा। मोहनजोदड़ो में एक कोट के भीतर बड़ा सा तालाब मिला है, जिसका क्षेत्रफल 85 वर्गमीटर एवं गहराई 2.5 मीटर तक पाई गई है। तालाब के पास ही मोटे खंभों पर टिके हुए एक बड़े सभागार का होना पाया गया, जिसे कुछ विद्वान् स्थानीय बाजार भी मानते हैं। अब तो सिर्फ खंभों के अवशेष दिखाई देते हैं। कोट और छोटे-बड़े घरों के अलावा इन नगरों में अन्नागार भी मिले हैं। यहाँ अन्न का संग्रहण कर उसे सुरक्षित रखा जाता था। यहाँ फर्श की खुदाई में गेहूँ और जौ की वालियाँ पाई गई हैं।

सिंधु घाटी सभ्यता का मनुष्य पशुपालन और कृषि कार्यों में भलीभाँति दिलचस्पी लेने लगा था। गाय, बैल, भेड़, बकरी जैसे पशुओं को पालने और उनके उपयोग की विधि इस समय का मनुष्य अच्छी तरह जान चुका था। इसी प्रकार कृषि कार्यों से गेहूँ, जौ और तिल का उत्पादन उस काल में होने लगा

था। चावल के दाने तो कहीं खुदाई में नहीं मिले परंतु सौराष्ट्र में एक जगह खुदाई में धान की भूसी पाई गई है। इस प्रकार हम कह सकते हैं कि उस समय धान की खेती होती थी परंतु बहुत कम। कहीं-कहीं पर। इसी प्रकार एक जगह खुदाई में सूती कपड़ा भी मिला है, जिससे उस समय कपास की खेती के भी संकेत मिलते हैं। अन्न को संग्रहीत करने की प्रथा थी, जिसके लिए बड़े अन्नागार बनाए गए थे। लोहे का उपयोग छोड़कर सोना, चाँदी, ताँबा और काँसा जैसी धातुओं का इस्तेमाल करना उस समय के आदमी ने जान लिया था। औजार एवं बर्तन आदि बनाने का काम होने लगा था। कताई, बुनाई और हड्डियों को तराशकर उपयोगी शिल्प बनाने का प्रचलन उस समय हो चुका था।

सिंधु घाटी सभ्यता में आंतरिक एवं विदेशी व्यापार के प्रमाण मिलते हैं। मोहनजोदड़ो में खुदाई के दौरान एक दो पहियेदार गाड़ी का प्ररूप मिला है, जिससे यह सिद्ध होता है कि आंतरिक आवागमन एवं वस्तुएँ लाने-ले जाने के लिए इस प्रकार की गाड़ियों का चलन उस समय हो गया था। विदेशी व्यापार के लिए स्थल एवं समुद्री मार्ग का उपयोग होता था। लोथल यहाँ खुदाई के निदेशक राव के अनुसार, यहाँ का गोदीवाड़ा दुनिया में प्राचीनतम है, जहाँ से जहाज माल भरकर अरबसागर होते हुए फारस की खाड़ी तक जाते रहे होंगे। यह गुजरात में है। सुत्काडोर जॉर्ज डेल्स को यहाँ बंदरगाह के अवशेष मिले हैं। उनका कहना है कि यह पहले समुद्र के अधिक निकट रहा होगा। फारस और बेबीलोनिया के व्यापारिक मार्गों में यह महत्त्वपूर्ण रहा होगा। मोहनजोदड़ो एवं हड़प्पा में खुदाई के दौरान प्राप्त कुछ मुद्राओं में जहाज के रूप अंकित हैं। यह प्रमाणित हो चुका है कि सिंधु घाटी एवं सुमेर के बीच व्यापारिक संबंध थे, जो समुद्री मार्ग द्वारा स्थापित किए गए थे। इस काल के लोग व्यापार के महत्त्व को समझ गए थे। आंतरिक क्षेत्रों के अलावा बाहर के क्षेत्रों में मिस्र, सुमेर और सीरिया से इनके व्यापारिक संबंध स्थापित हो चुके थे। इसी प्रकार हड़प्पा नगरों और मैसोपोटामिया के बीच व्यापारिक

संबंधों के भी प्रमाण मिलते हैं। अतः हम कह सकते हैं कि सिंधु घाटी सभ्यता में पशुपालन, कृषि उत्पादन, शिल्पकारी, नगर निर्माण और व्यापार का चलन भलीभाँति हो चुका था। खुदाई के दौरान प्राप्त मुद्राओं में बाघ, बैल, हिरन और पक्षियों के चित्र मिलते हैं। एक मुद्रा पर योगासन में बैठे हुए किसी त्रिमुखी देवता की आकृति भी मिली है, जिसे शिव के एक रूप

पशुपतिनाथ से जोड़ा जाता है। बहरहाल उस समय जल, वायु, अग्नि और वृक्षों को देवस्वरूप मानने की प्रथा चल निकली थी। कुछ मुद्राओं पर स्त्रियों को चित्रित करती हुई आकृतियाँ मिली हैं, जिससे मातृ शक्ति महत्त्व के प्रतिपादन का पता चलता है। उत्खनन के दौरान अब तक दो हजार से ज्यादा मुद्राएँ खोजी जा चुकी हैं, इनमें अधिकांश मुद्राएँ लेखयुक्त भी हैं परंतु अभी तक वह लिपि पढ़ी नहीं जा सकी। यह आज भी खोज का विषय है कि उस काल के लोग कौन सी भाषा बोलते थे? उस समय का कोई भी लिखित ग्रंथ प्राप्त नहीं है। कंप्यूटर पर विश्लेषण करने के पश्चात् अब यह माना जाता है कि आद्य द्रविड़ समूह की कोई भाषा उस समय चलन में थी। उस काल की कुछ मुद्राओं में ढोल बजाते हुए लोग चित्रित हैं एवं कुछ मुद्राओं में स्त्री आकृति के साथ नृत्य की विभिन्न भंगिमाएँ भी देखने को मिलती हैं। खुदाई में एक छोटी सी मूर्ति किसी नर्तकी की भी प्राप्त हुई है, जिससे पता चलता है कि उस काल के लोग नृत्य और संगीत से परिचित थे।

सिंधु घाटी सभ्यता में मुख्य रूप से दो बड़े नगरों का उल्लेख मिलता है, एक हड़प्पा और दूसरा मोहनजोदड़ो। इसके अलावा दूर-दूर तक छोटी-बड़ी बस्तियाँ होने के प्रमाण हैं। इस प्रकार हम कह सकते हैं कि ये दो बड़े नगर उस सभ्यता में

राजधानी होने की हैसियत रखते थे। दोनों नगरों के मध्य में दुर्ग और कोट निर्मित थे, जो विशिष्ट जनों यथा प्रशासनिक लोगों के निवास स्थल रहे होंगे। नगर के भवनों को भी हम दो श्रेणियों में विभक्त कर सकते हैं। बड़े और बहुमंजिली घर, संपन्न लोगों के निवास स्थल रहे होंगे और छोटे एवं साधारण घर आमजनों के निवास स्थल रहे होंगे। इसी प्रकार संपन्न घरों के मृत शरीरों को उनके आभूषणों के साथ दफना दिया जाता था और साधारण जन के मृत शरीरों को यों ही दफना दिया जाता था। इस प्रकार तत्कालीन समाज में संपन्न और साधारण जन जैसे दो वर्ग स्पष्ट दिखाई देते हैं। उस समय राजनीतिक सत्ता का कोई स्पष्ट स्वरूप नहीं था परंतु ऐसा लगता है कि तत्कालीन समाज अत्यंत उदार एवं सहिष्णु रहा होगा। वर्चस्व की कोई प्रतिस्पर्धा नहीं थी।

तीन तरफ से सागरों द्वारा घिरे हुए इस भू-भाग में सिंधु घाटी सभ्यता के अवशेष कई जगह मिलते हैं। हड़प्पा और मोहनजोदड़ो नामक नगर उस सभ्यता के केंद्र में थे। इसके अलावा कई छोटी-बड़ी बस्तियों के अवशेष पूरे

क्षेत्र में कई जगह पाए गए हैं। दक्षिण भारत में तिन्नेवेली और तमिलनाडु प्रदेश में इस प्रकार की सभ्यता विकसित हो चुकी थी। वर्तमान खोजों के अनुसार सिंधु सभ्यता के स्थलों की संख्या 1500 तक पहुँच गई है। उस काल का आदमी नगर बसाकर रहने लगा था। पशुपालन, कृषि, शिल्पकारी और आंतरिक एवं बाह्य व्यापार में वह समाज निपुण था, तब इस पूरे भू-भाग को क्या नाम दिया गया होगा? या नाम देने की आवश्यकता ही महसूस नहीं की गई। कुछ विद्वान् उस काल में इस भू-भाग को सिंधु देश कहते हैं और यहाँ की सभ्यता को सिंधु घाटी सभ्यता के रूप में अभिहित किया जाता है।

सिंधु घाटी सभ्यता का समय ईसा से 4000 वर्ष पूर्व से 2010 ईसा पूर्व तक माना जाता है। उस काल के समस्त यूरोपीय देशों में जैसे जर्मनी, फ्रांस और ब्रिटेन आदि में लोग जंगली अवस्था में रह रहे थे। हाँ, उस काल में चीन में हवां-हो तथा वी-हो की घाटियों में और मिस्र की नील नदी के पास मानव सभ्यता विकसित हो रही थी।

नदियों का कटाव, भयंकर बाढ़ें और भूकंप आदि की घटनाओं के कारण इस सभ्यता का पतन हुआ। एक मत यह भी है कि निकट के कबीलाई हमले और लगातार पड़ने वाले सूखों के कारण इस सभ्यता का पतन हुआ और लोग अन्यत्र जाकर बसने लगे। यह आर्यों के उदय का समय है।

आर्य कौन थे और कहाँ से आए, इस विषय में बहुत अध्ययन किया गया है। पहले यह माना जाता था कि आर्य इस भू-भाग में बाहर से आए और उन्होंने यहाँ की जनजातियों को युद्ध में हराकर एक नई आर्य संस्कृति का विकास किया। नए अध्ययनों से यह स्पष्ट हो गया है कि आर्य कहीं बाहर से नहीं आए वरन् वे यहीं के मूल निवासी थे। इन स्थापनाओं का विश्लेषण करते हुए यह बात सामने आती है कि नष्ट होती हुई सिंधु घाटी सभ्यता के लोग आखिर कहाँ गए? बाढ़ों, भूकंपों, भू-स्खलनों और सूखे के कारण भौतिक रूप से वह सभ्यता नष्ट होने के कगार पर पहुँच गई थी। नगर ध्वस्त हुए। बस्तियाँ नष्ट हुईं। परंतु सामूहिक रूप से मनुष्यों के नष्ट होने के कहीं प्रमाण नहीं मिलते। निश्चित है कि इन लोगों ने अनुकूल जीवन परिस्थितियों की तलाश में वहाँ से विभिन्न क्षेत्रों की ओर पलायन किया।

सिंधु घाटी स्थलों के अलावा अन्य क्षेत्रों में लोग रह रहे थे परंतु वे उतने विकसित न थे और एक तरह से आदिवासी जीवन जी रहे थे, तब

गंगा-जमुना के ऊपरी क्षेत्रों में, पूरे पंजाब में, उत्तर की घाटियों में और पूर्वी राजस्थान में सिंधु घाटी सभ्यता से उजड़े हुए लोगों का आगमन हुआ। स्वाभाविक है कि यहाँ रह रही आदिवासी जनजातियों से उनका संघर्ष हुआ। उत्तर-पूर्वी भागों में रहने वाले मुंडा गणों से इनका संघर्ष हुआ और पंजाब क्षेत्र में द्रविड़ गणों से इनका सामना हुआ। क्योंकि ये एक विकसित सभ्यता के मनुष्य थे और इनका संघर्ष आदिवासी जनजातियों से हो रहा था, जिनके लोग किसी भी तरह से संगठित नहीं थे और उनके पास युद्ध के लिए उन्नत हथियार भी नहीं थे। लंबी यात्राओं की आवश्यकता के अनुसार ये बाहर से वहाँ आए हुए लोग घुड़सवारी अच्छी तरह जानते थे और धातु निर्मित हथियारों से भी लैस थे। अतः उनकी जीत सुनिश्चित थी। इस प्रकार मुंडा और द्रविड़ लोगों को पराजित कर उन लोगों ने उस क्षेत्र में अपना आधिपत्य स्थापित किया। वे आर्य कहलाए और उनके द्वारा विकसित संस्कृति को आर्य संस्कृति कहा गया। वस्तुतः आर्य इसी भू-भाग के निवासी थे परंतु वे एक विकसित सभ्यता के नष्ट हो जाने के पश्चात् पलायन कर दूसरे क्षेत्रों में बसने के लिए संघर्ष कर रहे थे, जिसमें वे सफल हुए और एक नई सभ्यता का उदय हुआ, जिसे वैदिक काल कहा जाता है।

वैदिक काल का समय 2500 वर्ष ईसा पूर्व से 1000 ईसा पूर्व तक माना जाता है। यह समय सिंधु घाटी सभ्यता के बाद का समय है। सिंधु घाटी काल में कोई ग्रंथ नहीं मिलता और उस समय प्रचलित भाषा भी अस्पष्ट है। इस बहुत बड़ी कमी को वैदिक कालीन सभ्यता में पूरा किया गया। सबसे पहले इस काल के मानव समाज ने एक व्यवस्थित भाषा विकसित की। वैदिक काल के पहले का कोई ग्रंथ भले ही न मिलता हो परंतु उस समय लिपि प्रचलित थी, जिसके प्रमाण उस काल की मुद्राओं में अंकित हैं। कोई न कोई संपर्क भाषा भी रही होगी, जिसे आद्य द्रविड़ समूह की भाषा का अंग माना जाता है। वैदिक काल के लोगों ने सर्वप्रथम भाषा और लिपि पर जोर दिया। प्रचलित भाषा के शब्द समूहों को परिष्कृत कर नए शब्द समूह रचे गए और उन्हें लिपिबद्ध करने का चलन बढ़ा। इस प्रकार एक संस्कारित और परिष्कृत भाषा का जन्म हुआ, जिसे संस्कृत नाम दिया गया। साथ-साथ इसकी लिपि भी विकसित होती चली गई। इस युग में ग्रंथों के प्रणयन क्षेत्र में जबर्दस्त विकास हुआ। रचनाक्रम के अनुसार इस काल के ग्रंथों का अध्ययन करने के लिए, उन्हें दो भागों में बाँटा गया। पहला संहिता काल के ग्रंथ। दूसरा

उपनिषद्कालीन ग्रंथ। संहिता काल के ग्रंथों के अंतर्गत वेदों को माना जाता है। इस काल में ऋग्वेद, यजुर्वेद, सामवेद और अथर्ववेद की रचना हुई। ऋग्वेद इसमें सबसे प्राचीन ग्रंथ है। इस ग्रंथ में 10 मंडल 1025 सूक्त एवं 10627 मंत्र हैं। ऋग्वेद के इतिहासकार इसे हिंद यूरोपीय भाषा परिवार की अभी तक उपलब्ध रचनाओं में से एक मानते हैं। यह संसार के प्राचीनतम ग्रंथों में है। विश्वविख्यात गायत्री मंत्र (ऋग. 3/62/10) भी इसी में वर्णित है। इस ग्रंथ को इतिहास की दृष्टि से भी अति महत्त्वपूर्ण माना जाता है। इसके पश्चात् ब्राह्मण ग्रंथों जैसे शतपथ ब्राह्मण, ऐतरेय ब्राह्मण, गोपथ आदि ग्रंथों की रचना हुई। ब्राह्मण ग्रंथों का रचनाकाल ईसा से 2000 वर्ष पूर्व का माना गया है। उपनिषद्काल में मुख्य उपनिषदों का रचनाकाल वेदों और ब्राह्मण ग्रंथों के पश्चात् का है। इस समय मुख्यतः ईशोपनिषद् अथवा ईशावास्योपनिषद्, मुण्डक उपनिषद्, कठोपनिषद्, केन उपनिषद्, वृहदारण्यक उपनिषद्, छांदोग्य उपनिषद्, प्रश्न उपनिषद्, श्वेताश्वतर उपनिषद्, तैत्तिरीय उपनिषद् एवं ऐतरेय उपनिषद् लिखे गए। उपनिषदों का रचनाकाल ईसा से 1000 वर्ष पूर्व माना जाता है। इसके पश्चात् शुल्ब सूत्र ग्रंथों की रचना हुई। ये वैदिक ज्यामिति के ग्रंथ हैं। इनमें यज्ञ वेदियों के निर्माण की रचनाधर्मिता है। बोधायन के शुल्ब सूत्र में उस सूत्र का उल्लेख है जिसे पायथागोरस के प्रमेय के नाम से जाना जाता है। इनमें प्रमुख हैं आपस्तम्ब सूत्र, आश्वलायन सूत्र, बोधायन एवं कात्यायन सूत्र। शुल्ब सूत्र का रचनाकाल उपनिषदों के पश्चात् ईसा से 800 वर्ष पूर्व का माना जाता है।

अब तक वैदिक काल में भाषा, व्याकरण, छंदशास्त्र और लिपि का विकास भलीभाँति हो चुका था। नदियों के किनारे-पहाड़ों के आसपास और वनाच्छादित क्षेत्रों में गुरुकुल हुआ करते थे, जो ऋषि-मुनियों के नाम से जाने जाते थे। हर गुरुकुल/आश्रम की अपनी प्रतिष्ठा थी। यहाँ विद्या पिपासु युवक अपने गुरु की सेवा करते हुए विद्याध्यन किया करते थे। संहिता काल में जब वेदों की रचना हो रही थी, तब विभिन्न आश्रमों में रहने वाले गुरु और मेधावी छात्र अपने अनुभव ऋचाओं के रूप में लिख रहे थे। वेदों में बहुत सारी ऋचाएँ स्त्रियों की लिखी हुई भी मिलती हैं। इनमें प्रमुख ऋषिकाएँ हैं; घोषा, उर्वशी, शची, पौलोमी, इंद्राणी, लोपामुद्रा, आत्रेयी, रोमाशा, अपाला, श्रद्धा, कामायनी, जुहू आदि। इस आधार पर हम कह सकते हैं कि उस काल में आश्रमों में रहने वाली स्त्रियाँ यथा ऋषि पत्नियाँ, ऋषि कन्याएँ बहुत

शिक्षित थीं और वे विधिवत् वेद ऋचाएँ रच रही थीं। इस प्रकार वेदों की रचना का दायित्व उस समय के पूरे शैक्षणिक समाज पर है। बहुत सारे लोगों के अलग-अलग अनुभव वेदों में संगृहीत किए गए हैं इसलिए इन्हें किसी एक व्यक्ति की रचना नहीं माना जाता। ये उस समय के समाज के सम्मिलित अनुभव हैं, जिसमें स्त्रियों सहित सब तरह के लोग थे। ऋग्वेद के ऋषि भरद्वाज, वशिष्ठ, विश्वामित्र, वामदेव, अगस्त्य, गृत्समद, दीर्घतमा, मेधातिथि हैं। ऋग्वेद के दसवें मंडल के कुल आठ सूक्त क्षत्रिय ऋषियों द्वारा रचे गए हैं। नौवें-दसवें मंडल के कुछ सक्त ऋषि भलंदन के पुत्र भालनंदन द्वारा लिखे गए हैं वे वैश्य थे। दसवें मंडल के ही सूक्त 94 के ऋषि अर्बुद और सूक्त 175 के रचयिता ऋषि उर्ध्वग्रावा शूद्र थे। कालांतर में जब उपनिषद् लिखे गए तब वे व्यक्ति विशेष द्वारा रचे गए इसलिए हर उपनिषद् के साथ उसके प्रणेता ऋषि का नामोल्लेख मिलता है। इस प्रकार उपनिषद् ऋषि-मुनियों की व्यक्तिगत रचनाएँ हैं।

अध्ययन, मनन, चिंतन और लेखन का सिलसिला इस काल में तीव्रता से आगे बढ़ रहा था। आगे के कार्यों को समझने के लिए हम उन्हें पुनः तीन भागों में बाँटते हैं। पहला : रामायण और महाभारत काल, दूसरा : बौद्ध एवं जैन ग्रंथों का काल और तीसरा पौराणिक काल। रामायण और महाभारत का काल ईसा से 1600 से 600 वर्ष पूर्व तक का माना जाता है। इस काल की सबसे महत्त्वपूर्ण रचना महर्षि वाल्मीकि[1] कृत 'रामायण' है। महर्षि वाल्मीकि जी को आदि कवि भी कहा जाता है। प्रचलित कथा है कि वाल्मीकि जी पहले डाकू थे। वे लोगों को धन के लिए लूटते और उनकी निर्दयतापूर्वक हत्याएँ

---

1. महर्षि वाल्मीकि द्वारा रचित रामायण, लगभग 24000 श्लोकों का महाकाव्य है जिसका यह विस्तरित रूप एक से अधिक कवियों द्वारा सिरजा गया। ये सभी प्राचेतस वाल्मीकि के नाम से प्रसिद्ध हैं। आदि वाल्मीकि त्रोता युग में राम के समकालीन थे। इन्होंने 1200 श्लोकों में रामकथा की रचना की। इसका विस्तार द्वापर के वाल्मीकि ने 12000 श्लोकों में किया। विष्णुपुराण में इन वाल्मीकि का उल्लेख है। फिर कलयुग में रत्नाकर डाकू से महाकवि बने वाल्मीकि ने 24000 श्लोकों में इसका विस्तार किया। इस रामकथा का प्रचलित नाम रामायण है जिसका अर्थ है 'राम नामक नक्षत्रा का अयनवृत्त'। इस रूप में यह सूर्यगाथा का नाक्षत्रिक महाकाव्य माना जाता है जिसमें सविता उपासना वाले गायत्री मंत्रा के 24 अक्षरों का प्रतिनिधित्व करते हुए 24000 श्लोक हैं। वालमीकि के इस महाकाव्य को लोकमान्यता के अनुसार वेदों का काव्यावतार माना जाता है।

कर देते थे। एक बार कुछ साधुजनों ने उनसे पूछा कि वाल्मीकि जिन लोगों के लिए ये पाप कर्म कर रहे हो, वे तुम्हारे पाप में भागीदार होंगे? वाल्मीकि ने अपने परिवारजनों से यह प्रश्न पूछा। उनसे नकारात्मक उत्तर पाकर वे बहुत निराश हुए और साधु मंडली के साथ चले गए। साधु समागम के पश्चात् उनका हृदय परिवर्तन हुआ और एक दिन प्रेमालाप करते हुए क्रोंच पक्षियों के एक जोड़े का बहेलिये द्वारा वध कर देने से उनके हृदय की करुणा फूट पड़ी और 'रामायण' जैसे महत्त्वपूर्ण काव्य ग्रंथ की रचना हुई। भाषा, शिल्प, छंद विधान और अपनी विशिष्ट शैली में रचित होने के कारण इसके रचयिता महर्षि वाल्मीकि जी को आदि कवि कहा गया। इसके पश्चात् महाभारत की रचना हुई, जिसका रचनाकाल ईसा से 600 वर्ष पूर्व माना जाता है। इस महाग्रंथ की रचना महर्षि वेदव्यास ने की। भगवत गीता जो श्रीकृष्ण उवाच कही जाती है, वह महाभारत का ही एक अंश है। इतना विशाल ग्रंथ किसी सभ्यता में उस समय कहीं नहीं लिखा गया। राजनीति, समाज, परिवार और संबंधों का ऐसा विश्लेषण अन्यत्र दिखाई नहीं देता। कहा जाता है कि उस काल में इस क्षेत्र की समस्त उथल-पुथल का विस्तारपूर्वक वर्णन महाभारत में है। महर्षि पाणिनी के सूत्रों की रचना भी इसी काल में हुई है।

बौद्ध एवं जैन ग्रंथों का काल ईसा 600 वर्ष से 200 वर्ष पूर्व तक माना जाता है। गौतम बुद्ध एवं महावीर ने उस समय इस भू-भाग के मानव समाज को बहुत प्रभावित किया। हालाँकि इनकी विचारधारा की जड़ें हमें वैदिक साहित्य में मिलती हैं इसलिए यह माना जाता है कि बौद्ध एवं जैन ग्रंथों का प्रणयन बुद्ध एवं महावीर के जीवन पूर्व से प्रारंभ हो चुका था और उनके बहुत बाद तक चलता रहा। इन ग्रंथों में धम्म पद, बौद्ध त्रिपिटक, जातक कथाएँ, कंजूर, तंजूर, जैन आगम आदि हैं। जैन ग्रंथों में सूर्य प्रज्ञप्ति एवं दीवसागर सबसे प्राचीन ग्रंथ माने जाते हैं।

पौराणिक काल को समझने के लिए इसे भी दो भागों में बाँटकर समझना होगा। कुछ पुराण उत्तर वैदिक काल में रचे जाने प्रारंभ हो गए थे, इन्हें वेदांग कहा जाता है। इनकी रचना ईसा से 200 वर्ष पूर्व तक होती रही। छांदोग्य उपनिषद् में कुछ प्राचीन पुराणों के प्रसंग मिलते हैं। इसके साथ ही कौटिल्य का अर्थशास्त्र (ईसा से 300 वर्ष पूर्व) एवं 'मनुस्मृति' (ईसा से 200 वर्ष पूर्व) जैसे उल्लेखनीय ग्रंथों की रचना इस काल में हुई। ईसा के समय और उनके पश्चात् जो पुराण लिखे गए उनमें मत्स्य पुराण, मारकण

डेय पुराण, विष्णु पुराण, ब्रह्म पुराण, वायु पुराण, पद्म पुराण आदि आते हैं। इनका समय 200 ईस्वी से 800 ईस्वी तक माना गया है। इस प्रकार वेदों की रचना से लेकर पुराणों की रचना तक का समय हम एक संपूर्ण वैदिक काल के रूप में देख सकते हैं। यह समय इस भू-भाग के इतिहास में अति महत्त्वपूर्ण समय है।

तीन ओर से सागरों द्वारा घिरे हुए क्षेत्र में ईसा से चार सहस्राब्दी पूर्व (सिंधु घाटी सभ्यता के पहले का समय) मानव सभ्यता के अवशेष मिलते हैं। उत्तरी बलूचिस्तान, पश्चिम बंगाल, गुजरात, दक्षिण और पूर्ववर्ती क्षेत्रों में पाषाणकालीन सभ्यता के अवशेष पाए गए हैं। इससे यह सिद्ध होता है कि उस काल में यहाँ मानव जनजीवन अपने विकास के शैशवकाल में था, जबकि शेष दुनिया में जहाँ कहीं भी मानव होने के प्रमाण मिले हैं, वहाँ उसका जीवन पशुवत् था। उस काल में मनुष्य समूह में रहने की प्रारंभिक स्थिति में था। इसलिए हम इस क्षेत्र को उस काल में सिर्फ तीन सागरों से घिरा हुआ भू-भाग ही कहते हैं।

सिंधु घाटी सभ्यता के उदयकाल तक आते-आते आदमी समूह में रहने लगा था। उसने बस्तियाँ बनाई। नगर बसाए। पशुपालन और कृषि कार्यों में दिलचस्पी दिखाई। कोई स्पष्ट भाषा नहीं थी और न ही उन्नत लिपि ही। हालाँकि आंतरिक एवं बाह्य क्षेत्रों में उस समय का समाज व्यापार करने लगा था। व्यापार किसके-किसके बीच हो रहा है? मिश्र, सुमेर और सीरिया से इस क्षेत्र के लोगों के व्यापारिक संबंध थे। तब इस क्षेत्र विशेष को नाम देने की आवश्यकता महसूस हुई होगी। ऐसा अनुमान है कि जब इस क्षेत्र को, जिसमें हड़प्पा, मोहनजोदड़ो एवं अन्य छोटी-बड़ी बस्तियाँ शामिल थीं, सिंधु देश कहा जाता था। इस प्रकार वह सिंधु देश की सभ्यता थी, जिसे सिंधु घाटी की सभ्यता के नाम से सारी दुनिया में जाना जाता है।

वैदिककाल में भाषा, व्याकरण, लिपि आदि का जबर्दस्त विकास हुआ। सिंधु घाटी सभ्यता से जो लोग विस्थापित हुए उनका उत्तर की घाटियों में, पूर्वी राजस्थान, पंजाब एवं गंगा-जमुना के निकटवर्ती क्षेत्रों में रहने वाले आदिवासियों से संघर्ष हुआ, वे आर्य कहलाए। उन्होंने इन क्षेत्रों में जिस सभ्यता का विकास किया वह आर्य सभ्यता अथवा वैदिक सभ्यता कहलाई। इस काल में वेद, उपनिषद् और पुराणों की रचना हुई। इस काल में

आंतरिक एवं बाह्य क्षेत्रों से सघन व्यापारिक संबंध हो गए थे तब निश्चित रूप से तीन ओर से सागरों द्वारा घिरे हुए भू-भाग को कोई नाम देने की आवश्यकता महसूस हुई होगी। 'ऋग्वेद', जो संसार की सबसे पुरानी पुस्तक है, उसमें पृथ्वी के भूगोल विषय पर कई सूक्त मिलते हैं। अथर्ववेद में तो 'पृथ्वी सूक्त' शीर्षक से एक भाग है, जो उस काल के ऋषियों को संसार का सर्वप्रथम भूगोलवेत्ता सिद्ध करता है। इसी प्रकार यजुर्वेद में भी विश्व भूगोल से संबंधित कई सूक्त मिलते हैं। जिस भू-भाग को आर्यों ने अपना निवास बनाया, उसे आर्यावृत्त कहा गया, अर्थात् आर्यों का निवास स्थल ऋग्वेद में आर्यों के निवास स्थल को 'सप्तसिंधु' प्रदेश के नाम से भी अभिहित किया गया है। 'नदी सूक्त' में इस क्षेत्र में बहने वाली नदियों द्वारा इसकी सीमा भी बताई गई है। अतः वेदों की रचना के समय इस भू-भाग का नाम 'सप्तसिंधु' मिलता है। आगे उपनिषदों, पुराणों और मनुस्मृतियों में इस भू-खंड को स्पष्ट रूप से आर्यावृत्त कहा गया है। इस प्रकार हम मानते हैं कि सिंधु देश, सप्तसिंधु देश के पश्चात् इस विशाल भू-भाग को आर्यावृत्त कहा गया। पुराणों में पृथ्वी के भूगोल पर विस्तृत चर्चा की गई। द्वीपों, पर्वतों और नदियों का नामोल्लेख करते हुए इस पर वृहत् जानकारी हमें पौराणिक साहित्य में मिलती है। इसी वर्णन क्रम में हमें 'जंबू द्वीप' का उल्लेख मिलता है। पुराणों में लवण सागर से घिरे हुए क्षेत्र को जंबू द्वीप कहा गया है। अतः स्पष्ट है कि तीन ओर से सागरों द्वारा घिरे हुए इस क्षेत्र का ही नामकरण जंबू द्वीप है। पूरे पौराणिक काल में 'जंबू द्वीप' नाम कई जगह विस्तारपूर्वक मिलता है। इधर उत्तर पौराणिक काल में सेतुबंध ऋषभदेव के पुत्र महाराज भरत के नाम पर एवं शकुंतला-दुष्यंत के वीर बालक भरत के नाम पर इस भू-भाग का नाम 'भारत' रखा गया, ऐसा उल्लेख मिलता है। इस प्रकार पौराणिक काल के साहित्य में इस क्षेत्र का नाम भारत एवं भारतवर्ष कई जगह मिलता है। अब इसकी सीमाओं पर भी विचार कर लिया जाए। तीन ओर से सागर तट तक इसकी सीमाएँ सुनिश्चित हैं। उत्तर से पूर्व की ओर फैली हुई हिमालय की पर्वत मालाएँ इसकी सीमा निर्धारित करती हैं। सिर्फ उत्तर से पश्चिम की ओर खुला क्षेत्र है, जहाँ सिंधु नदी बहती है। इस ओर अफगानिस्तान, तिब्बत और तुर्किस्तान तक भारतीय साम्राज्य होने के प्रमाण मिलते हैं। इस प्रकार उत्तर से पश्चिम की ओर हम अफगानिस्तान तक भारतवर्ष की सीमाएँ मानते हैं। ईसा के 200 वर्ष बाद तक भारतवर्ष एक राष्ट्र के रूप में दिखाई

देता है, जिसकी सीमाएँ भी उस समय बहुत स्पष्ट हो चुकी थीं। उस काल में भारत के लोगों ने ब्रह्मा, सुमात्रा, जावा, बाली, बोर्निया, मलाया, हिंद चीन आदि क्षेत्रों की यात्राएँ की थीं। इन क्षेत्रों के नाम भी एक देश के रूप में भारतीयों ने ही रखे थे। ये सारे नाम संस्कृत भाषा से निकले हैं एवं आज भी इन देशों में उस काल के धार्मिक मंदिर पाए जाते हैं।

सिंधु घाटी सभ्यता काल में शासन प्रणाली के विषय में कोई जानकारी नहीं मिलती परंतु हड़प्पा एवं मोहनजोदड़ो नगरों के मध्य में दुर्ग, कोटे और बड़े भवनों के अवशेष देखकर यह कहा जाता है कि यहाँ नगर के विशिष्टजन रहा करते थे और छोटे घरों में साधारणजन रहते थे। इस प्रकार उस समय के समाज में विशिष्टजन और साधारणजन का स्पष्ट विभाजन दिखाई देता है। वैदिक काल उससे ज्यादा उन्नत सभ्यता है। इस काल में शिक्षा, समाज और राजनीति पर गंभीरतापूर्वक विचार किया गया। लोग समूह में रह रहे थे। बस्तियाँ और नगर बस रहे थे। ऐसे समय में समुचित व्यवस्था और उसे सफलतापूर्वक संचालित करने की आवश्यकता महसूस हुई। इस प्रकार राज सत्तात्मक प्रणाली का जन्म हुआ। उस समय जनता को विश कहा जाता था। प्रारंभ में विश द्वारा अपना मुखिया चुने जाने की प्रथा मान्य हुई। इस प्रकार वैदिक काल के प्रारंभ में विश द्वारा ही अपना राजा चुना जाता था। इसका स्पष्ट उल्लेख ऋग्वेद और अथर्ववेद में मिलता है। ऋग्वेद में विश द्वारा राजाओं के चयन की ऋचाएँ हैं। अथर्ववेद की एक प्रमुख ऋचा का अर्थ है "हे राजन्, जनता ने तुझे शासन करने के लिए निर्वाचित किया है।" वेदों में इसका स्पष्ट उल्लेख मिलता है कि राजा के चुनाव के लिए समय-समय पर सभाएँ की जाती थीं, जिसमें जनता अपना मुखिया (राजा) चुनती थी। राजा का प्रमुख काम समाज में व्यवस्था बनाए रखना एवं अपने प्रजाजनों की रक्षा करना हुआ करता था। जिन सभाओं में राजा का चयन होता था, उन्हें गण सभाएँ कहा जाता था। धीरे-धीरे इन सभाओं में आम गणों की भूमिका कम होती गई और विशेष समितियाँ उभरकर आईं, जो राजा की नियुक्ति को प्रभावित करती थीं। धीरे-धीरे इन सभाओं का रूप अभिजात सभाओं में परिवर्तित होता गया, जिनमें विशेषतः राजपरिवार के सदस्य, राजा के पसंदीदा अभिजात गण ही सम्मिलित होकर राजा का चुनाव कर लिया करते थे। कालांतर में इन सभाओं का स्वरूप बैठक के रूप में परिवर्तित हो गया। इन बैठकों में आमोद-प्रमोद और मनोरंजन के साधनों का यथा नृत्य, संगीत

और खेलों का प्रदर्शन होने लगा था। राजा के चुनाव को सही और उसके कर्तव्यों को यथोचित साबित करते रहने के लिए एक नए वर्ग का उदय हुआ, जिसे पुरोहित कहा गया। पुरोहित राजा और जनता के बीच वह कड़ी हुआ करता था, जो आम जनता में राजा की प्रशस्ति करता था और जन असंतोष की खबरें भी समय-समय पर राजा को दिया करता। राजा के प्रति उसकी निष्ठाएँ असंदिग्ध थीं। पुरोहितों की सक्रियता के चलते अनुष्ठानों, यज्ञों, उत्सवों और राज्याभिषेकों की परंपरा का उदय हुआ। ऐसे अनुष्ठानों और राज्याभिषेकों का विस्तारपूर्वक वर्णन हमें वैदिक साहित्य में मिलता है। इस प्रकार राजा के मुख्य पुरोहित की भूमिका अधिकाधिक महत्त्वपूर्ण होती चली गई और वह राजा का विशेष सलाहकार हो गया। अतः एक पूरा पुरोहित वर्ग उभरकर आया जो राजा के कार्यों में, प्रशासन में अपना पूरा दखल रखता था और जनता में राजा की उदार और प्रजापालक की छवि कायम रखने में महती भूमिका अदा करता था। कुछ ब्राह्मण पुरोहित समय-समय पर राजा को उसका कर्तव्यबोध भी कराते थे। धीरे-धीरे राजा की शक्तियाँ बढ़ती चली गईं और उसका परिवार प्रमुख होता गया, शनैः-शनैः राजा के चयन की प्रक्रिया वंशवाद के नीचे दबकर पूरी तरह खो गई। अब राजा का बेटा ही राजा होगा और कोई नहीं। पुरोहितों ने इस पद्धति को सही ठहराते हुए इसे शास्त्र सम्मत बताया। अब राजा के पास थी असीम शक्ति। यहाँ तक कि पुरोहितों ने उसे ईश्वर का अवतार कहकर खूब प्रचारित किया। राजा की कई रानियाँ। उनसे कई पुत्र। राजा के नाते-रिश्तेदार। सब में राजा के बाद राजा बनने की जबर्दस्त होड़। इस प्रकार राज सत्ताओं के लिए आपसी संघर्ष हुए। छोटी-छोटी बस्तियों के अलग-अलग मुखिया (राजा), वे अपने-अपने क्षेत्र और समुदाय के स्वामी। ज्यादा क्षेत्र पाने और ज्यादा बड़े समुदाय का स्वामी बनने की लालसा ने युद्धों को जन्म दिया। अब हर राजा इस कोशिश में रहता कि उसके पास बड़ा से बड़ा क्षेत्र हो और उसके अधीन अधिक से अधिक जन समुदाय, यहाँ से आपसी युद्धों का एक लंबा सिलसिला शुरू होता है, जो इतिहास में बहुत दूर तक जाता है। देश या एक राष्ट्र की अवधारणा साहित्य में तो आ गई थी परंतु देश की जनता और समूचे भारतवर्ष के छोटे-बड़े राजा इस अवधारणा के महत्त्व से पूरी तरह अपरिचित थे। हर राजा अपने राज्य को ही अपना देश मान बैठा था और उसकी रक्षा के लिए कृतसंकल्प था। आसपास के छोटे-छोटे राज्यों को जीतकर उसने

अपने राज्य में मिला लिया तो अब उस क्षेत्र की रक्षा उसका दायित्व हो गया और उसका क्षेत्र अर्थात् देश अब बड़ा हो गया। इन छोटे राज्यों के जो राजा पराजित हो जाते थे या तो उनकी हत्या कर दी जाती थी या वे विजित राजा की अधीनता स्वीकार कर उसके प्रति समर्पित निष्ठा का वचन देकर अपना जीवन बचाते थे। परंतु उन्हें और उनके नाते-रिश्तेदारों को पराजय का दंश सालता रहता था। यदि राजा की हत्या कर दी गई है तो उसके उत्तराधिकारी समय पाकर विद्रोह कर देते और कभी अपने राज्य को आजाद कर लेते या युद्ध में शहीद हो जाते। मुख्य राजा जिसने क्षमा-याचना कर अपने प्राण बचाए हैं, वह भी अपने राज्य को पुनः पाने के लिए छटपटाता रहता और मौका मिलने पर विद्रोह करने से न चूकता। इस प्रकार सभी राजसत्ताएँ युद्ध या युद्ध की तैयारी में ही व्यस्त रहतीं। आम जनता की खुशहाली, उससे संबंधित योजनाओं के क्रियान्वयन के लिए राजसत्ताओं के पास समय और धन दोनों की कमी बनी रहती। किसान, मजदूर, कामगार, शिल्पकार और व्यवसायी इनके कंधों पर ही राज्य के विकास की जिम्मेदारी रहती। उस काल में जो विकास हुआ, उसमें इन्हीं लोगों का उल्लेखनीय योगदान है।

राजा महल बनवाता, मंदिर बनवाता और कुछ जनहित के लिए निर्माण कार्य भी संपन्न करवाता। महल वह अपनी सुख-सुविधाओं के लिए बनवाता, जिसमें राजा अपनी रानियों, निकट के रिश्तेदारों और सेवकों के साथ रहता था। इसमें सब प्रकार की सुख-सुविधाओं की व्यवस्था की जाती थी। विभिन्न राजाओं में इस बात की प्रतिस्पर्धा रहती कि किसका महल कितना विशाल और अच्छा है। इसके बाद राजा अपने राज्य में मंदिर, मठ और देवालय बनवाता। धारणा यह रहती कि ऐसा करने से देवता प्रसन्न होंगे और राजा का हर तरह से भला होगा। तीसरे चरण में जनता की माँग पर तालाब एवं रास्ते आदि बनवाए जाते। जीवन के अन्य क्षेत्रों में जो विकास होता, वह समाज के लोग अपने स्तर से कर रहे होते। राजा का अधिकांश समय युद्ध और युद्ध की तैयारी में व्यतीत होता। शेष समय वह धार्मिक अनुष्ठान, मनोरंजन और अपने प्रशासनिक कर्मचारियों (जो ज्यादातर उसके चाटुकार होते) से वार्तालाप में व्यतीत करता। कुछ विद्वान् लोग भी होते जो राजा को जन-कल्याण की बातें बताते रहते परंतु उनकी भूमिका ज्यादा महत्त्वपूर्ण न होती।

उस काल के विद्वान्, ऋषि-मुनि जंगलों में अपनी कुटिया बनाकर सृजन कार्य में जुटे रहते। नगरीय क्षेत्रों में उनका बहुत कम आना-जाना हो पाता। इस प्रकार राजा और राज्य की प्रजा पुरोहितों के ज्ञान से संचालित हो रही थीं। धन और प्रतिष्ठा के प्रलोभन से बहुत कम पुरोहित बच पाते। अतः शिक्षा और ज्ञान के जबर्दस्त विकास के बावजूद तत्कालीन समाज और राज्य व्यवस्था में विसंगतियों की कमी नहीं थी।

सिंधु घाटी सभ्यता का समाज दो भागों में विभक्त था विशिष्टजन एवं साधारणजन। वैदिककालीन सभ्यता में जब से राज सत्तात्मक प्रणाली का उदय हुआ तब से विशिष्ट जनों में भी दो भाग हो गए। प्रथम भाग में आने वाले लोग शिक्षा और ज्ञान-विकास के क्षेत्र में काम कर रहे थे। दूसरे भाग के लोग राजसत्ता सँभालते और युद्धों में संलग्न रहते थे। शेष लोग साधारणजन कहलाते थे। आगे चलकर साधारणजनों में भी दो भाग हो गए। एक भाग के लोग व्यापार-व्यवसाय में संलग्न हो गए। दूसरे भाग के लोग शारीरिक श्रम से जुड़े हुए कार्यों को संपादित करने लगे। इस प्रकार सीधे तौर पर वैदिककाल के क्रमिक विकास में समाज चार भागों में बँटा हुआ दिखाई देता है। प्रारंभ में वर्गीकरण की सीमाएँ कठिन नहीं थीं। लोगों के स्वभाव और सामर्थ्य के अनुसार यह वर्गीकरण तत्कालीन समाज में प्रचलित हुआ। कालांतर में यह विभाजन वर्णव्यवस्था में परिवर्तित होता चला गया। इस प्रकार वेदों की रचना के बाद उपनिषद् काल से हमें समाज में चार वर्ण ब्राह्मण, क्षत्रिय, वैश्य और शूद्र स्पष्ट दिखाई देने लगते हैं। पौराणिक काल ने इस व्यवस्था को और दृढ़ किया तथा वर्णों को जन्म से जोड़कर जातिवाद की स्थापना की। जो वर्ण कभी अपने जन्म के समय जिस कर्म से जुड़े हुए थे, वे पौराणिक काल में आते-आते जन्मजात हो गए। यहीं से गोत्रों की शुरुआत हुई। जिस वर्ण की उत्पत्ति जिस ऋषि-मुनि से हुई, उसके नाम से गोत्रों का नामकरण हुआ। अर्थात् समान गोत्र के लोग किसी विशेष ऋषि की संतान माने गए। इसी आधार पर समान गोत्र में विवाह संबंध वर्जित कर दिए गए। महाभारत काल तक आते-आते यह व्यवस्था चरमराने लगी। वर्णों को जाति के रूप में माना जाने लगा था परंतु तमाम विरोधों के बावजूद महाभारत काल में अंतर्जातीय विवाह के उदाहरण मिलते हैं। इस प्रकार हम कह सकते हैं कि जातियों की सीमारेखाएँ तेजी से टूटने लगी थीं। जाति व्यवस्था में गहरी आस्था रखने वाले विद्वानों में तब गहरी बेचैनी व्याप्त हुई। वे किसी भी कीमत पर जातिगत

व्यवस्था टूटने नहीं देना चाहते थे। अंतर्जातीय विवाहों का चलन जब सभी वर्णों (जातियों) में बढ़ने लगा, तब उप-जातियों का जन्म हुआ। अब एक ही वर्ण में कई-कई उप-जातियाँ बना ली गईं। यह शृंखला लगातार बढ़ती गई जिसके दुष्परिणाम हम आज तक भोग रहे हैं।

दुनिया के सभी समाजों में जातिगत व्यवस्था रही है और आज भी कमोबेश है। भारत में पौराणिक काल के दौरान जातिगत व्यवस्था को दृढ़ करने की बहुत कोशिश की गई। इसी दौरान जातियों में विभेद भी बढ़ता चला गया। शुरू में चार वर्ण बने थे जो कर्म आधारित थे। बाद में वे वर्ण जन्माधारित होकर जाति सूचक हो गए। कालांतर में इन्हीं जातियों में से निकलकर उप-जातियाँ बनती चली गईं। ईसा से 200 वर्ष पूर्व 'मनुस्मृति' नामक ग्रंथ लिखा गया, जो एक तरह से जातियों की आचार संहिता है। मनु ने जाति आधारित पूरे समाज का एक नीतिशास्त्र बनाया। इसमें हर वर्ग, जाति और व्यक्ति के कर्तव्यों का विस्तारपूर्वक वर्णन किया गया है। इस ग्रंथ द्वारा टूट रही जाति व्यवस्था को पुनर्स्थापित करने की भरपूर कोशिश की गई। उस समय जाति व्यवस्था पर ज्यादा जोर देने के कारण आदमी आदमी में दूरियाँ बढ़ती चली गईं। साधारणजन में श्रम से जुड़े हुए लोगों की लगातार उपेक्षा हुई यहाँ तक कि हमने उन्हें अस्पृश्यता के घेरे में लाकर पटक दिया, यह उस काल की सभ्यता का सबसे बड़ा दोष है। यहीं आकर भारतीय समाज की जाति व्यवस्था कई तरह के प्रश्नों के सम्मुख निरुत्तर हैं। हालाँकि दुनिया के सभी समाजों में किसी न किसी रूप में जातिभेद के प्रमाण हमें मिलते हैं। पश्चिम में तो वर्गभेद, नस्लभेद और रंगभेद की बातें बहुत पहले से प्रचलित रही हैं।

वर्णों की उत्पत्ति के लिए एक रूपक विशेष रूप से कई संस्कृत ग्रंथों में मिलता है, जिसके अनुसार ब्राह्मण, ब्रह्मपुरुष के मुख से, क्षत्रिय बाँहों से, वैश्य जाँघों से और शूद्र पैरों से उत्पन्न हुए हैं। कालांतर में इस उक्ति पर किसी ने सवाल नहीं उठाए और समाज में वर्णों के सम्मान का यही क्रम बना रहा। ब्राह्मणों को शुरू से श्रेष्ठ माना गया। ये पढ़ने-लिखने का काम करते थे। इन्हीं में से एक पुरोहित वर्ग उभरकर आया, जो राजाओं के कार्य-व्यवहार में सक्रिय भूमिका के साथ साधारण जनों के लिए नीति-नियम निर्धारित करने लगा। प्रायः राजा क्षत्रिय वर्ग से ही हुआ करते थे, जिनके ऊपर राज्य की सुरक्षा का दायित्व होता था। वैश्य प्रायः व्यापारी हुआ करते

थे। समाज में वस्तु-विनिमय के कार्यों द्वारा धनार्जन करना इनका प्रमुख काम हुआ करता था। मुख्य रूप से यही वर्ग राजा को ज्यादा कर प्रदान करता था और राज्य की आर्थिक व्यवस्था की रीढ़ था इसलिए इस वर्ग का भी मान-सम्मान बना रहा। शूद्र पूरी तरह शारीरिक श्रम से जुड़ा हुआ वर्ग था, जिसकी भूमिका अत्यंत महत्त्वपूर्ण होने के बावजूद समाज में उपेक्षित थी। हालाँकि यह तय था कि इनकी सेवाओं के बिना समाज और राज्य का कोई काम नहीं चल सकता था।

यह कहना ठीक नहीं होगा कि वेद सिर्फ ब्राह्मणों द्वारा रचे गए हैं। वेद उस समय के समाज के सम्मिलित अनुभव ग्रंथ हैं, इसलिए उसमें सभी वर्गों, वर्णों के ऋषियों द्वारा कही गई ऋचाएँ सम्मिलित हैं। यद्यपि उस समय वर्ण व्यवस्था अपने शैशवकाल में थी। उपनिषद् काल में तो ब्राह्मणों के अलावा शेष वर्णों वाले ऋषि-मुनि और उनके द्वारा रचित ग्रंथ भी मिलते हैं। पौराणिक काल और उत्तर पौराणिक काल में शनैः-शनैः जाति व्यवस्था कठोर होती गई। तमाम कठोरता के बावजूद इसमें टूट-फूट होती रही। लगातार हो रहे इस विघटन के कारण उप-जातियाँ बनती चली गईं।

वैदिक काल वास्तव में प्रकृति से तादात्म्य का काल है। उस समय के लोगों ने वायु, जल, अग्नि जैसे प्राकृतिक उपादानों की प्रचंड शक्ति को गहराई से महसूस किया। ये शक्तियाँ जहाँ एक ओर मानव जीवन के लिए वरदान थीं वहीं कई मौकों पर अभिशाप भी थीं। इस प्रकार पहली बार मनुष्य ने इनमें देवत्व की कल्पना की। इन्हें प्रसन्न कर इनके अभिशाप से बचने और इनसे उपयोगी वरदान प्राप्त करने की अभिलाषा उसमें जागृत हुई। उसी समय इनके मानव रूप की कल्पना भी की गई और इनके गुणों पर विस्तारपूर्वक लिखा गया। प्रचंड आँधियों और तेज गति वाले तूफानों को देखकर वायु देवता की अवधारणा सामने आई। सागरों की अपार जलराशि, नदियाँ और निश्चित समय पर वर्षा को देखकर जल के देवता वरूण की बात आई, जो ऋतुचक्र का स्वामी कहलाया और समस्त नभ मंडल उसका साम्राज्य हुआ। अग्नि जो सब कुछ जलाकर भस्म कर देती है उसे देखकर अत्यंत शक्ति संपन्न अग्नि देवता की धारणा सामने आई। प्रकृति में जो कुछ भी मनुष्य को शक्तिशाली दिखाई दिया सबको देवरूप में उसने मान्यता दी। इस प्रकार देवताओं की संख्या बढ़ती चली गई। मानव और पशु रूप से आदमी ज्यादा परिचित था अतः इसी रूप में विभिन्न देवी-देवताओं की

कल्पना की गई। अब जिस तरह मानव समाज में एक राजा होता है उसी प्रकार देव समाज का भी कोई राजा होना चाहिए। अतः विभिन्न गुणों से संपन्न, एक सर्वशक्तिशाली राजा इंद्र की अवधारणा सामने आई। वैदिक काल में इंद्र सर्वाधिक बलशाली और पूजनीय देवता हैं। ऋग्वेद में इंद्र के लिए 250 ऋचाएँ हैं। इंद्र को कहीं-कहीं साँड के रूप में और अग्नि को घोड़े के रूप में भी बताया गया है। वेदों में सर्वपालक के रूप में प्रजापति शब्द का प्रयोग हुआ है, जिन्हें आगे चलकर ब्रह्मा कहा गया। वैदिक काल में विष्णु का भी वर्णन मिलता है। ऋग्वेद में विष्णु के विषय में छह ऋचाएँ हैं। वैदिक देवताओं में रुद्र विशेष रूप से महत्त्वपूर्ण हैं। आगे चलकर इन्हें शिव कहा गया। इस प्रकार त्रिदेव अर्थात् ब्रह्मा, विष्णु और महेश उस समय स्थापित हो चुके थे। इन त्रिदेवों के कार्य-व्यवहार का विवरण भी उस समय बहुतायत से मिलता है। सामवेद में विशेष रूप से संगीत का वर्णन है। कथा है कि ब्रह्मा ने सर्वप्रथम संगीत की शिक्षा शिव को दी। शिव ने यह शिक्षा ब्रह्मा की पुत्री सरस्वती को प्रदान की। सरस्वती ने नारद को तत्पश्चात् नारद ने यह विद्या गंधर्वों, किन्नरों और अप्सराओं को सौंपी। इंद्र के दरबार में नर्तकियों और संगीतकारों की उपस्थिति का उल्लेख है। इसी प्रकार अथर्ववेद में विशेषकर चिकित्सा संबंधी जानकारी है। मिट्टी, पानी, आहार और वनस्पतियों द्वारा मानव रोगों के निदान की पद्धति उस समय लोकप्रिय हो चुकी थी। ऋग्वेद में देवताओं के प्रिय पेय 'सोम' की बड़ी महिमा गाई गई है। लगभग 120 ऋचाएँ सोम के विषय में ऋग्वेद में मिलती हैं। सोम के सेवन से आदमी की मनःस्थिति बदल जाती है। तात्कालिक संघर्षों को भूलकर आदमी का मन एक नए स्वप्नलोक में घूमने लगता है, शायद इसी गुण के कारण सोम को इतना महत्त्व दिया गया है। कल्याणकारी देवताओं के अलावा दुष्ट प्रवृत्ति राक्षसों, भूतों और प्रेतात्माओं को उस समय लोग मानते थे और इनसे अपनी रक्षा के लिए कल्याणकारी देवताओं से प्रार्थना किया करते थे। देवताओं को प्रसन्न करने के लिए यज्ञ किए जाते थे। वेदों में यज्ञ-हवन आदि का विस्तार से वर्णन है। इसमें एक हवनकुंड बनाकर अग्नि प्रज्वलित की जाती थी। विशेष वेदी पर कुश बिछाकर देवताओं के लिए स्थान बनाया जाता था। चारों ओर ब्राह्मण, पुरोहित बैठकर अग्नि में सोमरस, दूध और अनाज की आहुति देते थे। यज्ञ में पशुओं की बलि भी दी जाती थी। यज्ञ संपन्न होने के पश्चात् मुख्य पुरोहित का यह दावा रहता था कि जिस देवता का आह्वान किया

गया था, उसने यहाँ सशरीर आकर उससे संवाद किया है और जजमान के कल्याणार्थ आशीर्वाद भी प्रदान किया है। देवता का प्रकट होना यज्ञ संपन्न कराने वाले पुरोहितों को ही भासित होता था और किसी को नहीं। देवताओं को प्रसन्न करने के लिए उनके सम्मान में रची गई वेद ऋचाओं का सस्वर पाठ किया जाता था। आरंभ में आर्यों ने कोई मंदिर नहीं बनाए। कालांतर में यज्ञ शालाएँ और प्रार्थना स्थल बनाए गए। उस समय पूजा, उपासना का मतलब था देवताओं को प्रसन्न करने के लिए वेद ऋचाओं का निरंतर पाठ, अनुष्ठान और यज्ञ। जीवन में संघर्ष बहुत था। प्राकृतिक आपदाएँ होती रहती थीं। इन विपदाओं से जीवन को बचाना था। खेतों में अच्छी फसलें हों। गायें पर्याप्त दूध प्रदान करें यही प्रमुख कामनाएँ रहतीं। अतः जीवन रक्षा और पर्याप्त उत्पादन के लिए देवताओं को प्रसन्न किया जाता था। इसके लिए यज्ञ, अनुष्ठान और बलि की प्रथा खूब प्रचलित थी। इन कर्मकांडों को संपन्न कराने के लिए पुरोहितों की जरूरत होती थी, इसलिए समाज में पुरोहितों का महत्त्व बढ़ गया था। जीवन की साधारण बातों के लिए भी लोग पुरोहितों से सलाह-मशविरा करते और उनके सुझावों पर विश्वासपूर्वक अमल किया करते थे। इस प्रकार जीवन में यज्ञ, अनुष्ठान, बलि और कर्मकांडों का महत्त्व बढ़ता चला गया। आए दिन पुरोहितों द्वारा इस तरह के आयोजन कहीं न कहीं किए जाते थे। समाज में इस प्रकार के कार्यक्रमों की बहुलता हो गई थी। उपनिषद् काल आते-आते इस परंपरा में बहुत परिवर्तन हुए। उपनिषद् के ऋषियों को यज्ञ, अनुष्ठान और बलि आदि के कर्मकांडों में बिलकुल भरोसा नहीं था। उपनिषद् के ऋषि आत्मकेंद्रित थे, वे अपने अनुभव से उपनिषद् सूक्तों की रचना कर रहे थे। उपनिषद् शब्द का अर्थ होता है, समीप बैठना। सबसे पहले तो अपने निकट बैठना अर्थात् अपने मौन में अपने आपको जानना। दूसरा उस व्यक्ति के पास बैठना, उसके चरणों में बैठना जो अपने आपको जान चुका हो। यहीं से धर्म-उपासना आदि के अर्थ बदलते हैं। अब इनका मतलब है, अंतर्जगत के रहस्यों को जानना-समझना। 'अहम् ब्रह्माष्मि' का उद्घोष यहीं से होता है। उपनिषद् का ऋषि हर मनुष्य में छिपे हुए जीवन तत्त्व की खोज करता है, उसे आत्मा नाम से संबोधित करता है। वैदिक ज्ञान ने हमें प्रकृति का सम्मान करना सिखाया। जल, वायु, अग्नि, आकाश और पृथ्वी आदि की शक्ति से परिचित कराया। पेड़-पौधों, नदियों, पर्वतों और वनस्पतियों से प्रेम करना सिखाया। पशु, पक्षियों एवं

विभिन्न प्राणियों की जीवन में सहभागिता से परिचित कराया। हमारी महान् संगीत कला का प्रादुर्भाव वैदिक काल में हुआ। प्रकृति की उपासना और प्रार्थना के महत्त्व को हमने वैदिक काल में ही जाना-समझा। उपनिषद् का ऋषि इस परंपरा को आत्मसात् करते हुए आगे बढ़ता है। वह जीवन के विराट फलक में आत्मा की खोज करता है। यह आत्मा क्या है? उपनिषद् का ऋषि बहुत सहज ढंग से इसका उत्तर देता है वह कारक, जिसके कारण कोई प्राणी जीवित है। इसी बीज वाक्य के साथ उपनिषदों की खोज शुरू होती है। उपनिषदकार शक्ति का केंद्र अपने भीतर मानता है और उसकी खोज करने का आह्वान करता है। पशु-पक्षी, पेड़-पौधे जहाँ कहीं भी वह जीवन पाता है, वहीं उसके भीतर वह शक्ति होने की बात करता है। इस प्रकार देवों की बाह्य उपासना से पृथक् उपनिषद् आत्मकेंद्रित होना सिखाते हैं। पुनर्जन्म की अवधारणा यहीं से विकसित होती है। उपनिषद् मानते हैं कि भीतर जो आत्मशक्ति है, वह अविनाशी है। यह शक्ति ही विभिन्न योनियों में अपने कर्मानुसार विचरती रहती है। शरीर मिट जाते हैं और भीतर की आत्मशक्ति योनि बदलकर नया शरीर धारण कर लेती है। इस प्रकार उपनिषदों ने ही सर्वप्रथम कर्म का सिद्धांत प्रतिपादित किया। अब धर्म का एक मतलब यह भी हो गया सत्कर्मों में संलग्नता, जिससे अगला जन्म उच्चतर योनियों में हो। सामान्यतः उपनिषदों की संख्या 108 है, जिनमें 13 उपनिषद् अति प्राचीन हैं, जिनका रचनाकाल ईसा से 400 वर्ष पूर्व माना जाता है। इनमें वृहदारण्यक और छांदोग्य उपनिषद् मुख्य उपनिषद् माने गए हैं। उत्तर उपनिषदकाल में षट्दर्शन का उल्लेख मिलता है। गौतम : न्याय, कणाद : वैशेषिक, कपिल : सांख्य, पतंजलि : योग, जैमिनी : पूर्व मीमांसा और बादरायण : उत्तर मीमांसा अथवा ब्रह्म मीमांसा, इसे वेदांत दर्शन भी कहते हैं। इसमें पतंजलि का योग दर्शन अद्‌भुत और अनूठा दर्शन है। पतंजलि ने मनुष्य के पूरे व्यक्तित्व को तीन भागों में विभक्त कर उसके समुन्नत विकास की बात कही है। पहला तल है, शरीर। दूसरा तल, मन और तीसरा तल है, आत्मा। शरीर को स्वस्थ और सुंदर रखने के लिए उन्होंने 'हठयोग' की व्यवस्था दी। इसमें शरीर के सभी अंगों को हृष्ट-पुष्ट रखने के लिए विभिन्न आसनों की विधियाँ विस्तार से बताई गई हैं। दूसरा तल है, आदमी का मन। मन में अनियंत्रित विचार हैं, जो आदमी को परेशान करते हैं। मन को नियंत्रित कर शांत करने की विधियाँ उन्होंने प्राणायाम में बताई हैं। आत्मा अंतिम तल है, जिससे समूचा जीवन

संचालित है, इस आत्मशक्ति को परमात्म शक्ति से जोड़ने के लिए उन्होंने ध्यान योग की विधियाँ विकसित कीं। पतंजलि के योग दर्शन को 'अष्टांग योग' भी कहते हैं, जिसमें यम, नियम, आसन, प्राणायाम, प्रत्याहार, धारणा, ध्यान और समाधि का वैज्ञानिक विवेचन किया गया है। पतंजलि अपने योग सूक्तों में बिलकुल गणितीय सूक्तों की तरह मनुष्य के पूरे व्यक्तित्व विकास का तार्किक विवेचन प्रस्तुत करते हैं।

ऐसा नहीं है कि उस काल में भौतिक विकास के विषय में नहीं सोचा गया। उपनिषदकारों में उद्दालक का विशेष रूप से उल्लेख मिलता है कि इन्होंने आत्मा और ब्रह्म चिंतन से पृथक् मनुष्य के भौतिक जीवन का चिंतन किया। उद्दालक प्रकृति को मुख्य रूप से विभूषित करते हैं। वे कहते हैं कि संसार में जो कुछ है, सब भौतिक तत्त्वों की उपज है इसलिए आदमी को इन तत्त्वों के महत्त्व को समझकर इन्हें जीवनोपयोगी बनाना चाहिए। इस परंपरा को आगे बढ़ाया चार्वाक ने। चार्वाक ने अपने दर्शन में मनुष्य के भौतिक विकास को बहुत महत्त्व दिया। उसके सिद्धांतों को लोकायत दर्शन सिद्धांत भी कहा जाता है। यह दर्शन प्रत्यक्षवादी है। चार्वाक कल्पना में भरोसा नहीं करता, वह यथार्थ का पक्षधर है। इस दर्शन को मानने वाले हर बात का प्रमाण माँगते हैं। स्वाभाविक रूप से इस दर्शन में विश्वास करने वालों की संख्या बढ़ने लगी, इससे ब्रह्मवादियों में हलचल हुई और उन्होंने लोकायत संप्रदाय के खिलाफ विद्रोह का रास्ता अपनाया। सबसे पहले इस संप्रदाय का जो भी लिखित साहित्य मिला, उसे नष्ट करने की प्रक्रिया अपनाई गई तत्पश्चात् लोकायत संप्रदाय के लोगों को समाज से बहिष्कृत कर उन्हें परेशान किया गया। फलस्वरूप यह संप्रदाय ज्यादा विकसित नहीं हो पाया और इसका कोई ग्रंथ उपलब्ध नहीं होता। इधर कुछ वर्षों पूर्व इस संप्रदाय के एक विद्वान् जयराशि (आठवीं शताब्दी) का एक ग्रंथ 'तत्त्वोपल्लव' मिला है, जिसमें उस समय के भौतिकवादी चिंतन के सूक्त मिलते हैं।

कृषि, पशुपालन, व्यापार, शिल्प, भवन निर्माण एवं जीवन के अन्य क्षेत्रों में जो विकास हो रहा था, उसे क्रमबद्ध रूप से लिखने की उस समय कोई परंपरा नहीं थी। दरअसल इन भौतिकवादी बातों के विषय में चिंतन करना, उस समय अविद्या माना जाता। इसे ज्ञान मानने को कोई तैयार नहीं था। ज्ञान तो सिर्फ ब्रह्मविद्या को ही माना जाता था। उस समय ब्रह्म चिंतन ही विद्या की परिधि में आता था।

षट्दर्शनों की लोकप्रियता चरम पर थी। सारे विद्वान् ब्रह्मचिंतन की दिशा में सोच रहे थे, इसके कारण जीवन के दूसरे पक्ष लगातार छूटते जा रहे थे लेकिन सोचने-समझने वाले चुप कहाँ बैठते हैं। षट्दर्शनों के विरोध में उस समय के नास्तिक तत्त्वज्ञानियों ने छह नास्तिक दर्शनों की स्थापना की। इस परंपरा में चार्वाक, जैन, वैभाषिक, सौतांगिक, विज्ञानवाद और शून्यवाद नामक दर्शन आते हैं।

ईसा से 1600 वर्ष पूर्व से 600 वर्ष पूर्व तक का समय रामायण और महाभारत काल माना गया है। इसी समय महर्षि पाणिनी के सूक्तों की रचना हुई। यह समय भारत में काव्योत्कर्ष का समय है। रामायण के रचयिता महर्षि वाल्मीकि को तो आदिकवि कहा जाता है और महाभारत जैसा महाकाव्यत्म आख्यान दुनिया में कहीं नहीं है। इस काल के कवि-लेखक अपनी भौगोलिक सीमाओं के प्रति काफी सचेत दिखाई देते हैं। रामायण के स्कंध 4 के अध्याय 40, 41, 42 एवं 43 में देश की भौगोलिक सीमाओं का विस्तारपूर्वक वर्णन किया गया है। महाभारत में तो यह वर्णन इतना विस्तृत है कि इसके एक खंड का नाम ही 'भूमि पर्व' दिया हुआ है।

लगभग यही समय (ईसा से 600 वर्ष पूर्व से 200 वर्ष पूर्व तक) जैन और बौद्ध विचारधाराओं के उदय का समय है। महात्मा बुद्ध और महावीर स्वामी (ईसा से लगभग 600 वर्ष पूर्व) के समय से ईसा के समय तक बौद्ध और जैन ग्रंथों की रचना होती रही। इन दोनों विचारधाराओं ने उस समय भारतीय जनमानस को बहुत प्रभावित किया। ये दोनों विचार पूरी तरह कर्मकांडों से मुक्त जीवन के व्यावहारिक पक्ष की व्याख्या करते हैं। इन दोनों विचारधाराओं ने अनेक कुरीतियों, अंधविश्वासों और तत्कालीन समाज में व्याप्त भेदभाव को मिटाने की पहल की। इनमें 'अहिंसा' की महत्ता सर्वोपरि है। ये प्राणी मात्र की रक्षा के लिए कटिबद्ध हैं। जियो और सबको सुखपूर्वक जीने दो, इस आदर्श की स्थापना के साथ ये विचारधाराएँ आगे बढ़ती हैं। महात्मा बुद्ध के आठ जीवनसूक्त एवं महावीर द्वारा कहे गए जिन सूक्त इन विचारधाराओं के केंद्र में है। बौद्ध और जैन ग्रंथों में उस समय के भूगोल का विस्तृत वर्णन मिलता है। बौद्ध ग्रंथों में 'लोकाख्यान' और 'समुद्राख्यान' इस विषय के प्रमुख ग्रंथ हैं। इसी प्रकार जैन ग्रंथों में 'सूर्य प्रज्ञप्ति' और 'दीवसागर पण्णति' भूगोल विषयक महत्त्वपूर्ण ग्रंथ हैं।

पौराणिक काल, ईसा से 1000 वर्ष पूर्व से 800 वर्ष पश्चात् तक माना गया है। यह समय बहुत लंबा है और इस काल में विशद पौराणिक साहित्य रचा गया। पुराणों की संख्या अठारह बताई गई है। पुराण साहित्य, आख्यानात्मक साहित्य है, इनमें अद्भुत कथा रस है। पुराण साहित्य कथात्मक शैली में ही लिखा गया है। पुराण लिखने वाले अपने पूर्ववर्ती लेखकों की अपेक्षा भूगोल वर्णन में ज्यादा उत्साही दिखाई देते हैं। इन ग्रंथों में धर्म-दर्शन के अलावा सृष्टि रचना, पृथ्वी की उत्पत्ति, द्वीप और सागरों का विशद वर्णन मिलता है। तीन सागरों से घिरे हुए इस भू-भाग को सर्वप्रथम जंबू द्वीप और भरतखंडे कहकर पुराणों ने ही स्थापित किया। पृथ्वी के सात द्वीपों; जंबू द्वीप, शक द्वीप, कुश द्वीप, पुष्कर द्वीप, क्रोच द्वीप, प्लक्ष द्वीप और श्यामली द्वीप का उल्लेख सर्वप्रथम पुराणों में ही आया है। इसी प्रकार सात सागरों; इक्षुर सोद, सुरोद, क्षरोद, क्षीरोद, शोद्धोत, दधिमण्डोल, धृतोद का वर्णन भी पुराणों में विस्तारपूर्वक मिलता है। भरतखंड के पर्वतों, नदियों, मैदानों और जंगलों का भी विशद वर्णन हमें पुराणों में मिलता है। पुराणों में इस भू-भाग के लिए आर्यावर्त और भारतवर्ष नाम भी मिलता है, जो शकुंतला-दुष्यंत पुत्र के नाम से स्थापित हो चुका था। इस भू-भाग में गंगा, यमुना, सरस्वती, पयोषिणी, असिकनी, सिंधु, वितास्ता, शतुद्री, ताप्ती व नर्मदा नदियों का विशेष उल्लेख मिलता है। पर्वतों में; मेरु पर्वत, नील पर्वत, हिमवान, माल्यवान, निषाद, गंधमादन, चंद्रद्वीप, उच्याहत, हेमकूट, श्रंगवन आदि का उल्लेख मिलता है। पुराणों में उस समय के जनपदों, राज्यों, नगरों, बस्तियों और प्रमुख मार्गों का भी वर्णन मिलता है। कृषि, पशुपालन, संगीत, शिल्प और व्यापार आदि का उल्लेख भी हमें पुराण साहित्य में पर्याप्त मिलता है। आकृति के रूप में इस भू-भाग को बताने का उपक्रम उस युग में चल निकला था। कहीं इस देश का आकार-प्रकार त्रिभुजाकार, कहीं समचतुर्भुजीय और कहीं धनुषाकार बताया गया है। इस प्रकार पौराणिक साहित्य में हमें स्पष्ट रूप से इस भू-भाग का नाम भारत और इसकी विस्तृत सीमाओं का वर्णन मिलता है। पौराणिक साहित्य हमें भारत की नदियों, पर्वतों और जंगलों से भी परिचित कराता है। लगभग उसी काल में रचे गए बौद्ध ग्रंथ 'अंगुत्तर निकाय' में सोलह राज्यों का विस्तारपूर्वक उल्लेख मिलता है। ये सोलह राज्य हैं अंग, मगध, वज्जि, मल्ल, काशी, कोसल, वत्स, चेदि, कुरु, पांचाल, शूरसेन, मत्स्य, अवन्ति, अश्मक, गांधार और कंबोज। इसके अलावा और

भी कई छोटे-बड़े राज्य रहे होंगे। इस प्रकार हम मानते हैं कि उस समय भारत का पूरा भू-भाग छोटे-बड़े कई राज्यों में विभक्त था। राज सत्तात्मक प्रणाली वेदों के रचनाकाल से शुरू हो गई थी। पहले राजा गणों द्वारा चुना जाता था कालांतर में परिवारवाद स्थायी रूप से राज शासन का अंग हो गया। अर्थात् राजा का बेटा राजा बनेगा या राजा की हत्या करके अथवा उसे हराकर अन्य कोई शक्तिशाली योद्धा राजा बन जाया करता था। बाद में उसका बेटा राज्य उत्तराधिकारी होता था। राजसत्ता के लिए संघर्ष चलते ही रहते थे। दूसरे राज्य को हराकर अपने राज्य में मिलाना, यही उस समय के राजाओं का प्रमुख उद्देश्य रहता। व्यापार को बढ़ाना, कर वसूल करना, महल-मंदिर बनवाना और आमोद-प्रमोद में संलग्न रहना। यही बातें उस समय की राजसत्ता के लिए प्रमुख हुआ करती थीं।

छोटे-बड़े राज्यों में बँटे हुए देश में एक बड़े साम्राज्य की स्थापना का विचार सर्वप्रथम मगध राज्य के नरेशों में दिखाई देता है। मगध के राजाओं ने अपने पड़ोसी राज्यों पर हमला करके उन्हें अपने राज्य में मिलाना शुरू कर दिया। मगध को एक बड़े राज्य के रूप में विकसित करने के लिए सबसे पहले बिंबिसार नामक राजा का उल्लेख मिलता था। इसने दो तरीकों से अपने राज्य का विस्तार किया। उसने अधिक से अधिक वैवाहिक संबंध बनाए। कहा जाता है कि उसकी पाँच सौ रानियाँ थीं, जो विभिन्न राज्यों द्वारा उसे ब्याही गई थीं। अपने जामाता को अन्य राजाओं ने बहुत सारे जनपदीय क्षेत्र दहेज के रूप में प्रदान किए। उसकी पहली पत्नी कौसल के राजा प्रसेनजित की बहन थी, जिसके विवाह में बिंबिसार को काशी राज्य का एक बड़ा भू-भाग मिला था। इस प्रकार हर विवाह में बिंबिसार को अन्य राज्यों के बहुत हिस्से मिलते चले गए एवं उसके ससुराल वाले राज्यों ने उसकी हर युद्ध में सहायता की। इस प्रकार मगध राज्य का विस्तार होता चला गया। कहा जाता है कि उसके शासनकाल में मगध का विस्तार दूना हो गया, जिसका क्षेत्र 300 कोसों तक फैला हुआ था। बिंबिसार की हत्या करके उसका पुत्र अजातशत्रु सिंहासन पर बैठा। अजातशत्रु कुशल कूटनीतिज्ञ था। उसने वैशाली पर हमला किया और अपनी कमजोर सैन्य शक्ति के बावजूद अपनी कूटनीति के बल पर उसने लिच्छवियों को बुरी तरह परास्त कर अपने राज्य का विस्तार किया। उसने पश्चिम में मल्लसंघ को भी परास्त किया और अपने राज्य की सीमाएँ उत्तर में हिमालय की तलहटी तक पहुँचाई।

अजातशत्रु के बाद उसका पुत्र उदयन सिंहासन पर बैठा। उसने भी यथासंभव अपने राज्य को बढ़ाने की कोशिश की। बिंबिसार के वंश की समाप्ति के पश्चात् शिशुनाग नामक प्रतापी राजा के हाथ में मगध की राजसत्ता आई। उसने बिंबिसार वंश की साम्राज्यवादी नीति को और आगे बढ़ाया। अवन्ति एक बड़ा और शक्तिशाली राज्य था। शिशुनाग ने इस राज्य पर हमला किया और उसे पराजित कर अपने साम्राज्य में मिलाया। कोसल राज्य को जीतकर भी इसने मगध साम्राज्य में मिलाया। इस प्रकार सारे उत्तर भारत में शिशुनाग ने मगध साम्राज्य की स्थापना की। शिशुनाग वंश के पश्चात् मगध में एक प्रसिद्ध राजा धनानंद हुआ, जिसके पास उस समय सबसे बड़ी सेना थी, उसे पराजित कर चन्द्रगुप्त मौर्य ने मौर्य वंश की स्थापना की। यह इतिहास प्रसिद्ध चाणक्य का काल है। पूर्ववर्ती साहित्य में एक देश, एक राष्ट्र की परिकल्पना आ चुकी थी। मगध राज्य के रूप में एक बड़े साम्राज्य की स्थापना भी हमें उस काल में दिखाई देती है परंतु पूरे राजनीतिक वातावरण में एक देश, एक राष्ट्र की भावना दूर-दूर तक दिखाई नहीं दे रही थी। चाणक्य ने इस खतरे को सबसे पहले महसूस किया। उत्तर-पश्चिम सीमाओं से विदेशी आक्रमणों की शुरुआत हो चुकी थी। भारत पर सबसे पहला आक्रमण ईरानी सम्राट कुरुष ने किया। कुरुष ने सिंधु तथा काबुल के बीच प्रदेशों पर आक्रमण किया। इस प्रकार भारत में विदेशियों का प्रवेश संभव हुआ। सीमावर्ती राज्य एक-दूसरे की मदद करने को तैयार न थे। एक-एक को हराकर विदेशियों की घुसपैठ सरल हो गई। चाणक्य ने सबसे पहले एक देश और एक राष्ट्र की चिंता व्यक्त की और सीमावर्ती राजाओं को समझाया कि वे यदि आपस में संगठित नहीं होंगे तो सभी राज्यों पर खतरे बढ़ते चले जाएँगे। उसे उसके प्रयासों में अपेक्षित सफलता नहीं मिली परंतु उसने प्रतापी बालक चन्द्रगुप्त मौर्य को मगध राज्य का सम्राट बनाने में सफलता पाई। इस बीच ईरानी सम्राटों के सीमाओं पर हमले लगातार हो रहे थे।

चौथी शताब्दी के अंतिम चरण में मकदूनियाँ के राजा फिलिप के पुत्र सिकंदर ने भारत की ओर रुख किया। उस समय सिंधु घाटी से लेकर भूमध्य सागर तक ईरानी साम्राज्य फैल चुका था। सिकंदर अपनी सेनाओं के साथ पूर्व की ओर बढ़ा और उसने विशाल ईरानी साम्राज्य पर आक्रमण बोल दिया। सिकंदर बहुत बहादुर और युद्ध नीति का कुशल योद्धा था। ईरानी साम्राज्य को परास्त कर उसने अफगानिस्तान को जीता तत्पश्चात् उसने

बलख में दारयबहू के वंशजों को बुरी तरह पराजित किया। अब उसकी निगाहें भारत पर थीं। वह इस बात को जानता था कि भारत के सीमावर्ती राज्य यदि एक हो जाएँ तो भारत में घुसना मुश्किल है इसलिए उसने धीरे-धीरे अपनी कूटनीति के सहारे भारत की ओर कदम बढ़ाए। सबसे पहले सीमांत के एक राजा शशिगुप्त ने आत्मसमर्पण किया। उसके पश्चात् तक्षशिला के राजा ने भी यही आचरण किया। तक्षशिला के राजा की पौरव से दुश्मनी थी। वह सीधे पौरव का मुकाबला नहीं कर सकता था। सिकंदर की शक्ति और पराक्रम के विषय में तक्षशिला नरेश के पुत्र अम्भी ने सुन रखा था, उसने सिकंदर के सामने पेशकश की कि यदि उसके राज्य को छोड़ दिया जाए तो वह हर युद्ध में उसकी मदद करेगा। आगे उसने सिकंदर की खुलकर मदद की और उसे पुरु के खिलाफ युद्ध के लिए उकसाया। पुरु एक बहादुर राजा था परंतु उसे नीचा दिखाने के लिए अम्भी ने विदेशी आक्रमणकारियों की मदद की। पुरु के स्वाभिमान और सदाशयता से प्रभावित होकर सिकंदर ने उसका जीता हुआ राज्य उसे वापस कर दिया। सिकंदर भारत में 19 महीने रहा। यहाँ उसने कई राज्य जीते और आगे बढ़ता गया। इस बीच उसके सैनिकों ने वापस लौटने के लिए विद्रोह कर दिया। वह भारत में जीते हुए प्रदेशों को संगठित नहीं कर पाया और जिस प्रकार आँधी की तरह आया था, उसी प्रकार वापस हो गया। सिकंदर के युद्ध से यह स्पष्ट हो गया था कि भारत की सीमाएँ किस कदर कमजोर हैं और सीमावर्ती राजे-महाराजे किस तरह एक देश और एक राष्ट्र की भावना से बहुत दूर हैं।

यह समय चाणक्य नामक उद्‌भट विद्वान् का समय है। यह व्यक्ति राजनीति, दर्शन और अर्थशास्त्र का परम विद्वान् था। इसने चंद्रगुप्त नामक एक साधारण ग्रामीण बालक को देश के भावी सम्राट के रूप में तैयार करना आरंभ किया। मगध में नंद राजा द्वारा चाणक्य का अपमान किया गया था इसलिए उससे अपने अपमान का बदला लेने की इच्छा चाणक्य में बलवती थी। वह देश में एक बड़े साम्राज्य की कल्पना करता था। सिकंदर के युद्ध अभियान के पश्चात् वह यह भलीभाँति जान चुका था कि यदि इस महादेश के छोटे-बड़े राजा आपस में संगठित नहीं हुए तो विदेशी शासक इसी तरह आते रहेंगे और एक-एक कर सभी राज्यों को पराजित कर अपनी शक्ति बढ़ाते हुए पूरे देश पर छा जाएँगे। चाणक्य ने अपने स्तर पर विभिन्न राजे-महाराजाओं को इस संकट के प्रति आगाह किया परंतु उसकी बात को

किसी ने गंभीरता से नहीं लिया। तब उसने चंद्रगुप्त के माध्यम से एक बड़े साम्राज्य की स्थापना का संकल्प लिया। चंद्रगुप्त की वंश परंपरा को लेकर कई मत हैं। जैन ग्रंथों के अनुसार वह एक गाँव के मुखिया की पुत्री से उत्पन्न हुआ था। चाणक्य ने उसकी प्रतिभा को पहचाना और उसकी उचित शिक्षा-दीक्षा प्रारंभ की। उसे युद्ध कौशल सिखाया। नीतिशास्त्र की शिक्षा दी और राज्य प्रबंधन के क्षेत्र में उसे पर्याप्त ज्ञान दिया। इस प्रकार चंद्रगुप्त मौर्य एक बहादुर योद्धा के रूप में उभरकर आता है। चाणक्य के निर्देशानुसार सर्वप्रथम उसने नंद वंश का संहार करके मगध राज्य पर विजय हासिल की। यहाँ से उसका विजय अभियान लगातार आगे बढ़ता गया। सिकंदर अपने जीते हुए क्षेत्रों में अपने कुशल सेनानायकों को प्रभार सौंपकर वापस हो गया था। चंद्रगुप्त मौर्य ने एक-एक कर सबको परास्त कर अपने राज्य का विस्तार किया। उस समय सेल्यूकस एक कुशल सेनापति और प्रशासक के रूप में ख्यात था। उसके अधीन एक बड़ा राज्य था। चंद्रगुप्त का उसके साथ निर्णायक युद्ध हुआ। सेल्यूकस की बुरी तरह हार हुई और उसने अपने अधीन चार प्रांत चंद्रगुप्त के हवाले कर दिए। अनुमान है कि 305 ई. पूर्व सेल्यूकस और चंद्रगुप्त मौर्य के मध्य संधि हुई थी। फलस्वरूप सेल्यूकस ने अपने राजदूत मेगस्थानीज को मौर्य राजसभा में भेजा था। उसने इंडिका नाम से भारत का इतिहास लिखा है। किसी विदेशी द्वारा भारत के विषय में लिखा गया यह पहला विवरण है। यह पुस्तक अब अप्राप्त है। इसके कुछ अंशों का समकालीन परवर्ती लेखकों द्वारा उल्लेख किया गया है, इसका अंग्रेजी अनुवाद 1891 में प्रकाशित हुआ था। मेगस्थानीज ने इसमें पाटलीपुत्र नगर, प्रदेश की भूमि, जलवायु, वनस्पतियों और यहाँ के निवासियों के आचार-विचारों का विवरण दिया है। चंद्रगुप्त अत्यंत कुशल योद्धा और युद्धनीति में पारंगत सेनानायक था। चाणक्य की शिक्षा उसके विजयपथ को लगातार आगे बढ़ाने में काम आ रही थी। चंद्रगुप्त ने अपने साम्राज्य को पश्चिम में अफगानिस्तान से लेकर पूर्व में कामरूप तक एवं उत्तर में कश्मीर से लेकर दक्षिण में कर्नाटक तक फैला लिया था। इसके पूर्व किसी ने भारत में इतना बड़ा साम्राज्य स्थापित नहीं किया। चाणक्य ने चंद्रगुप्त को राज्य प्रबंधन की भी शिक्षा प्रदान की थी। चाणक्य आर्थिक मामलों का विशेषज्ञ था। उसने उस समय की परिस्थितियों के अनुसार राज्य प्रबंधन के लिए एक अर्थशास्त्र का प्रसिद्ध ग्रंथ भी लिखा है। वह तक्षशिला में विश्वविद्यालय का आचार्य था।

पुराने साम्राज्यों के विजयी सम्राट अपने अधीन राज्यों से चौथ की राशि तय करके उन्हें स्वतंत्र छोड़ देते थे। वहाँ की शासन व्यवस्था में उनका खास दखल न होता था। चंद्रगुप्त ने ऐसा न करते हुए सभी विजित राज्यों में अपने सूबेदार नियुक्त किए और सभी प्रांतों की शासन व्यवस्था पर अपना नियंत्रण रखा। इस प्रकार एक देश, एक साम्राज्य की कल्पना का प्रारंभिक स्वरूप हमें सबसे पहले चंद्रगुप्त मौर्य के शासनकाल में देखने को मिलता है। चंद्रगुप्त के पश्चात् उसका बेटा बिंदुसार गद्दी पर बैठा। चाणक्य उस समय जीवित थे। उन्होंने बिंदुसार के मन में भी एक देश, एक शासन व्यवस्था की बात अच्छी तरह भर दी थी। बिंदुसार ने इस पर अमल करते हुए अपने राज्य का विस्तार किया। दक्षिण के कई प्रदेश जो चंद्रगुप्त के साम्राज्य में शामिल न थे, बिंदुसार ने उन्हें जीतकर अपने राज्य में मिलाया। चाणक्य ने बिंदुसार को सोलह नगरों के सामंतों को पराजित करने के निर्देश दिए। उन्हें हराकर बिंदुसार ने पूर्वी और पश्चिमी समुद्रों के बीच के प्रदेशों में अपना आधिपत्य स्थापित किया। इस प्रकार चंद्रगुप्त द्वारा स्थापित साम्राज्य का और विस्तार हुआ। बिंदुसार के पश्चात् उसका पुत्र अशोक मगध की राजगद्दी पर बैठा। अशोक बहुत प्रतापी और धर्मनिष्ठ राजा साबित हुआ। उसने अपने साम्राज्य को फैलाने की बजाय उसे सुदृढ़ बनाने का काम किया। उसके समय के कलिंग युद्ध का विवरण विस्तारपूर्वक मिलता है। कलिंग एक स्वतंत्र राज्य था। कलिंगवासी स्वतंत्रताप्रिय एवं शांतिपूर्वक जीवन-यापन करने के पक्षधर थे। उनके पास शक्तिशाली सेना थी। अशोक ने पूरी तैयारी के साथ कलिंग पर आक्रमण किया। मौर्य सम्राट के सामने कलिंग की सेनाएँ न टिक सकीं और वे बुरी तरह पराजित हुए। इस युद्ध में बहुत नरसंहार हुआ। निर्दोष लोगों को बंदी बनाया गया। इस युद्ध के कारण कलिंग निवासी बूढ़े-बच्चे, महिलाएँ और अशक्त जनों को बहुत कष्ट उठाने पड़े यह सब अशोक ने देखा और उसका हृदय परिवर्तन हो गया। अब उसने लोगों को प्रेम, सौहार्द एवं सहयोग के माध्यम से जीतने का प्रयस किया और उसमें वह सफल भी हुआ। उसने बौद्ध धर्म अपना लिया था। उसके विशाल साम्राज्य में कभी कोई विद्रोह नहीं हुआ। पूरे साम्राज्य की शासन व्यवस्था उसके हाथ में थी। उसके शासन काल में दमन, अत्याचार और जनता को परेशान करने की कोई घटनाएँ सामने नहीं आतीं। वह एक धर्मनिष्ठ प्रशासक था। उसे एक मानवतावादी प्रशासक के रूप में याद किया जाता है। उसके

द्वारा लिखवाए गए चौदह शिलालेख मिलते हैं, जिनसे उसके साम्राज्य की विस्तृत सीमाओं का पता चलता है। दो शिलालेख उत्तर पश्चिमी सीमा पर स्थित शाहबाजगढ़ी और मंसेहरा में मिले हैं। एक यमुना और टोंस के संगम पर कालसी में। चौथा गिरनार कठियावाढ़ में। पाँचवाँ सुपारा महाराष्ट्र में। छठा एवं सातवाँ धोली एवं जौगड़, उड़ीसा में। आठवाँ कुरनूल, आंध्र प्रदेश में। नौवाँ जलालाबाद, अफगानिस्तान में। शेष लघु शिलालेख दक्षिण के चित्तल दुर्ग जिले सहित अन्य क्षेत्रों में पाए गए हैं। इन शिलालेखों से स्पष्ट है कि उस समय अशोक का साम्राज्य बहुत विशाल था जो देश के बहुत बड़े क्षेत्र में फैला हुआ था। उत्तरी और दक्षिणी बंगाल में अशोक के बनवाए स्तूप स्थित हैं। नेपाल में भी उस समय अशोक का आधिपत्य था। इतने बड़े क्षेत्र में अशोक का एकछत्र शासन था, जिसमें उस समय विद्रोह का कोई उल्लेख नहीं मिलता। अशोक ने चंद्रगुप्त मौर्य की तरह सभी राज्यों में सूबेदार नियुक्त कर पूरी शासन व्यवस्था अपने अधीन कर रखी थी। अशोक पर बौद्ध शिक्षाओं का काफी प्रभाव था। कालांतर में उसने अपने पुत्र महेंद्र और पुत्री संघमित्रा को बुद्ध धर्म के प्रचार के लिए विदेश यात्राओं पर भेजा था। इस प्रकार हम कह सकते हैं कि अशोक के समय देश का बहुत बड़ा हिस्सा एक प्रशासन के अधीन था। अशोक अहिंसावादी था परंतु उसने अपनी सैन्य शक्ति को कभी कमजोर नहीं होने दिया। वह अपने साम्राज्य की सीमाओं की सुरक्षा के प्रति बहुत सतर्क था। उसके शासन काल में न तो विदेशी आक्रमणकारियों ने इस ओर देखने की हिम्मत की और न ही स्वतंत्र देशी राज्यों ने मगध राज्य की सीमाएँ अतिक्रमण करने की कोशिश की। उसने अपने तेरहवें शिलालेख में लिखवाया भी है कि देवनामप्रिय केवल दयालु नहीं है वह शक्तिशाली भी है। कलिंग युद्ध में अशोक की शक्तिशाली सेनाएँ और उसका युद्ध कौशल देख-सुनकर सभी अचंभित थे। किसी की हिम्मत न होती थी कि मगध राज्य की सीमाओं की ओर आँख उठाकर बुरी दृष्टि से देख सके। अशोक की मुत्यु के पश्चात् मगध राज्य को कोई सुयोग्य उत्तराधिकारी नहीं मिला। अशोक की मृत्यु के पश्चात् सबसे पहले ब्राह्मण समाज ने विद्रोह किया। बुद्ध की शिक्षाएँ कोई वैदिक ज्ञान और उपनिषद् की स्थापनाओं से पृथक् नहीं थीं परंतु उनमें अंधविश्वासों का विरोध था। कर्मकांडों और कुरीतियों के लिए वहाँ कोई जगह नहीं थी। कठोर जातिवाद की भी वहाँ स्वीकृति नहीं थी। इन शिक्षाओं के प्रचार-प्रसार से ब्राह्मण एवं पुरोहित समाज

को ऐसा लगता था कि उनकी अवहेलना की जा रही है और वैदिक स्थापनाओं की उपेक्षा। अशोक के पश्चात् कमजोर उत्तराधिकार के कारण विभिन्न राज्यों में जगह-जगह विद्रोह के स्वर फूटने लगे थे। तत्कालीन राजा बृहद्रथ जो कि अयोग्य था, उसे राजनीति की कोई समझ नहीं थी। उसके सेनापति पुष्यमित्र ने उसकी हत्या करके शासन की बागडोर अपने हाथों में ले ली। अब मौर्य काल के पतन की शुरुआत हो चुकी थी। पड़ोसी स्वतंत्र राज्य जो कभी मगध की सीमाओं की ओर कुदृष्टि न डाल पाते थे, वे एकाएक सक्रिय हो उठे। विदेशी आक्रमणकारियों ने भी इस ओर रुख करना प्रारंभ कर दिया था। इस प्रकार फिर देश की एकता खतरे में दिखाई देने लगी। मौर्यवंश के पतन के पश्चात् देश की राजनीतिक एकता छिन्न-भिन्न हो गई थी। मगध साम्राज्य का विघटन शुरू हो गया था। धीरे-धीरे सभी राज्य अपनी स्वतंत्र सत्ता स्थापित करते जा रहे थे। कलिंग स्वतंत्र हो गया। कश्मीर तथा पश्चिमोत्तर के राज्य भी मगध राज्य से अलग हो चुके थे। उत्तर-पश्चिम की सीमाओं से विदेशी जातियों की भारत में घुसपैठ तेजी से शुरू हो गई। अशोक के पश्चात् शुंग वंश, कण्व वंश, चेदिवंश का शासन काल आया परंतु इनमें कोई भी इतना शक्तिशाली शासक नहीं हुआ जो मगध राज्य की ही रक्षा कर पाता। सीमावर्ती राज्यों की स्थिति भी बहुत कमजोर हो चुकी थी। सभी छोटे-बड़े राज्य आपसी झगड़ों में उलझे हुए थे इसलिए विदेशियों को यहाँ आक्रमण करके अपने राज्य स्थापित करने के अवसर मिले। आक्रमणकारियों में यूनानी, शक एवं कुषाण प्रमुख थे। इन्होंने सीमावर्ती क्षेत्रों को जीतकर वहाँ अपना आधिपत्य स्थापित किया।

तीन ओर से सागरों से घिरे हुए देश में सिर्फ उत्तर-पश्चिम की सीमाएँ असुरक्षित थीं, यहीं से विदेशी हमलावर देश में घुस सकते थे और घुस रहे थे। सैकड़ों राज्यों में बंटे हुए देश में किसी प्रकार की पारस्परिक एकता नहीं थी। विभिन्न राज्य आपस में ही लड़ते-झगड़ते रहते थे। भारत में पहली बार अशोक ने ही सबसे बड़े साम्राज्य की स्थापना की और लंबे समय तक उसे एकता के सूक्त में बाँधकर रखा। अशोक के पश्चात् लंबे समय तक यहाँ किसी शक्तिशाली शासक का उदय नहीं हुआ। राष्ट्रीय सीमाओं की सुरक्षा के लिए यह सर्वाधिक संवेदनशील समय था। इस समय सीमावर्ती राज्यों को एकजुटता का परिचय देना चाहिए था एवं भीतरी राज्यों को उन्हें पूर्ण सहयोग का आश्वासन, परंतु ऐसा नहीं हो सका जबकि भारत के बाहर दूसरे देशों

में राजनीतिक एकता की भावना ज्यादा बलवती हो रही थी। इसका सबसे अच्छा उदाहरण हमें चीन में दिखाई देता है। चीन में हमेशा से उत्तरी सीमाएँ असुरक्षित रही हैं, वह भी कई प्रांतों में बंटा हुआ देश था परंतु वहाँ के विभिन्न शासकों ने मिलकर अपनी सीमाएँ सुरक्षित करने के लिए ईसा की पाँचवीं सदी पूर्व से सोलहवीं शताब्दी तक निरंतर चीन की दीवार का निर्माण किया। यह विशाल दीवार चीन के सभी राज्यों ने मिलकर उत्तरी हमलावरों से देश को सुरक्षित रखने के लिए बनाई थी। ऐसा कोई विचार भारत के राजाओं में कभी नहीं आया। जबकि भारतीय साहित्य में एक देश, एक राष्ट्र की अवधारणा आ चुकी थी। चाणक्य ने भारत की असुरक्षित सीमाओं को चिह्नित कर दिया था। वह भविष्य के खतरों को भाँप रहा था। उसने अपने जीवन काल में देश के विभिन्न राजाओं में राष्ट्रीय भावना पैदा करने की अथक कोशिश की। चंद्रगुप्त मौर्य के साथ मिलकर उसने एक बड़े साम्राज्य की स्थापना की थी। अशोक के पश्चात् देश में सीमाओं को सुरक्षित रखने का बड़ा संकट था, जिसे उसके पश्चात् के शासक हल नहीं कर पाए। फलस्वरूप सिकंदर के पश्चात् एक बार पुनः देश में यूनानी, शक एवं कुषाण राज्यों की स्थापना हुई।

पहली शती के अंत में सात वाहन राजा हाल का नाम भारतीय साहित्य में अत्यंत आदर से लिया जाता है। इसने प्राकृत में गाथा-सप्तशती (गाथा सत्तसई इसमें 700 गाथाएँ हैं) नामक काव्य लिखा या संकलित किया। वृहद कथा का लेखक गुणाढ्य इसकी राज्यसभा में था।

प्राचीन भारत के प्रसिद्ध शासकों में कुषाण वंश के कनिष्क की गणना होती है। वो बौद्ध धर्मावलंबी था और उसके समय में चतुर्थ बौद्ध संगति कश्मीर में आयोजित हुई थी। कई शिलालेखों में उसकी उपाधि महाराजा राजाधिराज देवपुत्र है। पेशावर में विशाल स्तूप बौद्ध स्थापत्य स्मारक है। उसके समय कला की गांधार शैली मथुरा विकसित हुई। उसने नया संवत भी शुरू किया था।

मगध राज्य से टूटकर विभिन्न राज्य अपनी स्वतंत्र सत्ता स्थापित कर चुके थे। देश में विकेंद्रीकरण की स्थिति में गुप्तवंश के उदय के साथ एक बार फिर विशाल साम्राज्य का सपना कुछ हद तक साकार हुआ। इस वंश की स्थापना महाराज श्री गुप्त ने की थी। आगे चलकर इस वंश में चंद्रगुप्त (प्रथम), समुद्रगुप्त, रामगुप्त, चंद्रगुप्त (द्वितीय), विक्रमादित्य और स्कंद गुप्त

जैसे प्रतापी राजा हुए, जिन्होंने अपने पराक्रम से पुनः एक बार बड़ा साम्राज्य स्थापित किया। गुप्त साम्राज्य के राजाओं ने विदेशी शासकों में यूनानी, शकों और कुषाणों को परास्त कर देश से बाहर कर दिया। स्कंदगुप्त ने अपने शासन काल में हूणों पर आक्रमण कर उन्हें पराजित किया। हूण अपने मूल निवास उत्तर-पश्चिम चीन से निकलकर पहले यूरोप की ओर बढ़े। वहाँ उन्होंने रोमन साम्राज्य को झकझोर कर रख दिया था। वे अफगानिस्तान की सीमाओं पर विजय प्राप्त करते हुए भारत में घुस आए थे। यहाँ उनकी टक्कर स्कंदगुप्त की सेनाओं से हुई। स्कंदगुप्त ने उनकी शक्ति को पूरी तरह नष्ट कर दिया। वे अपनी पराजय से इतना अधिक डर गए कि फिर उन्होंने भारत की ओर देखने की हिम्मत नहीं की।

इस प्रकार गुप्त साम्राज्य में भारत का प्रभुत्व बढ़ा। एक देश और एक प्रशासन की भावना बलवती हुई। गुप्त सेनाओं के द्वारा सीमाएँ सुरक्षित हुईं परंतु देश के अन्य स्वतंत्र राज्यों द्वारा सीमाओं की सुरक्षा के लिए कोई प्रयास नहीं किए गए। दरअसल देश भर के राजाओं को अपने आपसी मतभेद भुलाकर देश की सीमाएँ सुरक्षित रखने की दिशा में सम्मिलित प्रयास करने थे, जो उस समय नहीं किए गए, जिसके दुष्परिणाम कालांतर में सभी राजाओं ने झेले।

गुप्त साम्राज्य के पश्चात् देश में एक बड़े साम्राज्य की स्थापना के लिए हर्षवर्धन को याद किया जाता है। हर्षवर्धन एक प्रतापी राजा था और विद्वानों की बहुत कद्र करता था। वह स्वयं कवि एवं नाटककार था। उसकी लिखी हुई तीन नाटिकाएँ मिलती हैं : नागानंद, प्रियदर्शिका और रत्नावली। उसके दरबार में बाणभट्ट नामक प्रसिद्ध विद्वान आश्रय पाते थे। बाणभट्ट के लिखे हुए दो ग्रंथ बहुत प्रसिद्ध हैं : हर्ष चरित्र एवं कादम्बरी। इन ग्रंथों में हर्षवर्धन के शासन काल का विस्तृत वर्णन मिलता है। हर्षवर्धन के समय ही प्रसिद्ध चीनी यात्री युवानच्वांग भारत आया। उसने देश के अनेक स्थानों का भ्रमण किया। नालंदा में शिक्षा पाई। हर्षवर्धन से उसकी अच्छी मित्रता थी। हर्षवर्धन से उसकी कई मुलाकातें हुईं, वह उसकी शासन व्यवस्था और बहादुरी से बहुत प्रभावित था। अपने देश जाकर उसने अपने यात्रा विवरण लिखे, जिनमें हर्षवर्धन कालीन भारत की राजनीतिक स्थिति, समाज व्यवस्था और यहाँ के जनजीवन का उसने सटीक वर्णन किया है। हर्ष लगातार छह वर्षों तक निरंतर युद्ध करता रहा।

हर्ष ने बल्लभी के शासकों को हराया। चालुक्य और सिंधु प्रांतों पर आक्रमण कर उन्हें अपने राज्य में मिलाया और पूर्वी भारत के कई राज्यों को जीतकर उसने अपने साम्राज्य का विस्तार किया। हर्ष के साम्राज्य में पूर्वी पंजाब, उत्तर प्रदेश, बिहार, बंगाल और उड़ीसा के अधिकांश राज्य सम्मिलित थे। हर्ष के कोई पुत्र न था इसलिए उसके वंश से कोई उत्तराधिकारी नहीं आया। अंत में हर्ष के कमजोर होने के उपरांत उसके सेनापति अरुणाश्व (इसका एक नाम अर्जुन भी मिलता है) ने राज्य पर अपना अधिकार कर लिया। यह साधारण सैनिक बुद्धि का आदमी था। इसमें कोई प्रशासनिक क्षमता नहीं थी। इसने एक चीनी दूत-मंडल का विरोध किया था और उसके कुछ सदस्यों को मरवा दिया था। धीरे-धीरे हर्ष के साम्राज्य का पतन होता गया और अधिकांश राज्य स्वतंत्र हो गए। लंबे अरसे तक कोई प्रतापी राजा उभरकर नहीं आया। देश में अराजकता की स्थिति फैलती जा रही थी। छोटे-बड़े राजे-रजवाड़े अपने प्रभुत्व के लिए आपस में लड़ते रहते थे। देश की सीमाएँ असुरक्षित थी। सीमावर्ती राज्य सिर्फ अपने बलबूते पर कहाँ तक सीमाओं की रक्षा करते? शेष राज्यों का उन्हें कोई सहयोग प्राप्त नहीं था। हालाँकि वे उन्हें संदेशे भेजकर सहयोग की अपील करते रहते थे। परंतु अभी तक इन राज्यों में एक देश की भावना पल्लवित नहीं हुई थी। वे अपने सीमित राज्य को सब कुछ समझ रहे थे और पड़ोसी राज्य के हमले से अपने आप को बचाने के लिए चिंतित रहते थे। सिकंदर के हमले से यह सिद्ध हो चुका था कि उत्तर-पश्चिम सीमाओं की ओर से भारत में प्रवेश करना बहुत सरल है। सीमावर्ती राज्यों को हराइए और उनकी सेनाएँ एवं सहयोग से पड़ोसी राज्यों को जीतते हुए आगे बढ़ते जाइए। प्रायः तो कई छोटे राज्य स्वतः आत्मसमर्पण कर विदेशी शासकों से मिल जाते थे। कुछ इस निवेदन के साथ उनकी शरण में पहुंच जाते कि आप सिर्फ हमारे इस छोटे से राज्य को छोड़ दीजिए, हम पड़ोसी राज्य को जीतने में आपकी मदद करेंगे। इस प्रकार भारत के एक-एक राज्य को जीतते हुए उसकी ही सेनाओं के साथ आगे बढ़ते जाना, यहाँ सुगम हो गया था, जिसका लाभ उठाकर अन्य हमलावर शासक भारत में अपने पैर जमा सके।

यहां दक्षिण के महत्वपूर्ण राज्यों के विषय में जानना जरूरी है। पुराणों में सातवाहनों का उल्लेख मिलता है, इनको आंध्र वासियों के साथ जोड़कर देखा जाता है। सातवाहनों ने अपने लेखों में अपने लिए सातवाहन और

शातकीर्ण शब्द का प्रयोग किया है। बैलरी तथा कृष्णा के उत्तरी क्षेत्र में इनका प्रभाव था। आगे चलकर इन्होंने आंध्रप्रदेश पर अपना आधिपत्य जमा लिया था। अतः सातवाहन और आंध्र जाति के लोग अलग-अलग हैं। पुराणों के अनुसार सिमुक नामक राजा सातवाहन वंश का संस्थापक था। सिमुक ने 30 ई. पू. के लगभग सत्ता प्राप्त की और उसके वंश ने 300 वर्षों तक शासन किया। सिमुक के पश्चात कृष्ण, सातकर्णि और गौतमीपुत्र सातकर्णि सातवाहन का उल्लेख मिलता है। गौतमीपुत्र एक महान शासक और बहादुर योद्धा था। उसने शक, यवन, पहाव आदि विदेशी जातियों से युद्ध किए और उन्हें पराजित कर वहां अपना राज्य स्थापित किया। उसने अपनी माता तथा परिवार के प्रति सदैव सम्मान पूर्ण व्यवहार किया। उसने अपने समय में वैदिक धर्म को प्रोत्साहन दिया और कई तरह के सामाजिक सुधार किए। गौतमीपुत्र सातकर्णि के बाद वासिष्ठी पुत्र पुलुमावी ने शासन की बागडोर संभाली परंतु यहां से इस राज्य का पतन प्रारंभ हुआ और अंत में सातवाहन वंश का काल समाप्त हो गया।

सातवाहन राजाओं ने वैदिक धर्म के पुनरुत्थान में काफी योगदान दिया। इनके शासनकाल में कवियों, लेखकों और कलाकारों को पर्याप्त संरक्षण प्राप्त था। उस समय का 'गाथा सप्तशती' पद्य संग्रह और 'वृहत्कथा' नामक कथा संग्रह मिलता है। 'कात्तार' नामक एक व्याकरण ग्रंथ भी मिलता है।

छठवीं शताब्दी के उत्तराद्ध और सातवीं शताब्दी के प्रारंभ में दक्षिण भारत में जिन राज वंशों का उल्लेख मिलता है, उनमें चालुक्य, चोल, पल्लव और पाण्डयों के नाम उल्लेखनीय है। दक्षिण में राजा जयसिंह ने चालुक्य वंश की नींव डाली। कुछ समय बाद चालुक्य राजाओं में तीन शाखाएं हो गईं - एक शाखा वातापी (बादामी, बीजापुर जिला हैदराबाद) दूसरी बेंगी और तीसरी कल्याणी। इनमें वातापी और बादामी के चालुक्य बहुत प्रसिद्ध हुए। 1189 ई. में देवगिरि के यादवों ने चालुक्य राज पर अपना अधिकार जमा लिया। इस प्रकार चालुक्य वंश का अंत हुआ।

चालुक्य नरेशों पर मुख्य रूप से जैन और बौद्ध धर्म का प्रभाव देखने को मिलता है। हालांकि ब्रह्मा, विष्णु तथा शिव आदि देवताओं की पूजा-अर्चना भी उस समय होती थी। उस समय बौद्ध बिहारों की स्थापना हुई। प्राचीन जैन मंदिरों का जीर्णोद्धार किया गया। और विभिन्न देवी-देवताओं के मंदिर

भी बनवाए गए। औरंगाबाद के निकट प्रसिद्ध एलोरा में कुछ प्रसिद्ध स्थापत्य चित्र; कैलाश पर्वत के नीचे रावण, नृत्य करते हुए शिव, हिरण्यकश्यप का वध करते हुए भगवान नरसिंह आदि उसी काल के कहे जाते हैं, जिन्हें 'चालुक्य शैली' के चित्र कहा जाता है।

दक्षिण भारत के इतिहास में चोल राजवंश का विशेष महत्व है। चोलवंश का पहला प्रसिद्ध शासक विजयालय हुआ, जो 850 ई. से पूर्व पल्लव राज्य का सामन्त था। विजयालय का शासन 850 ई. से 870 ई. तक माना जाता है। विजयालय के पश्चात उसका पुत्र आदित्य (प्रथम) राजगद्दी पर बैठा, यह एक बहादुर राजा था। इसने कई लड़ाइयां लड़ीं और अपने राज्य का विस्तार किया। इसके पश्चात आदित्य का पुत्र परान्तक चोल राजगद्दी पर बैठा। इसने अपने पिता की भांति राज्य का विस्तार किया और पांडयों को पराजित कर पल्लवों की बची-खुची शक्ति समाप्त कर दी।

985 ई. में राजराज चोल नामक एक पराक्रमी राजा ने शासन की बागडोर संभाली। यह चोल वंश का सबसे प्रसिद्ध राजा साबित हुआ। इसने 1014 ई. तक शासन किया। इसने निकटवर्ती छोटे-बड़े राज्यों पर विजय प्राप्त कर एक विशाल साम्राज्य की स्थापना की। इसके बाद उसका पुत्र राजेंद्र राजगद्दी पर आसीन हुआ। इसने भी चोल राज्य की शक्ति और वैभव को बढ़ाने में सराहनीय योगदान दिया। तत्पश्चात उसका पुत्र राजाधिराज (प्रथम) सत्तारूढ़ हुआ। इसने 1044 ई. से 1052 तक शासन किया। इसने केरल और श्रीलंका के विद्रोहियों का दमन किया। राजाधिराज के पश्चात राजेंद्र देव, वीर राजेंद्र, आधिराजेंद्र क्रमशः सिंहासन पर बैठे। बाद में विजयालय चोल का वंश समाप्त हो गया। 1070 ई. में कोलोतुंग, जो वेंगी के पूर्वी चालुक्य वंश का था, सत्तारूढ़ हुआ। यह चोल साम्राज्य का अंतिम शासक साबित हुआ। 1118 ई. में कोलतुंग की मृत्यु हो गई। कोलतुंग के बाद भी लगभग 150 वर्षों तक चोल वंश का शासन चलता रहा, परंतु सभी शासक अयोग्य और निर्बल थे। 13 वीं शताब्दी के अंत तक चोलों की शक्ति पूरी तरह समाप्त हो चुकी थी।

चोल साम्राज्य के शासक शैवमत के मानने वाले थे। उन्होंने धार्मिक सहिष्णुता की नीति अपनाई और अपने काल में शिव और एवं विष्णु के मंदिर बनवाए। चोल राजाओं का काल तमिल साहित्य का स्वर्णकाल माना

जाता है। इसी समय प्रसिद्ध कवि कंबन ने 'रामावतारम्' नामक प्रसिद्ध ग्रंथ की रचना की। साहित्य, संगीत, कला, व्यवसाय, नगर प्रबंधन, शासन व्यवस्था और सामाजिक उत्थान के लिए चोल राजाओं का महत्वपूर्ण योगदान है।

दक्षिण भारत के अन्य राजवंशों में राष्ट्रकूट, देवगिरि के यादव होयसल, काकतीय, पल्लव, पाण्ड्य आदि वंशों का उल्लेख मिलता है, जिनके समय दक्षिण भारत में धार्मिक सहिष्णुता एवं साहित्य, संगीत तथा मूर्तिकला का निरंतर विकास हुआ।

विशेष बात यह है कि उस काल में अक्का देवी, उमा देवी, कुंदा देवी एवं रुद्रमादेवी ने राजकाज में विशेष दिलचस्पी ली एवं समय-समय पर युद्धों में भी भाग लिया, इससे हमें दक्षिण भारत में नारी शक्ति की सक्रियता का पता चलता है।

देश के लगभग सभी भागों में साधारणया राजा वंशानुगत होते थे। बहुधा उत्तराधिकारी राजा का बड़ा पुत्र होता था परंतु लोग चुनाव प्रक्रिया से अपरिचित नहीं थे। बंगाल के पाल वंश का संस्थापक गोपाल आठवीं शताब्दी के पूर्वार्द्ध में अपने प्रांत की प्रमुख राजनीतिक शक्तियों द्वारा चुना गया। दक्षिण भारत में कांची के पल्लव वंश का राजा नंदी वर्मन भी इसी प्रकार चुना गया था। इस प्रकार देश के पुरातन इतिहास में कई राजाओं का चयन सर्वसम्मति से हुआ था। कालांतर में सामान्य जन को यह विश्वास दिलाया गया कि राजा पृथ्वी पर ईश्वर का प्रतिनिधि है, यहां से राज्य शासन निरंकुश होता चला गया। परंतु हम यह कह सकते हैं कि देश में लोकमत का पहले भी महत्त्व रहा है।

अशोक से लेकर हर्षवर्धन तक यहाँ के प्रतापी राजाओं ने देश में एक बड़े राज्य की स्थापना की। छुटपुट विदेशी हमले होते रहे, जिनसे कोई बड़ा खतरा उत्पन्न नहीं हुआ। पहली बार सिकंदर के आने के पश्चात् यहाँ के विचारकों विशेषतः चाणक्य ने यह गंभीरता से महसूस कर लिया था कि कालांतर में यहाँ और विदेशी हमलावर शासक आएँगे और अपना प्रभुत्व स्थापित करने का प्रयास करेंगे। चंद्रगुप्त को मगध सम्राट बनाने के पश्चात् उसने सीमावर्ती राज्यों को मजबूत करने का भरसक प्रयत्न किया।

कई प्रतापी शासकों ने यहाँ बड़े साम्राज्य स्थापित किए परंतु लंबे समय तक वे साम्राज्य स्थायी नहीं रह पाए। पारिवारिक कलह, अधीन राज्यों द्वारा

पुनः स्वतंत्र हो जाने की कोशिश और सामंतों की असीमित महत्त्वाकांक्षाओं के कारण साम्राज्यों का पतन हुआ। विचारक, लेखक और विद्वान् अपने साहित्य में एक देश, एक राष्ट्रीयता के विचार को प्रतिपादित कर रहे थे। परंतु राजनीतिक स्तर पर इस विचार को यहाँ कभी व्यापक स्वीकृति नहीं मिली। जब शक्तिशाली सम्राट सत्ता में हुए तब उन्होंने सीमावर्ती क्षेत्रों को अपने राज्य की सीमाएँ मानते हुए उनकी पूरी सुरक्षा की। जैसे स्कंदगुप्त ने वहाँ से शकों, हूणों और कुषाणों को खदेड़कर बाहर किया। परंतु जैसे-जैसे साम्राज्य कमजोर होते गए वैसे-वैसे विदेशी हमलावर उत्तरी-पश्चिमी सीमाओं से भारत में प्रवेश करते चले गए।

यूनानियों, शकों, हूणों और कुषाणों के भारत प्रवेश के पश्चात् भारत में उनके कुछ राज्य स्थापित हुए और कालांतर में वे नष्ट भी हुए, वहाँ पुनः भारतीय राजाओं ने अपना अधिकार जमाने में सफलता पाई। हर्षवर्धन के पश्चात् भारत की उत्तर-पश्चिमी सीमाएँ बहुत कमजोर हो गई थीं। सिंधु नदी के उस पार अफगानिस्तान तक के क्षेत्रों में भारतीय राज्यों का आधिपत्य रहा है परंतु वहाँ कभी भी राजनीतिक स्थिरता नहीं रही। आसपास के कबीले आपस में लड़ते-झगड़ते रहते थे। इससे राजनीतिक सत्ताएँ भी प्रायः बदलती रहती थीं। सिंधु नदी के इस पार अपेक्षाकृत बड़े साम्राज्यों की राजनीतिक सत्ताएँ, ज्यादा स्थिर रहीं। हर्षवर्धन के पश्चात् भी सिंधु नदी के किनारे-किनारे कई भारतीय राज्य स्थापित थे किंतु इनमें आपसी एकता का अभाव था। इन्हें संगठित कर एक सूक्त में जोड़ना और उन्हें सैनिक सहयोग प्रदान करते रहने की दिशा में अन्य बड़े राज्यों द्वारा कभी नहीं सोचा गया।

ईसा से 570 साल बाद अरब के मक्का नामक स्थान में हजरत मोहम्मद का जन्म हुआ। आप स्वभाव से बहुत चिंतनशील व्यक्ति थे। अपनी यात्राओं के दौरान उनका यहूदियों और ईसाइयों से संपर्क हुआ। वे उनके एकेश्वरवाद से प्रभावित हुए। उनकी सभ्यता और संस्कृति ने भी हजरत मोहम्मद को प्रभावित किया। उस समय अरब क्षेत्र के लोग अत्यंत बर्बर और जंगली जीवन शैली में जी रहे थे। समाज में कई प्रकार की कुप्रथाएँ फैली हुई थीं। लोगों में तरह-तरह के अंधविश्वास थे और आपसी सामंजस्य बिलकुल नहीं था। आए दिन झगड़े, फसाद और हत्याएँ होती रहती थीं। यह सब देखते हुए हजरत मोहम्मद का मन बहुत व्यथित हुआ और वे एक गुफा

में एकांतवास के लिए चले गए। कहते हैं कि वहाँ जिब्रील नामक फरिश्ते ने उन्हें आत्मबोध कराया और एक मानवीय धर्म स्थापित करने के निर्देश दिए।

इस प्रकार अरब में उन्होंने आपसी प्रेम, सद्भाव और एकेश्वरवाद की स्थापना के लिए इस्लाम धर्म की नींव डाली। एक सूक्ति के अनुसार वे इस्लाम धर्म के अनुयायियों के लिए कहते थे 'नबीय मेहरबान का नाम धराया मुसलमान।' इस प्रकार करुणावान, दयावान और मेहरबान लोगों को मुसलमान कहा गया। मक्कावासियों ने उस समय उनके विचारों का स्वागत नहीं किया। वे जंगल के कानून से संचालित थे। लड़ाई-झगड़ा, लूट-पाट और हत्याएँ ये सब वहाँ के जनजीवन में सहज स्वीकृत था। ऐसी अवस्था में हजरत मोहम्मद का सद्भावना संदेश भला कौन मानता। मक्का में हजरत मोहम्मद का विरोध बढ़ता गया। उन्हें मदीने में आकर शरण लेनी पड़ी। मदीना वासियों के सहयोग से उन्होंने मक्का पर विजय प्राप्त की। हजरत मोहम्मद के पश्चात् अरबों के जो नेता हुए वे खलीफा कहलाए। हजरत मोहम्मद के उपदेश कई सौ सालों पश्चात् पुस्तकाकार रूप में आ पाए। लंबे समय तक ये उपदेश फुटकर रूप से संगृहित किए जाते रहे, इसलिए इनमें क्षेपक प्रसंगों के सम्मिलित होने की संभावना बनी रही।

अरब निवासियों की सदियों से चली आई जीवन शैली एकाएक कैसे बदल सकती थी? हिंसा, असहिष्णुता और विस्तारवाद के मूल्य उनसे छूट नहीं पाए। इन मूल्यों को उन्होंने धार्मिक जामा पहनाकर विश्व विजय का अभियान शुरू किया क्योंकि युद्ध उनके लिए अब धर्मसम्मत था। इसलिए वे पूरी आस्था, विश्वास और उत्साह के साथ लड़ रहे थे। लिहाजा उन्हें उस समय तेजी से सफलताएँ मिलती चली गईं। बहुत कम समय में उन्होंने मिस्र एवं सीरिया पर अपना आधिपत्य स्थापित कर लिया। उनका यह अभियान बढ़ता चला गया। सौ सालों में ही अरबों का साम्राज्य बहुत फैल गया। अब फ्रांस के मध्य भाग से लेकर ऑक्सन और काबुल की नदियों तक उनका साम्राज्य फैल चुका था। इस विजय अभियान के दौरान उनका भारत की ओर ध्यान जाना स्वाभाविक था। इधर भारत के छोटे-बड़े राज्य इस आसन्न संकट से पूरी तरह बेखबर थे।

सबसे पहले खलीफा उमर (643 ई.) ने भारत की सीमाओं पर आक्रमण किया। सिंधु नदी की सीमाओं तक उसकी सेनाएँ आ चुकी थीं।

क्योंकि अरबी एवं फारसी भाषाओं में 'स' को 'ह' कहते हैं इसलिए इस नदी को उन्होंने हिंदु नदी कहा। नदी के उस पार का स्थान, जिसे जीतने के अभियान पर वे लोग निकले थे उसे उन्होंने हिंदुस्थान कहा अर्थात् हिंदु नदी के उस पार का स्थान। इस पार रहने वाले लोगों का धर्म क्या है? यहाँ कोई एक धर्म तो था नहीं। उस समय जैन और बौद्ध विचारों का यहाँ बहुत प्रभाव था परंतु उनकी 'अहिंसा परमो धर्मः' वाली उक्ति अरबों को कभी समझ में नहीं आई इसलिए ज्यादा माथा-पच्ची न करते हुए उन्होंने हिंदुस्थान के निवासियों को हिंदू धर्मावलंबी कहना शुरू कर दिया। इस प्रकार सिंधु नदी को हिंदु नदी, इस पार के स्थान को हिंदुस्थान और यहाँ के निवासियों के धर्म को उन्होंने हिंदू धर्म कहा। बहुत लोग इस अवधारणा में विश्वास नहीं करते वे हिंदू और हिंदुस्तान की अवधारणा को पौराणिक काल का बताते हैं। अरबों के भारत पर आक्रमण के पश्चात् ही हिंदू और हिंदुस्थान का प्रयोग सर्वाधिक मिलने लगता है, इसलिए यह स्थापना ठीक प्रतीत होती है।

अरबों को अपने प्रारंभिक आक्रमणों में यहाँ ज्यादा सफलता नहीं मिली। मुहम्मद बिन कासिम द्वारा भारत पर पहला बड़ा आक्रमण किया गया। उसने एक बड़े लाव-लश्कर के साथ सिंध पर धावा बोल दिया। उस समय वहाँ एक ब्राह्मण राजा दाहिर राज्य करता था। वह वीरतापूर्वक लड़ा परंतु अंत में मुहम्मद बिन कासिम की विजय हुई और इसके साथ ही राजधानी में भयंकर लूटपाट, आगजनी और सामूहिक कत्लेआम चलता रहा। एक विवरण के अनुसार नगर में 16 वर्ष की आयु से अधिक लोगों का सामूहिक कत्ल कर दिया गया। औरतों को बंधक बनाकर मुहम्मद बिन कासिम और उसके सैनिकों की सेवा में लगा दिया गया। इस प्रकार अरबों की भारत में जबरदस्त घुसपैठ हुई। वे आसपास के छोटे-छोटे राज्यों को जीतकर लगातार अपनी सेनाएँ बढ़ा रहे थे और हर युद्ध में हारे राज्य के नागरिकों के साथ बहुत बर्बरतापूर्वक व्यवहार करते थे। वे अपने इन कृत्यों को धर्मसम्मत मानते थे। दया, ममता और करुणा का उनके जीवन मूल्यों में कोई स्थान नहीं था। इधर भारतीय राजे शताब्दियों से जैन और बौद्ध दर्शन के प्रभाव में थे। अहिंसा उनके जीवन में एक बड़ा मूल्य था। सैद्धांतिक रूप से वे जियो और जीने दो के दर्शन में विश्वास रखते थे। वह तो महाभारतकालीन कृष्ण का प्रभाव था कि अन्याय का हर हालत में विरोध करना है। भले ही उसके लिए युद्ध में अपने सगे-संबंधी और प्रियजनों को भी मारना पड़े। कृष्ण आगे यह भी

कहते हैं कि यथासंभव युद्ध को बातचीत से टाला जाए। महाभारत में उन्होंने ऐसे प्रयास किए भी थे। जब बात न बने और युद्ध जरूरी हो जाए तो उसे अपना कर्तव्य मानकर पूरे आत्मविश्वास के साथ लड़ना चाहिए। यही एक आदर्श भारतीय राजाओं को युद्ध के लिए प्रेरित करता था। उनकी सबसे बड़ी कमजोरी यह थी कि वे असंगठित थे। सैन्य बल में अरबों से कमतर थे और पूरे मनोबल के साथ वे युद्ध न कर पा रहे थे। उधर अरब सेनाएँ बढ़ती चली आ रही थीं। इधर स्वार्थी और देशद्रोहियों की भी कमी न थी। मुल्तान नामक बहुत धनाढ्य क्षेत्र मुहम्मद बिन कासिम ने एक देशद्रोही की सहायता से जीता, जिसने नगर की जलापूर्ति की गुप्त व्यवस्था सुल्तान को बता दी थी। जलाभाव में वहाँ की जनता को आत्मसमर्पण करना पड़ा। फिर सदा की तरह मुहम्मद बिन कासिम ने नगर को लूटा और वहाँ कत्लेआम मचाया। कहते हैं वहाँ उसे इतना अधिक सोना प्राप्त हुआ कि वह मुल्तान को सोने का शहर कहने लगा था। उधर इराक में पुराने खलीफा की मृत्यु के पश्चात् नया खलीफा पदासीन हुआ। उसने मुहम्मद बिन कासिम को वापस बुलवाकर उसे यातनाएँ देकर मरवा डाला। इधर सिंध में कासिम के सूबेदारों के खिलाफ विद्रोह हुआ, जिसे कुचलने के लिए खलीफा द्वितीय (717-720 ई.) ने हबीब को सिंध में भेजा, जिसने वहाँ के विद्रोह को समाप्त करने में सफलता पाई। खलीफा द्वितीय ने सिंध के सामंतों को इस शर्त पर माफ करने की पेशकश की कि वे इस्लाम कुबूल कर लें। इस प्रकार वहाँ के अधिकांश सामंतों ने अपनी जान बचाने के लिए इस्लाम कुबूल कर लिया।

अरबों के आक्रमणों के पहले भारत में यूनानी, शक, हूण और कुषाण आए। यहाँ इन्होंने अपने राज्य भी स्थापित किए परंतु उन्होंने यहाँ किसी प्रकार का धर्मांतरण नहीं किया। उनके शासकों ने भारतीय समाज के रीति-रिवाजों और विश्वासों के साथ भी कोई छेड़छाड़ नहीं की। उन्हें सिर्फ अपने राज्य की स्थापना से तात्पर्य था। पराजित जनों को उन्होंने इस तरह कभी मजबूर नहीं किया, जिस तरह अरब आक्रमणकारियों ने किया। राज्य समाप्ति के पश्चात् उन जातियों के जो लोग यहीं रह गए, बस गए इसी देश में, वे जल्द ही यहाँ की सामाजिक-सांस्कृतिक धारा में समाहित हो गए।

अरब आक्रमणकारियों के पश्चात् जो सबसे बड़ा खतरा इस देश में पैदा हुआ वह सामूहिक धर्मांतरण और इस देश की सामाजिक-सांस्कृतिक गतिविधियों में प्रशासनिक हस्तक्षेप था। और यह सिलसिला ज्यादा सक्रियता

के साथ बहुत लंबे अरसे तक देश में चलता रहा। अरब आक्रमणकारी सिर्फ अपना साम्राज्य विस्तार भर नहीं कर रहे थे वे अपने विजय अभियानों के साथ लगातार जबरदस्ती इस्लाम अनुयायियों की संख्या भी बढ़ा रहे थे। इस प्रकार इस देश का सामाजिक संतुलन गड़बड़ाने लगा था। उस समय एक ओर संपूर्ण अफगानिस्तान तक का क्षेत्र, काबुल सहित भारतीय राजाओं के हाथ से निकल गया था। दूसरी ओर गुजरात एवं राजस्थान के कई राज्य अरब शासकों के अधीन हो चुके थे। दक्षिण भारत में विशेषकर मालाबार में अरबों के उपनिवेश स्थापित हो चुके थे। इस प्रकार भारत के अलग-अलग हिस्सों में अरबों की उपस्थिति के कारण यहाँ तेजी से इस्लाम धर्म को फैलाया जा रहा था।

भारतीय धर्म, जिसे अब हिंदू धर्म कहा जाने लगा था, उसमें वेद, उपनिषद्, पुराण एवं जैनों-बौद्धों की दार्शनिक मान्यताएँ समाहित थीं, लेकिन कभी इस्लाम और ईसाई धर्म की तरह वह कोई संगठित धर्म नहीं रहा। धर्म मतलब धर्म, भारतीय मनीषियों ने कभी उसके आगे कोई नाम नहीं लगाया। इसी प्रकार भारतीय धर्म (हिंदू धर्म) का कभी कोई एकल ग्रंथ नहीं रहा। कृष्ण जब भी गीता में धर्म शब्द का प्रयोग करते हैं, उसके साथ किसी संज्ञा का प्रयोग नहीं करते। वे अर्जुन से यही कहते हैं कि तू धर्म की शरण में आ। हिंदू धर्म की शरण में आ, ऐसा नहीं कहते। इस प्रकार यहाँ धर्म की एक प्रवाहमान परंपरा है, जो आज भी सतत प्रवाहित है। संगठित धर्म का विचार भारत में इस्लाम के आगमन के पश्चात् हुआ। यहाँ कभी किसी राजा ने अपना धर्म राज्य की जनता पर लादने की कोशिश नहीं की। अशोक बौद्ध धर्म का अनुयायी था परंतु उसने देश में या विदेशों में कभी बौद्ध धर्म को अपनाने का ऐसा अभियान नहीं चलाया, जैसे मुस्लिम शासकों ने सारी दुनिया में जबरदस्ती चलाया। धार्मिक स्वतंत्रता यहाँ सबसे बड़ा मूल्य रहा है और अभी भी है। इस अवस्था में किसी धर्म का झंडा लेकर आगे बढ़ना, उस धर्म को फैलाना एवं जबरदस्ती अपने धर्म में लोगों को शामिल करते जाना यहाँ कभी स्वीकृत नहीं रहा। भारत में अरबों के आक्रमण के दो उद्‌देश्य थे, एक तो अपने राज्य का विस्तार एवं इस्लाम धर्मावलंबियों की संख्या लगातार बढ़ाते जाना। किसी भी तरह।

दो सौ वर्षों तक लगातार संघर्ष करते रहने के पश्चात् अरब आक्रमणकारी केवल सिंध, मुल्तान, अफगानिस्तान एवं कुछ छोटे राज्यों पर

ही अपना आधिपत्य जमा पाए थे। भारत का बहुत बड़ा हिस्सा अभी भी भारतीय राजाओं के अधीन था। सीमाओं से विदेशी आक्रमणकारियों की घुसपैठ लगातार जारी थी और भीतरी क्षेत्रों के बड़े राजे-महाराजे इस आसन्न खतरे को देखते हुए भी इसे नजरअंदाज कर रहे थे।

मध्य एशिया की एक मुस्लिम जाति है तुर्क, जिसका एक महत्त्वाकांक्षी शासक महमूद गजनवी बहुत दिनों से भारत पर नजरें गड़ाए हुआ था। तत्कालीन बगदाद के खलीफा ने उसे सुल्तान के रूप में मान्यता दे दी और अपना राज्य एवं इस्लाम को फैलाने की जिम्मेदारी सौंपी। उसके दरबारी इतिहासकार उतबी ने लिखा है, "महमूद भारत पर अपने आक्रमणों को जिहाद कहता था। उसका उद्देश्य धन-संपत्ति लूटने के साथ इस्लाम धर्म का प्रचार एवं मूर्ति पूजा का विनाश करना था।"

महमूद गजनवी के आक्रमणों ने भारत में जबरदस्त विनाश लीला मचाई। वह अपने राज्य विस्तार के साथ मठों, मंदिरों और देवालयों को भी लूटता और वहाँ विध्वंस करते हुए आगे बढ़ रहा था। हिंदू समाज में जो लोग मुसलमान हो जाते, उनकी पहली पीढ़ी शुरू में असहज महसूस करती। उन्हें वापस अपने धर्म और समाज में लौटने के रास्ते यहाँ बंद थे। समाज में कोई ऐसी व्यवस्था नहीं थी कि उन्हें पुनः हिंदू बनाया जा सके। वे मुसलमान हो जाने के पश्चात् हिंदुओं के लिए अंत्यज हो जाते थे। बाद में उनकी पीढ़ियाँ भलीभांति इस्लाम धर्म की कट्टर अनुयायी होती चली गईं। भारत में अब जो मुस्लिम शासकों के आक्रमण हो रहे थे, उन्हें यहाँ के स्थानीय मुसलमानों का सहयोग और समर्थन मिलने लगा था। तब भी भारतीय मुसलमानों का बहुत बड़ा वर्ग, हिंदू राजाओं का समर्थक और उनकी सेनाओं में महत्त्वपूर्ण पदों के साथ आक्रमणकारी मुस्लिम शासकों के साथ संघर्ष कर रहा था। महमूद गजनवी बहुत क्रूर एवं उन्मादी शासक था। विधर्मियों का कत्लेआम उसके लिए धर्मसम्मत था। हिंदुओं के पूजा स्थलों को तोड़ना उसके लिए शबाब का काम था। सोमनाथ मंदिर पर उसका आक्रमण इतिहास प्रसिद्ध है। इस मंदिर की लूटपाट में महमूद को 20 लाख दीनार की संपत्ति मिली और पचास हजार से ज्यादा लोगों का उसने कत्लेआम किया। नगरकोट, भटिंडा, नारायणपुर, थानेश्वर, नंदन, मथुरा, कन्नौज, बुंदेलखंड का कुछ भाग एवं कश्मीर पर उसने आक्रमण किए और विजय पाई। उसका मुख्य उद्देश्य लूटपाट करना, मंदिरों को तोड़ना और पराजित जनता को जबरदस्ती मुसलमान बनाना था।

महमूद यहाँ से अरबों की संपत्ति लूटकर गजनी वापस चला गया।

हिंदू राजा आपस में बुरी तरह बंटे हुए थे। एक राज्य पर हमला होता तो पड़ोसी राज्य उसकी कोई मदद न करता बल्कि कई राजे-महाराजे अपने राज्य को छोड़ देने के लिए हमलावर सुल्तान से अनुनय-विनय कर अपने खजाने उसके सामने बिछा देते। पंडे, पुजारी और पुरोहितों को विश्वास था कि भगवान स्वयं अपने मंदिर की रक्षा करेंगे। वे युद्ध के समय चमत्कार का इंतजार करते रहते। उन्होंने राजाओं की आपसी एकता का कोई प्रयास नहीं किया। फलस्वरूप विदेशी हमलावर यहाँ सफल होते चले गए।

ऐसा भी नहीं कह सकते कि भारतीय राजे-महाराजे और उनके भारतीय योद्धा विदेशी हमलावरों से बहादुरीपूर्वक नहीं लड़े। उनकी बहादुरी के किस्से बेमिसाल हैं परंतु वे मन से युद्ध के पक्षधर नहीं थे। वे साम्राज्यवादी मानसिकता के नहीं थे, इसलिए अपनी सीमाएँ पार करके दूसरे देशों में अपना साम्राज्य फैलाने नहीं गए। अपने धर्म को फैलाने का तो प्रश्न ही नहीं था। भारतीय धर्म में व्यक्तिगत स्वतंत्रता की पूरी स्वीकृति है। एक ही परिवार के सदस्य अलग-अलग देवी-देवताओं को पूजते हैं परंतु इस बात को लेकर उनमें कोई कटुता नहीं है। शताब्दियों तक यहाँ की राज सत्ताएँ जैन एवं बौद्ध विचारों के प्रभाव में रही। वहाँ अहिंसा के प्रति जबरदस्त आग्रह रहा है। विदेशी आक्रांता उन्नत हथियार और नवीन युद्ध शैली के साथ भारत पर आक्रमण कर रहे थे। वे संख्या बल में भी भारतीय राजाओं की सेनाओं से ज्यादा होते। छोटे-छोटे राज्यों को जीतकर वे अपने सैनिकों की संख्या बढ़ाते जाते थे और भारतीयों को भारतीयों से ही लड़वा रहे थे। भारतीय राज्यों में परस्पर कोई सामंजस्य नहीं था। हर राज्य को अपनी रक्षा स्वयं करनी थी। माना कि उनके सैनिक बहादुर थे। राज्य के प्रति वफादार थे परंतु संख्या में हमलावर सेनाओं से बहुत कम थे। इस प्रकार एक-एक राज्य पराजित होता गया और विदेशी शासन यहाँ फैलता चला गया।

महमूद गजनवी तो लूटपाट करके यहाँ के लोगों को मुसलमान बनाते हुए अपार धन-संपत्ति के साथ गजनी वापस चला गया। यहाँ जीते हुए राज्यों में उसने अपने सूबेदार नियुक्त कर दिए थे परंतु वे सूबेदार कुशल प्रशासक साबित नहीं हुए। बहुत दिनों से मुहम्मद गोरी की भी भारतीय राज्यों पर नजर थी। महमूद के गजनी लौटने के पश्चात् मुहम्मद गोरी को भारत पर

आक्रमण करना आसान हो गया। मुहम्मद गोरी एक कट्टर मुसलमान शासक था। वह पूरे भारत में मुस्लिम साम्राज्य फैलाना चाहता था। उसे मालूम था कि भारतीय राजाओं के पास अपार संपत्ति है, जिसे लूटकर एक विशाल साम्राज्य बनाया जा सकता है। मूर्ति पूजकों को वह काफिर कहता था, जिनका नाश करने से शबाब मिलता है, ऐसा मानते हुए उसने तीव्रतापूर्वक भारत के अलग-अलग राज्यों पर हमले किए। पृथ्वीराज चौहान और मुहम्मद गोरी के युद्धों का विवरण इतिहास प्रसिद्ध है, जिसमें कई बार युद्ध में विजयी हो जाने के पश्चात् पृथ्वीराज चौहान द्वारा मुहम्मद गोरी को छोड़ देने के प्रसंग हैं। परंतु पृथ्वीराज चौहान की एक पराजय के पश्चात् ही मुहम्मद गोरी ने उसे बंदी बनाकर उसकी आँखें फोड़वा दी थीं। कहते हैं इस युद्ध में पृथ्वीराज चौहान की पराजय में जयचंद नामक एक देशद्रोही ने अपनी भूमिका निभाई थी। इस प्रकार यहाँ के देशद्रोही राजाओं का सहारा लेकर छल-कपट से मुहम्मद गोरी ने अपने साम्राज्य का विस्तार किया था। मुहम्मद गोरी ने अपने जीवन के अंतिम काल में अपने स्वामिभक्त गुलाम कुतुबुद्दीन ऐबक को भारतीय साम्राज्य का शासक बनाया। यहाँ से भारत में गुलाम वंश का शासन प्रारंभ हुआ। गुलाम वंश के लगभग आठ राजाओं ने भारत में शासन किया। बाद में गयासुद्दीन तुगलक ने अपना साम्राज्य स्थापित किया। इस वंश के भी लगभग चार शासक हुए। इनके शासन काल में मंगोलों के आक्रमण हुए एवं तैमूर लंग नामक दुस्साहसी सुल्तान जो समरकंद का शासक था, ने भारत पर आक्रमण किया और एक बड़ा क्षेत्र जीता। भारत में जितना भीषण कत्लेआम तैमूर ने किया और जो लूटपाट की, ऐसा पहले किसी आक्रमणकारी ने नहीं किया था। बाद में वह सकुशल समरकंद वापस चला गया। तुगलक वंश के पतन के पश्चात् लोदी वंश अस्तित्व में आया। 1483 ई. में जन्मा बाबर जब भारत में आया, तब दिल्ली में इब्राहीम लोदी का शासन काल था। इब्राहीम लोदी काफी घमंडी शासक था। अपने अधीन राज्यों के सूबेदार एवं हिंदू शासकों को वह बहुत परेशान करता रहता था। उसके अधीन सूबेदार और राजे यह चाहते थे कि किसी तरह इब्राहीम लोदी का पतन हो एवं कोई और शासक दिल्ली के राजसिंहासन पर बैठे तथा शासन व्यवस्था चलाए। सबसे पहले पंजाब के गवर्नर दौलत खाँ लोदी ने बाबर को भारत पर आक्रमण करने के लिए निमंत्रित किया। मेवाड़ के राणा संग्राम सिंह (राणा साँगा) ने भी अपने राज्यों को सुरक्षित छोड़कर इब्राहीम

लोदी को पराजित करने के लिए बाबर से आग्रह किया। इस प्रकार बाबर के हौसले बढ़े और उसने पूरी तैयारी के साथ भारत की ओर प्रस्थान किया। बाबर एक पढ़ा-लिखा, शिक्षित और समझदार योद्धा था। वह धार्मिक रूप से कट्टर नहीं था और न ही इस्लाम को फैलाना उसका उद्देश्य था। वह फरगना का शासक था और उससे बड़े साम्राज्य का शासक होने की इच्छा रखता था। वह अपने साथ सबसे पहले भारत में तोपें लेकर आया। वह युद्ध नीति में बहुत निपुण था। उसने अपने थोड़े से सैनिकों के बल पर ही इब्राहीम लोदी की विशाल सेना को परास्त कर दिल्ली की सल्तनत हथिया ली। इस प्रकार भारत में विशाल मुगल साम्राज्य की नींव पड़ी। हिंदुस्तान में आकर बाबर ने लंबी नदियाँ, सुंदर और ऊँचे पहाड़ तथा घने वन देखे। वह यहाँ की प्राकृतिक संपदा से बहुत प्रभावित हुआ। वह पूर्ववर्ती इस्लामिक शासकों की तरह क्रूर और लुटेरा नहीं था। हिंदू धर्म की उत्सवधर्मिता ने भी उसे प्रभावित किया। आए दिन यहाँ छोटे-बड़े राजाओं में युद्ध होते रहते थे। विदेशी आक्रांताओं ने भी भारतवासियों को बहुत घाव दिए थे। उनके अधिकांश मंदिर और पूजास्थल नष्ट-भ्रष्ट कर दिए गए थे। बिना किसी कुसूर के लोगों का सामूहिक कत्लेआम हुआ था। अपार धन-संपत्ति लूटकर लोग अपने देश ले गए थे। छोटे-छोटे राज्यों के शासक अपनी और राज्य की जनता की सुरक्षा करने में असमर्थ थे। भारतवासियों का जनजीवन दुख, परेशानियों और असुरक्षा से परिपूर्ण था फिर भी वे गाते थे, नाचते थे और धार्मिक पर्वों पर उत्सव मनाते थे यह जीवन शैली बाबर ने पहले कभी न देखी थी। यहाँ के चार ऋतुओं वाले मौसम ने भी बाबर को आनंदित किया। अंततः उसने दृढ़ निश्चय किया कि अब वह यहीं रहेगा। कहीं नहीं जाएगा। अब यही उसका देश है।

पानीपत के युद्ध में इब्राहीम लोदी को पराजित करने के पश्चात् बाबर का सामना राणा संग्राम सिंह (राणा साँगा) से ही हुआ। राणा साँगा यह सोचते थे कि बाबर यहाँ इब्राहीम लोदी को पराजित कर मुझे दिल्ली का उत्तराधिकारी बनाकर वापस फरगना चला जाएगा। आखिर वह वहाँ का पैतृक उत्तराधिकारी था। परंतु बाबर अब हिंदुस्तान को ही अपना देश मान चुका था। राणा साँगा ने कई राजपूत राजाओं को संगठित कर एक विशाल सेना के साथ खानवा में बाबर के साथ युद्ध लड़ा। बाबर युद्ध नीति में बहुत कुशल था। कम सेना से शत्रु की विशाल सेना के साथ कैसे मुकाबला करना

है, यह शैली वह अच्छी तरह जानता था। बाबर की तोपों के सामने राजपूतों की विशाल सेना काम नहीं आई और राणा साँगा इस युद्ध में पराजित हुआ। राज्य विस्तार करते हुए बाबर ने कई युद्ध लड़े और उनमें विजय पाई। वह पूर्ववर्ती इस्लामिक शासकों की तरह इस्लाम का अंधभक्त भी नहीं था। एक बार मौलवियों द्वारा फाल निकालकर बाबर को यह बताया गया कि युद्ध के लिए यह घड़ी शुभ नहीं है। आप युद्ध पर न जाएँ। परंतु वह नहीं माना। घोड़े पर चढ़ते हुए एक बार वह गिर भी गया। मौलवियों ने फिर चेताया, युद्ध पर न जाएँ। आप हार सकते हैं। बाबर ने उनकी एक नहीं मानी और कहा, मेरे आत्मविश्वास से बड़ी कोई चीज नहीं है। वह उसी घड़ी युद्ध पर गया और विजयी होकर लौटा। धार्मिक रूप से वह अत्यंत उदारवादी शासक था। वह सभी धर्मों का समान रूप से आदर करता था। उसने अपने जीवन काल में हमेशा धार्मिक स्वतंत्रता को बढ़ावा दिया। कोई धर्म किसी पर जबरदस्ती थोपे जाने के पक्ष में वह कभी नहीं रहा। यही शिक्षा उसने अपने परिवार में आने वाली पीढ़ियों को भी दी। अपने बेटे हुमायूं के नाम उसका लिखा हुआ वसीयतनामा पढ़ने लायक है, जिसमें उसने अंधविश्वासों से सदा दूर रहने की हिदायत देते हुए अपने बेटे से कहा है कि तुम हमेशा धार्मिक सहिष्णुता को अपनाना और सदा निष्पक्ष न्याय करना। इस प्रकार बाबर का यह आदर्श बाद में उसकी कई पीढ़ियों तक कायम रहा। वह कवि हृदय व्यक्ति था। तुर्की भाषा में उसने कई कविताएँ लिखी हैं। बाबर ने अपना 'जीवन-दर्शन' 'बाबरनामा' नामक ग्रंथ में लिखा है। उसने इसमें अपना बचपन, यौवन और अपने द्वारा जीते हुए युद्धों का विवरण विस्तार से लिखा है। वह प्रकृति प्रेमी था। उसने नदियों, पहाड़ों और वनों का भी वर्णन किया है। वह कवि हृदय व्यक्ति था। उसने इस ग्रंथ में तुर्की, फारसी भाषा में लिखी गई अपनी कविताएँ भी संग्रहीत की हैं। यह किताब एक उदार, प्रकृति प्रेमी और कवि हृदय शासक की आत्मकथा है। यहीं से हिंदुस्तान में एक गंगा-जमुनी तहजीब की शुरुआत होती है। बाबर से लेकर शाहजहाँ तक इस तहजीब का बड़ा सम्मान रहा और इस देश में धार्मिक सहिष्णुता कायम रही। शाहजहाँ का सबसे छोटा शहजादा औरंगजेब अपने पिता को जेल में डालकर और भाइयों को मरवाकर जब शासक बना, तब एक बार फिर इस देश में धर्मांधता का दौर आया। औरंगजेब ने फिर लोगों को जबरदस्ती मुसलमान बनाना प्रारंभ कर दिया और हिंदुओं पर जजिया नामक धार्मिक

कर थोपा। इस प्रकार गंगा-जमुनी तहजीब को जबरदस्त चोट पहुंची और इसी प्रमुख कारण से मुगल साम्राज्य का पतन शुरू हो गया। ऐसा नहीं है कि बाबर से लेकर औरंगजेब तक मुगल शासकों के खिलाफ विद्रोह नहीं हुए। विद्रोह हुए और जबरदस्त विद्रोह हुए। इसके आशाजनक परिणाम निकले। कई रियासतें मुगलों के हाथ से निकल गईं। महाराणा प्रताप, छत्रपति शिवाजी, छत्रसाल बुंदेला, बाजीराव पेशवा, गुरु गोविंद सिंह और पूर्ववर्ती सिख गुरुओं ने मुगल सल्तनत का जमकर विरोध किया। इस संघर्ष की बलिदान गाथाएं अविस्मरणीय हैं। जरा सोचिए, गुरु गोविंद सिंह के बेटे जोरावर सिंह (आयु 9 वर्ष), फतेह सिंह (आयु 7 वर्ष) को इस्लाम कबूल न करने के जुर्म में जिंदा दीवार में चुनवा दिया गया था। मुगलकाल में आतताई सत्ता का जमकर विरोध होता रहा है। अंग्रेजों का भारत में आगमन हो चुका था। भारत में हिंदू-मुस्लिम विभाजन को आगे बढ़ाते हुए अंग्रेजों ने अपने पैर पसारने शुरू कर दिए।

बाबर से लेकर शाहजहाँ तक भारत में 'भक्तिकाल' का समय कहा जाता है। इस समय साहित्य, संगीत, कला, भवन-निर्माण, शिल्प आदि का जबरदस्त विकास हुआ। इस्लाम में संगीत वर्जित होने के बाद भी मुस्लिम साधकों ने भारतीय शास्त्रीय संगीत अपनाया और उसे बुलंदियों पर स्थापित किया। इसी प्रकार साहित्य में रहीम और रसखान जैसे मुस्लिम राजसत्ता और धर्म में पले हुए लोगों ने हिंदू धर्म की विशेषताओं को अपनाया तथा प्रेम, भक्ति एवं आपसी सौहार्द के गीत गाए।

अकबर स्वयं कवि था। उसके दरबार में रहीम और गंग जैसे महत्वपूर्ण कवि थे। बीरबल, डोडरमल और तानसेन हिंदवी एवं ब्रज भाषा में कविता कर रहे थे। अकबर का एक दोहा है - 'जाको जस है जगत में, जगत सराहे जायि। ताको जीवन सफल है, कहत अकब्बर साहि।।'

जहांगीर, शाहजहां, औरंगजेब, शाहआलम और बहादुरशाह जफर कविताएं लिखते थे। इनकी कविताएं 'संगीत राग कल्पद्रुम' नामक ग्रंथ में संकलित हैं, जो तीन खंडों में प्रकाशित है। अकबर और जहांगीर के दरबार में जैन साधु एवं संस्कृत के विद्वान स्थान पाते थे। शाहजहां के दरबार में हरिनाथ, सुंदर, कविंद्राचार्य और संस्कृत के कवि जगन्नाथ के होने का विवरण मिलता है। औरंगजेब के बड़े भाई दाराशिकोह का पारसी दीवान तो है। कुछ

ग्रंथ और भी मिलते हैं। उसके द्वारा रचित 'दोहा स्तव' और 'सार संग्रह' नामक ग्रंथों का भी उल्लेख है।

औरंगजेब अपनी तमाम क्रूरता के पश्चात काव्य कला में रुचि रखता था। उसकी एक रचना देखिए - 'तुब गुण रवि उदै कीनो यही ते कहत तुमको बाई उदैपुरी। जानन मन जान शाह औरंगजेब रीझ रहे याही तें, कहत तुमको विधारूप चातुरी।'

मध्य युग के साहित्य में प्रचुरता से भारत और भारतीय धर्म के लिए हिंदुस्तान और हिंदू धर्म नाम का प्रयोग मिलता है। अमीर खुसरो (1253-1325 ई.) ने अरबी-फारसी और भारतीय बोलियों को मिलाकर पूरे देश के लिए एक संपर्क भाषा 'हिंदवी' की कल्पना की थी। मध्य युग के अंत में गुजराती भाषी महामति प्राणनाथ ने उसे हिंदुस्तानी कहकर पुकारा। अपनी वाणी उन्होंने मातृभाषा गुजराती के बजाय 'हिंदुस्तानी' में कही। आगे चलकर यही हिंदुस्तानी भारतेंदु काल में 'हिंदी' के रूप में प्रतिष्ठित हुई।

तीन ओर सागर से घिरे हुए एवं उत्तर-पश्चिम में सिंधु नदी के पार अफगानिस्तान तक का भूखंड जिसे हम भारत मानते आए हैं, इस संपूर्ण क्षेत्र पर किसी एक साम्राज्य का आधिपत्य कभी नहीं रहा। बड़े-बड़े हिंदू, तुर्क, खिलजी, गुलाम, लोदी और मुगल साम्राज्य हुए परंतु पूरे भारत पर कोई एक साम्राज्य कभी नहीं रहा। पूरे दक्षिण भारत को अपने अधीन करने में सभी राजवंशों के दाँत खट्टे होते रहे। मुगल साम्राज्य के सभी शासक जीवन भर अपनी पूरी ताकत लगाने के बावजूद संपूर्ण दक्षिण भारत को विजित नहीं कर पाए। औरंगजेब तो अपने दक्षिण विजय के अभियान में ही मृत्यु को प्राप्त हुआ। इस प्रकार भारत की पूरी सीमाएँ किसी एक शासन के अधीन न आ पाने के कारण सदा असुरक्षित बनी रहीं। सीमावर्ती राज्यों पर ही पहरेदारी का दायित्व था, परंतु वे उसका निर्वाह किस तरह करते? इस प्रश्न पर देश के भीतरी शासकों ने कभी गंभीरतापूर्वक विचार नहीं किया। पूरे देश के सभी राज्यों में एक राष्ट्रीयता की भावना कभी नहीं आ पाई और इसके लिए कोई प्रयास भी नहीं किए गए। जबकि शेष दुनिया में जो भारतीय सभ्यता के प्रारंभिक काल में अत्यंत पिछड़े हुए देश थे, वहाँ भी प्रारंभ में इसी प्रकार राज्य व्यवस्था थी परंतु वहाँ अब तक राष्ट्रीय भावना भारत से प्रबल होकर सामने आ चुकी थी।

भारत की उत्तर-पश्चिम सीमाएँ कमजोर थीं। अब तक भारत में सारे विदेशी शासक इसी छोर से भारत में प्रवेश करते हुए अपने साम्राज्य को फैलाते चले गए थे। अंग्रेज पहली बार भारत में समुद्री मार्ग से आए। इसके पहले वास्को ड गामा (1469-1524) साहसिक पुर्तगाली अन्वेषक था जो 1498 में समुद्री मार्ग से कालीकट आया।

24 अगस्त, 1608 को व्यापार के उद्देश्य से भारत के सूरत बंदरगाह पर अंग्रेजों का आगमन हुआ। अंग्रेजों की ईस्ट इंडिया कंपनी ने पहले सूरत में फिर मद्रास में अपने व्यापारिक केंद्र खोले। अंग्रेज मुख्य रूप से रेशम, नील, कपास, चाय, अफीम आदि का व्यापार करते थे। अपने व्यापारिक अभियानों के दौरान उन्होंने देखा कि भारतीय समाज आपस में बंटा हुआ है। इनमें राष्ट्रीय भावना का अभाव है और यहाँ के मुगल शासक गैर जिम्मेदार है। आधुनिक ज्ञान-विज्ञान का भी यहाँ बहुत अभाव है। धार्मिक अंधविश्वास यहाँ के समाज में गहराई तक पैठ बनाए हुए हैं। जातिवाद की जड़ें बहुत गहरी हैं और देश के विषय में कोई नहीं सोचता। इस स्थिति में अंग्रेजों को महसूस हुआ कि यदि वे यहाँ के प्रशासन में घुसपैठ करें तो बहुत कम समय में वे यहाँ बहुत अच्छी स्थिति में पहुंच सकते हैं। सन् 1757 ई. में रॉबर्ट क्लाइव (1725 75) के नेतृत्व में ईस्ट इंडिया कंपनी ने प्लासी के युद्ध में बंगाल के नवाब सिराजुद्दौला को पराजित कर दिया। इसके साथ ही भारत में ईस्ट इंडिया कंपनी के शासन काल की शुरुआत हुई।

भारत के प्राचीन साहित्य को प्रकाश में लाने के उद्देश्य से 1784 में विलियम जोन्स ने 'एशियाटिक सोसायटी ऑफ बंगाल' नामक एक विद्वत्त सभा की स्थापना की। जोन्स ने अत्यंत परिश्रम और धैर्यपूर्वक संस्कृत सीखकर कालिदास के अभिज्ञान शाकुंतल का अंग्रेजी अनुवाद 1789 में प्रकाशित किया, जिसने यूरोप महाद्वीप के भद्र समाज में हलचल मचा दी। जर्मन महाकवि गेटे इसे पढ़कर बहुत प्रभावित हुए। जोन्स ने जयदेव के गीतगोविन्द और मनुस्मृति का भी अनुवाद किया। इस संस्था का भारतीय साहित्य के प्रचार और प्रसार में महत्त्वपूर्ण स्थान है। एक नई विधा अस्तित्व में आई जो भारतविद्या इंडोलॉजी कहलाई।

अंग्रेज कूटनीति में पारंगत थे। वे इंग्लैंड से आए थे। उस समय तक यूरोप में ज्ञान-विज्ञान का विस्फोट हो चुका था। अंग्रेज आधुनिक हथियारों

और आधुनिक शिक्षा से लैस थे। उन्होंने सबसे पहले भारत में सैनिक प्रशिक्षण का कार्यक्रम चलाया। गरीब भारतीयों को अपनी सेना में भर्ती करके उन्होंने उन्हें प्रशिक्षित सैनिक बनाया। अंग्रेजों की सैनिक टुकड़ी आधुनिक हथियारों से सुसज्जित रहती थी। आगे चलकर उन्होंने यहाँ तोपों और बंदूकों का खुलकर इस्तेमाल किया। धीरे-धीरे एक-एक राज्य को हड़पते जाना और वहाँ की सेनाएँ अपनी सेनाओं में सम्मिलित करके अपनी सैन्य शक्ति बढ़ाते जाना, ईस्ट इंडिया कंपनी का प्रमुख एजेंडा हो गया।

1857 में रानी झाँसी लक्ष्मीबाई ने विद्रोह का झंडा बुलंद किया। बुंदेलखंड के राजाओं ने ही उस बहादुर महिला का साथ नहीं दिया। वह अपनी आजादी के लिए अंग्रेजों से वीरतापूर्वक लड़ी फिर वीरगति को प्राप्त हुई। 1857 के इस विद्रोह को सैनिक विद्रोह भी कहते हैं, इससे अंग्रेजों को अपने प्रशासन की कमजोरियाँ मालूम हुईं। इस विद्रोह के पश्चात् उन्होंने कई प्रशासनिक फेर-बदल किए और सैनिकों को नए सिरे से अपने अनुकूल प्रशिक्षित करना प्रारंभ किया। अंग्रेज मुख्य रूप से व्यापारी थे। वे यहाँ धन-संपत्ति कमाने आए थे। यहाँ के कमजोर प्रशासन और विषम सामाजिक परिस्थितियों का लाभ उठाकर अपनी कूटनीति के बल पर वे सत्ता में आए थे। उन्हें यहाँ के आंतरिक मामलों में कोई दिलचस्पी नहीं थी। बाबर की तरह वे इस देश को अपना देश कभी नहीं मान पाए। भारत उनके लिए उनका उपनिवेश था, जहाँ से वे धन-संपत्ति अपने देश में पहुंचाते रहते थे। छोटे-बड़े राज्यों में बंटा हुआ यह देश फिर भी एक देश के रूप में मान्य था। पूरे देश पर कोई एक साम्राज्य कभी नहीं रहा। धीरे-धीरे एक-एक राज्य को जीतते हुए या हड़पते हुए अंग्रेज अपना साम्राज्य फैलाते जा रहे थे। कई राज्य तो बिना किसी संघर्ष के उनके समक्ष अपना, आत्मसमर्पण कर चुके थे।

बाबर ने भारत में जिस हिंदू-मुस्लिम एकता का सूत्रपात किया था, शाहजहाँ तक वह यहाँ फूलता-फलता रहा। औरंगजेब ने उसे नेस्तनाबूत कर दिया। उसने हिंदुओं और मुसलमानों में विभेद की रेखा ज्यादा गहरी की। बहादुर शाह जफर के समय वह गंगा-जमुनी तहजीब कुछ परवान चढ़ी परंतु अंग्रेजों ने बहादुर शाह जफर को गिरफ्तार कर रंगून जेल में डाल दिया, जहाँ उनकी मृत्यु हो गई। अब अंग्रेजों का भारत पर एकच्छत्र शासन था परंतु अभी भी कई भारतीय राज्य स्वतंत्र थे।

सन् 1857 के विद्रोह के पश्चात् ब्रिटेन की महारानी ने ब्रिटेन शासन के अंतर्गत ईस्ट इंडिया कंपनी का विलय कर दिया। इस प्रकार भारत पर अब सीधे महारानी विक्टोरिया अर्थात् ब्रिटिश गवर्नमेंट का शासन हो गया। सारे प्रशासनिक रद्दोबदल अब सीधे इंग्लैंड से होते थे। क्या आश्चर्य है कि इंग्लैंड में बैठे हुए राजा-रानी भारत का शासन चला रहे थे। यह सब आधुनिक शिक्षा और वैज्ञानिक सोच के आधार पर संभव हो सका। इसके पहले तो हर साम्राज्य में अधीन राजे-रजवाड़े और सूबेदार आदि आए दिन विद्रोह करते रहते थे, इसलिए साम्राज्य बिखरते रहे। यहाँ राजा-रानी तो इंग्लैंड में बैठे थे। गवर्नर आदि वहीं से नियुक्त किए जा रहे थे। कभी किसी गवर्नर ने ब्रिटिश शासन के खिलाफ विद्रोह नहीं किया। नियम, कानून और जबरदस्त अनुशासन के बल पर अंग्रेज भारत को गुलाम बना पाए। व्यापारिक प्रवृत्ति उनकी कम नहीं हुई थी। भारत पर शासन करते हुए उन्हें यहाँ से धन कमाना था और वे सुविधाजनक ढंग से कमा रहे थे। भारत के राजाओं को गुलाम बनाते हुए उन्होंने उनसे विधिवत् विलय का एग्रीमेंट किया। थोड़े-बहुत अधिकार उन्हें देकर अंग्रेजों ने राज्य की पूरी आमदनी में से अपना हिस्सा सुनिश्चित कर राजाओं के अपने राज्य में राज्य करने को छोड़ दिया। भारत के अधिकांश राजा इतने में ही खुश थे, जबकि वे अपनी मर्जी से अपने राज्य में ही कुछ नहीं कर सकते थे। जगह-जगह अंग्रेजों ने अपने पॉलिटिक्स एजेंट नियुक्त कर रखे थे जो राजाओं से तयशुदा रकम वसूलते और उनके प्रशासन में पूरा हस्तक्षेप रखते थे।

सन् 1876 ई. में ब्रिटिश शासन और रूस के बीच गंडामक नामक संधि हुई, जिसमें अफगानिस्तान नामक एक बफर स्टेट को मान्यता प्रदान की गई। अर्थात् अफगानिस्तान अब राजनीतिक रूप से एक स्वतंत्र देश के रूप में अस्तित्व में आया। इतिहास में भारत की सीमाओं में यह पहला विभाजन था।

इसमें कोई शक नहीं कि अंग्रेजों ने भारत में वैज्ञानिक और तकनीकी विकास को बहुत आगे बढ़ाया। कानून और व्यवस्था कायम रखने की दिशा में भी उन्होंने महत्त्वपूर्ण काम किया। समाज सुधार के भारतीय आंदोलनों यथा सती प्रथा आदि का उन्होंने कानूनी समर्थन प्रदान किया। सतीप्रथा, बाल विवाह, छुआछूत और मंदिरों में बलि चढ़ाने जैसी कुरीतियों को दूर करने के लिए उन्होंने कानून बनाए। 1885 में ए.ओ. ह्यूम द्वारा कांग्रेस पार्टी की

स्थापना करते हुए उन्होंने भारतीयों में राजनीतिक चेतना जाग्रत करने के प्रयास किए। यहाँ यह बात विचारणीय है कि यह सब उन्होंने भारत की भलाई को ध्यान में रखते हुए नहीं किया। वे मुख्य रूप से व्यापारी थे इसलिए ये सब कार्य उन्होंने व्यापारिक दृष्टिकोण से ही किए। सबसे पहले बंदरगाह से बंदरगाह तक (बॉम्बे-हावड़ा) उन्होंने रेलवे ट्रैक बिछाए ताकि देश के विभिन्न भागों का उत्पादन रेल मार्ग द्वारा बंदरगाहों पर पहुंचाया जा सके। वहाँ से सीधे इंग्लैंड और अन्य देशों में उसे भेजने में सुविधा रहे। समाज सुधार के कार्यों को उन्होंने इसलिए समर्थन दिया कि उनके कानून और व्यवस्था पर लोगों का विश्वास बढ़े, जिससे उसी कानून के बल पर वे भारतीयों को आसानी से सजा दे सकें। कांग्रेस पार्टी बनाने और उसमें भारतीयों को शामिल करने के पीछे उनकी मंशा थी कि देखो हम आपके सहयोग और समर्थन से अपना प्रशासन चला रहे हैं। इससे अंग्रेजों की उदारता, उनके स्वच्छ प्रशासन और लोकतांत्रिक मूल्यों के साथ प्रशासन चलाने की उनकी उदार छवि दुनिया के सामने आ रही थी।

इस प्रकार वे यहाँ जो कुछ कर रहे थे भले ही उससे हमारी कुछ उन्नति हो रही हो परंतु वह सब उनकी व्यापारिक नीति का हिस्सा था।

अंग्रेजों के पहले इस देश का कोई मानचित्र प्रकाश में नहीं आता। मुगल काल में राज्यों के मानचित्र बनाने का चलन शुरू हो गया था परंतु उस समय भी पूरे देश का कोई मानचित्र नहीं बनाया गया। अकबर के समय टोडरमल नामक भू-वेत्ता ने इस देश में भू-प्रबंधन की दिशा में महत्त्वपूर्ण काम किया है। ग्रामीण क्षेत्रों के अलग-अलग नक्शे उस समय बनाए जाने लगे थे। हर गाँव में गोचर भूमि, श्मशान के लिए भूमि अलग रखना, सार्वजनिक रास्ते और कृषि योग्य जमीन में हल्का नं. निर्धारित करने की पद्धति टोडरमल ने ही चलाई थी। परंतु देश का कोई नक्शा बनाने की दिशा में उस समय भी प्रयास नहीं किया गया।

शुरुआत में इरेटोस्थनीज, टॉलमी, विलियम लैम्बटन और जॉर्ज एवरेस्ट द्वारा इस देश का नक्शा बनाने के प्रयास हुए थे परंतु ये प्रयास अधूरे हैं, इनमें किसी एक भाग का, दूसरे में अन्य भाग का चित्रण है। अंग्रेजों ने अलग-अलग राज्यों के नक्शे बनवाने के प्रयास किए। उत्तर-पश्चिम की ओर से, जहाँ से भारत में हमेशा विदेशी हमलावर प्रवेश करते रहे, अंग्रेजों का

शासन आने के पश्चात् ये सीमाएँ सुरक्षित थीं। सन् 1904 में कुछ पहाड़ी राज्यों के बीच संधि कराकर अंग्रेजों ने नेपाल को एक स्वतंत्र राज्य का दर्जा प्रदान किया। यहाँ उन्होंने अपना एक रेजिडेंट बिठाया। नेपाल नरेश रेजिडेंट की अनुमति के बिना कुछ भी नहीं कर सकते थे। इस प्रकार नेपाल नामक नया राज्य पूरी तरह अंग्रेजों के अधीन था। हिमालय के आसपास चीन की बढ़ती हुई गतिविधियों से अंग्रेज भी परेशान थे। सन् 1906 में सिक्किम और भूटान के क्षेत्रों को मिलाकर अंग्रेजों ने यहाँ भी अपना रेजिडेंट बिठाया और इन क्षेत्रों को भी पूरी तरह अपने नियंत्रण में लिया। चीन की साम्राज्यवादी नीतियों का भारत की सीमाओं पर दखल बढ़ता जा रहा था। अंग्रेज भारत के लिए चीन से कोई दुश्मनी मोल न लेना चाहते थे। तिब्बत के आसपास सीमा विवाद लगातार बढ़ता रहा। सन् 1914 में अंग्रेजों ने उस क्षेत्र में एक मैक मोहन रेखा का निर्माण करवाया और चीन से समझौता करते हुए तिब्बत को एक बफर स्टेट के रूप में मान्यता दे दी। इसी प्रकार जलमार्ग पर अपना कब्जा करने एवं एक बड़े जनसमूह को आजादी के आंदोलन से पृथक करने के उद्देश्य से श्रीलंका और म्यांमार को अंग्रेजों ने अलग देशों के रूप में स्थापित किया। इस प्रकार भारत नामक एक बड़े भूभाग, जहाँ एक जैसी संस्कृति, समान रहन-सहन और एक जैसी जीवन शैली थी, वहाँ कई स्वतंत्र राज्य बनाते हुए अंग्रेजों ने बड़ी होशियारी से इस देश का विभाजन किया।

भारत में लगातार स्वतंत्रता आंदोलन प्रखर होता जा रहा था। अंग्रेज इस आंदोलन को दबाने के लिए भारतीय समाज में धर्म और जाति के आधार पर विभेद की खाई को चौड़ा करते रहने के प्रयासों में संलग्न थे। सर्वप्रथम लार्ड कर्जन ने मुस्लिम जनसंख्या के आधार पर बंगाल विभाजन की घोषणा की, तत्पश्चात् लॉर्ड मिंटो ने इस नीति को आगे बढ़ाते हुए कुछ अलगाववादी मुस्लिमों को उत्साहित कर उन्हें अपना पृथक संगठन बनाने की दिशा में प्रेरित किया। 30 दिसंबर, 1906 को नवाब बकार उल मुल्क की अध्यक्षता में एक मुस्लिम सम्मेलन हुआ, जिसमें 'ऑल इंडिया मुस्लिम लीग' की स्थापना हुई। नवाब बकार उल मुल्क ने अपने अध्यक्षीय भाषण में मुसलमानों को कांग्रेस के कार्यक्रमों में शामिल होने से मना किया और अंग्रेजी शासन को पूर्ण सहयोग प्रदान करने की अपील की। इस प्रकार मुस्लिम लीग की स्थापना करके अंग्रेजों ने स्वतंत्रता आंदोलन को कमजोर करने में बड़ी सफलता पाई। मुस्लिम लीग का दूसरा अधिवेशन 1907 में हुआ, जिसमें आगा खाँ

को मुस्लिम लीग का स्थायी अध्यक्ष बनाया गया। इस अधिवेशन में पहला ही एजेंडा था 'ब्रिटिश सरकार के प्रति भारतीय मुसलमानों में निष्ठा पैदा करना।' इस प्रकार मुस्लिम लीग मुसलमानों की प्रतिनिधि संस्था मानी जाने लगी। वहीं कुछ मुसलमानों के द्वारा सांप्रदायिक प्रतिनिधित्व के इस सिद्धांत की कटु आलोचना भी की गई। ऐसे प्रगतिशील मुसलमान कांग्रेस से जुड़े रहे और लगातार आजादी के आंदोलन में अपनी सक्रिय भूमिका निभाते रहे।

अंग्रेजों द्वारा फैलाया जा रहा अलगाववाद का जहर अपना असर दिखाने लगा था। आए दिन कहीं न कहीं जरा सी बात पर ही हिंदू-मुस्लिम दंगे भड़क उठते थे। अंग्रेज इन दंगों को देखकर खुश होते और उन्हें ज्यादा हवा देते।

1945 में द्वितीय विश्वयुद्ध छिड़ गया। इस युद्ध में ब्रिटेन लगातार कमजोर पड़ता जा रहा था। परिस्थितियाँ कुछ ऐसी बनती जा रही थीं कि भारत को अपना उपनिवेश बनाए रखना ब्रिटेन के लिए मुश्किल होता जा रहा था। परंतु यहाँ के पूरे समाज को उन्होंने हिंदू और मुसलमान दो भागों में बाँटने में सफलता पाई। मुस्लिम समाज 'ऑल इंडिया मुस्लिम लीग' के बैनर तले संगठित था। मुस्लिम समाज के कई लोग इस प्रकार के धार्मिक संगठन के पक्ष में न थे परंतु उनकी संख्या कम थी और उनकी बातों को लीगी नेता कोई तवज्जो न देते थे। सन् 1906 के पश्चात् मुस्लिम लीग की गतिविधियाँ देखते हुए हिंदुओं में संगठित होकर आत्मरक्षा का विचार जोर पकड़ने लगा था। जहाँ कहीं भी हिंदू-मुस्लिम दंगे होते हिंदुओं को भारी नुकसान उठाना पड़ता, यह सब देखते हुए 27 सितंबर, 1925 विजयदशमी के दिन श्री केशव बलिराम हेडगेवार ने हिंदुओं को संगठित करने के उद्देश्य से 'राष्ट्रीय स्वयंसेवक संघ' की स्थापना की। राष्ट्रीय स्वयं सेवक संघ की स्थापना मुस्लिम लीग की स्थापना के 20 साल बाद हुई। एक तरह से यह मुस्लिम लीग की प्रतिक्रिया थी, परंतु केशव बलिराम हेडगेवार बहुत समझदार और दूरदर्शी नेता थे। वे जानते थे कि इस प्रकार के धार्मिक संगठनों से समाज में विभेद ही पैदा होता है। उधर मुस्लिम संगठित होकर धार्मिक आधार पर विभेद पैदा कर ही रहे थे। हिंदुओं को संगठित करने का उद्देश्य होने के बावजूद हेडगेवार राष्ट्रीय भावनाओं को ज्यादा महत्त्व देते थे। उन्होंने अपने संगठन का नाम 'राष्ट्रीय स्वयंसेवक संघ' रखा। इस प्रकार एक स्वयंसेवी संगठन के रूप में इसका जन्म हुआ था। कालांतर में इसके सदस्यों ने राजनीति में भी

अपनी भूमिका निभाना प्रारंभ किया। मुस्लिम लीग बनने के बाद हिंदुओं में इस प्रकार के संगठन की आवश्यकता तीव्रता से महसूस की जा रही थी। परंतु डॉ. हेडगेवार ने अपने संगठन में राष्ट्रीयता को प्रमुख स्थान दिया।

द्वितीय विश्वयुद्ध के पश्चात् ब्रिटेन बहुत कमजोर हो गया था। भारत में भी स्वतंत्रता आंदोलन लगातार प्रखर होता जा रहा था। एक ओर क्रांतिकारियों की गतिविधियाँ अंग्रेजों को परेशान किए हुए थीं। चंद्रशेखर आजाद, भगत सिंह, सुखदेव, राजगुरु, रामप्रसाद बिस्मिल, ऊधम सिंह, बटुकेश्वर दत्त, दुर्गा भाभी, अशफाक उल्ला खां, यतींद्र नाथ, रासबिहारी बोस और भूपेंद्र नाथ दत्त जैसे अ़नगिनत महान क्रांतिकारियों ने अंग्रेजों की नींद उड़ा दी। नेताजी सुभाष चंद्र बोस ने आजाद हिंद फौज बनाकर अंग्रेजों से सीधा मुकाबला किया। वीर सावरकर, अरविंद घोष, यशपाल, अज्ञेय और मन्मथ नाथ गुप्त जैसे क्रांतिकारियों ने अपनी गतिविधियों और लेखन से अंग्रेजों के लिए बहुत मुश्किलें खड़ी कर दीं एवं उनका देश में बने रहना असहज कर दिया। उस समय राष्ट्रीय धारा के कवियों-लेखकों ने भारतीय समाज में आजादी की अलख जगाई।

दूसरी ओर गांधी जी के सविनय अवज्ञा आंदोलन ने अंग्रेज प्रशासन की नींव उखाड़कर रख दी थी। गांधी जी का कहना था कि तीस हजार अंग्रेज तीस करोड़ लोगों को गुलाम नहीं बना सकते। इस प्रकार भारतीय जनों ने जब अंग्रेजों का प्रशासन चलाने से मना कर दिया अर्थात् सविनय अवज्ञा आंदोलन में भाग लिया, तब अंग्रेजों का प्रशासन हिल गया और उन्हें यह स्पष्ट लगने लगा कि भारत पर शासन करना अब उनके लिए मुश्किल है। अंग्रेज व्यापारिक बुद्धि के लोग थे। वे अपनी कूटनीति में बहुत कुशल थे। वे भारत को तहस-नहस करके छोड़ जाना चाहते थे। सबसे पहले उन्होंने भारत विभाजन की नींव रखी। इसके लिए उन्होंने मुस्लिम लीग के बड़े नेता मोहम्मद अली जिन्ना का उपयोग किया। मोहम्मद अली जिन्ना सन् 1940 से ही मुस्लिमों के लिए एक अलग राष्ट्र की माँग कर रहे थे। मुस्लिम लीग एक धार्मिक संगठन था, जिसके सबसे बड़े नेता मोहम्मद अली जिन्ना इस्लाम के चार सूक्त नमाज, रोजा, जकात और हज को कतई नहीं मानते थे। वे आधुनिक जीवन शैली में विश्वास करते थे। वे अंग्रेजों की तरह सूट और टाई पहनते थे। शराब पीते थे। सिगार और सिगरेट का खुलेआम इस्तेमाल करते थे। परंतु धर्म के आधार पर अपने लिए एक नया राष्ट्र चाहते थे।

तत्कालीन अंग्रेज गवर्नर माउंट बेटन ने उनके विचारों को हवा दी और उन्हें भारत विभाजन के लिए पूरी तरह तैयार कर लिया। इधर कांग्रेसी नेता चाहकर भी पूरे दृढ़ निश्चय के साथ भारत विभाजन का विरोध नहीं कर पाए। 14 अगस्त, 1947 को एक बार फिर भारत का बड़ा विभाजन हुआ और पाकिस्तान नामक देश भारत से टूटकर अस्तित्व में आया।

अंग्रेज भारत से जाते समय देश की 555 रियासतों को पूर्णतः स्वतंत्र कर गए थे। अर्थात् फिर एक भारत 555 छोटे-छोटे राज्यों में बंटा हुआ था। सरदार पटेल जो आजाद भारत के प्रथम गृहमंत्री थे उनकी समझदारी और तत्परता से इन रियासतों का भारत नामक देश में विलय हो सका। उस समय कश्मीर के महाराजा हरिसिंह थे। उन्हीं दिनों पाकिस्तान के पख्तून कबाइलियों ने कश्मीर पर हमला बोल दिया। महाराज हरिसिंह ने भारत सरकार से सैन्य सहायता माँगी। भारत की सेनाओं ने वहाँ जाकर एक बड़े भूभाग पर आधिपत्य स्थापित कर लिया। इस प्रकार जो हिस्सा पाकिस्तानी सेनाओं के अधीन रहा वह पाक अधिकृत कश्मीर कहलाया और जो हिस्सा भारतीय सेनाओं ने जीता, उसे जम्मू-कश्मीर नाम दिया गया। आज भी पूरे कश्मीर क्षेत्र पर दावेदारी को लेकर भारत और पाकिस्तान के बीच जबरदस्त विवाद है। बाद में संयुक्त राष्ट्रसंघ ने इस मामले को और उलझाया। आज जम्मू-कश्मीर एवं लद्दाख दो प्रदेश होकर भारतवर्ष के अभिन्न अंग हैं। यह भारत सरकार की दृढ़ इच्छा शक्ति का परिणाम है परंतु सदा की तरह भारत की उत्तर-पश्चिम सीमाओं पर संकट के बादल मंडराते रहते हैं। अंग्रेजों ने हिमालय की तरफ चीन के साथ भी देश की सीमाओं को सदा उलझाए रखा। तिब्बत जो हमेशा से ही भारत का अंग रहा है। वहाँ वैदिक संस्कृति और बौद्ध धर्म का पर्याप्त प्रचार-प्रसार रहा है। 1914 में अंग्रेजों ने तिब्बत को एक बफर स्टेट बनाकर भारत से अलग कर दिया था। उस समय हिमालय को विभाजित करने के लिए ही मैकमोहन रेखा का निर्माण हुआ था। भारत की आजादी के बाद चीन ने उस समझौते पर अविश्वास करना प्रारंभ कर दिया। वह हिमाचल प्रदेश तक अपनी सीमाओं का दावा करता है। 1962 में चीन ने भारत पर हमला बोलकर तिब्बत सहित अरुणाचल प्रदेश तक हजारों वर्ग किलोमीटर जमीन अपने कब्जे में कर ली। मजबूरन भारत के तत्कालीन प्रधानमंत्री पंडित जवाहरलाल नेहरू को तिब्बत से हाथ धोना पड़ा। 1962 में ही भारत सरकार के दोनों सदनों में चीन से अपनी एक-एक इंच जमीन

खाली कराने का संकल्प लिया गया था, जो आज तक पूरा न हो सका।

इस प्रकार आजादी के पश्चात् आज भी भारत की उत्तर-पश्चिम सीमाएँ पाकिस्तान के कारण संवेदनशील हैं। इधर हिमालय की ओर से चीन द्वारा हमेशा सीमा विवाद किया जाता है, जिसे सुलझाने की दिशा में हम कोई ठोस कदम नहीं उठा पाए। इन दो सीमा-विवादों के बावजूद भारत की सीमाएँ अक्षुण्ण है। इतिहास में 1947 से भारत विश्व पटल पर एक महादेश के रूप में उभरकर सामने आता है। भारत का जैसा नक्शा आज हम देखते हैं और जो सर्वमान्य है, उसे सर्वप्रथम 1947 में ही चौधरी रहमत अली ने बनाया था। तब से यही नक्शा हमारे देश की सीमाओं का प्रमाणित दस्तावेज माना जाता है। सांस्कृतिक रूप से भले ही देश की सीमाएँ दूर-दूर तक फैली हों परंतु भौगोलिक दृष्टि पहली बार 1947 में भारत की राष्ट्रीय सीमाएँ निर्धारित की गईं।

वैदिक काल में यह देश सप्त सिंधु देश कहलाया। वैदिक साहित्य में इसकी सीमाएँ अफगानिस्तान तक बताई गईं। ऊपर की तरफ हिमालय और तीन ओर से समुद्र यह है वैदिक काल का सप्तसिंधु देश। सिंधु घाटी की सभ्यता के पतन के पश्चात् बचे हुए शेष लोगों ने गंगा घाटी क्षेत्र में आर्य संस्कृति और सभ्यता का विकास किया। इस प्रकार उस समय के साहित्य में इस देश को आर्यावर्त कहा गया। पौराणिक साहित्य में इस देश को जंबू द्वीप कहा गया। उसी समय दुष्यंत-शकुंतला पुत्र भरत के नाम से इस देश का नाम भारतवर्ष पड़ा। अरबों के आक्रमण के पश्चात् उनकी भाषा में 'स' को 'ह' कहने के कारण सिंधु नदी के इस पार का स्थान हिंदुस्थान कहलाया। इसके पश्चात् लेखकों, इतिहासकारों और कवियों ने इस देश को हिंदुस्तान और उसके निवासियों को हिंदू कहना प्रारंभ कर दिया। इसी प्रकार 'इंडिया' शब्द की उत्पत्ति सिंधु नदी के अंग्रेजी नाम 'इंडस' शब्द से हुई। अंग्रेजों के भारत में आगमन के पश्चात् इस देश में अंग्रेजी भाषा का चलन बढ़ा और अंग्रेज इस देश के लिए 'इंडिया' शब्द का प्रयोग करने लगे। इस प्रकार सप्तसिंधु, आर्यावर्त, जंबू द्वीप, भारत, हिंदुस्तान और इंडिया के नाम से उस भू-भाग को जाना गया जो उत्तर में हिमालय पूर्व, दक्षिण और पश्चिम में समुद्र से घिरा हुआ है और उत्तर-पश्चिम के खुले क्षेत्र में अफगानिस्तान तक फैला हुआ है यह संपूर्ण क्षेत्र भारत कहलाता है। कालांतर में उत्तर-पश्चिम एवं हिमालय क्षेत्र के कुछ हिस्से अलग हो गए। परंतु इन क्षेत्रों में आज भी

भारतीय संस्कृति की झलक स्पष्ट दिखाई देती है। वर्तमान में चौधरी रहमत अली द्वारा बनाया गया मानचित्र भारत की प्रामाणिक तस्वीर प्रस्तुत करता है। भारत की सीमाओं में उत्तर-पश्चिम क्षेत्र हमेशा से संवेदनशील रहा है और आज भी पाकिस्तान के कारण है। इधर चीन ने हिमालय क्षेत्र की सीमाओं पर जबरदस्ती विवाद पैदा कर रखा है।

1947 के पश्चात् जैसा भारत आज दिखाई देता है, वैसा अतीत में कभी नहीं था। थोड़े बहुत अंतर के पश्चात् पूरे देश में सांस्कृतिक एकता भले ही रही हो। परंतु भौगोलिक दृष्टि से पूरा देश छोटे-छोटे राज्यों में बंटा हुआ था। वैदिक साहित्य से लेकर आधुनिक साहित्य तक में हमें एक राष्ट्र और राष्ट्रीयता के विचार व्यापक पैमाने पर मिलते हैं परंतु राजनीतिक रूप से बहुत लंबे समय तक एक राष्ट्र और राष्ट्रीयता की स्थापना भारत में नहीं हो पाई। सभी छोटे-बड़े राजे-रजवाड़े अपने राज्य को ही अपना देश समझते थे और सिर्फ अपने राज्य की सुरक्षा के लिए चिंतित रहा करते थे। शेष दुनिया के सभी देशों में प्रारंभिक काल में सामंतवादी व्यवस्था थी। सभी देश पहले छोटे-छोटे राज्यों में ही बंटे हुए थे। राज्यों के आपसी झगड़े वहाँ भी होते थे। कई देश बाहरी आक्रमणकारियों से भी त्रस्त रहे हैं परंतु इस सत्य को हमें स्वीकार कर लेना चाहिए कि दुनिया के कई देशों में राजनीतिक रूप से एक राष्ट्र और राष्ट्रीयता की भावना हमसे पहले आ चुकी थी। इस दिशा में चीन का उदाहरण महत्त्वपूर्ण है। चीन जैसा हमसे कई गुना बड़े क्षेत्रफल वाला देश जो कई राज्यों में बंटा हुआ था, उसने विदेशी हमलों से सुरक्षा के लिए पूरे देश ने मिलकर सदियों तक लगातार चीन की दीवार का निर्माण किया। भारत देश के सभी राजे-महाराजे मिलकर उत्तर-पश्चिम दिशा में ऐसा कोई प्रयास कर सकते थे, परंतु उन्होंने नहीं किया और विदेशी हमलावरों से सालोंसाल लुटते रहे। भारत में पहली बार चाणक्य ने राष्ट्रीय सीमाओं की सुरक्षा के विषय में गंभीरतापूर्वक विचार किया था। उसने अपने जीवन काल में इस देश के राजे-महाराजाओं को सीमा सुरक्षा के महत्त्व को समझाने का बहुत प्रयास किया परंतु छोटे राज्यों के सत्ता मद में डूबे हुए राजाओं ने इस गंभीर समस्या को समझने का बिलकुल प्रयास नहीं किया। नतीजा यह हुआ कि विदेशी हमलावर आते रहे और यहाँ अपना साम्राज्य फैलाते रहे।

कई भारतीय राजाओं ने भी समय-समय पर यहाँ बड़े साम्राज्य स्थापित करने में सफलता पाई परंतु राष्ट्रीय एकता के अभाव में वे साम्राज्य बिखर

गए। बाबर के आने के पश्चात् पहली बार मुगलों ने इस देश में एक बड़ा साम्राज्य स्थापित किया। वे और हमलावरों की तरह नहीं थे। उन्होंने भारत को अपना देश माना और वे यहीं पूरी तरह रच-बस गए। परंतु एक राष्ट्र और राष्ट्रीयता की भावना उस समय भी देश का आदर्श नहीं बन पाई। अंग्रेजों ने पुनः अंग्रेजी शासन के रूप में पूरे देश में अपना वर्चस्व स्थापित करने की कोशिश की। बहुत हद तक वे उसमें सफल भी हुए। अंग्रेज मुख्य रूप से व्यापारी थे। वे यहाँ व्यापार करने आए थे। उन्होंने यहाँ के राजनीतिक एवं सामाजिक क्षेत्र में एक राष्ट्र और राष्ट्रीय भावना का जबरदस्त अभाव पाया। इस कमजोरी का फायदा उठाकर वे एक-एक राज्य को जीतते हुए पूरे भारत के शासक बन बैठे। अंग्रेजों के आने के पश्चात् इस देश में आधुनिक शिक्षा का व्यापक प्रचार-प्रसार हुआ। देश के नागरिक अब उच्च शिक्षा के लिए विदेश जाने लगे। इस प्रकार पाश्चात्य दुनिया से भारत के संबंध-संपर्क बढ़े, आधुनिक ज्ञान-विज्ञान की चकाचौंध देखकर और विदेशी शिक्षा प्राप्त करके जब भारतीय लोग अपने देश वापस आते, तब अपनी दुर्दशा देखकर उन्हें बहुत दुख होता। परंतु वे हारे नहीं, आगे बढ़े और उन्होंने स्वतंत्रता के आंदोलन को प्रखर किया। यहाँ से एक राष्ट्र और राष्ट्रीयता की भावना भारतीय समाज में तेजी से फैलने लगी। हालाँकि मुस्लिम लीग जैसे धार्मिक संगठन अपना अलग राग आलाप रहे थे। यहाँ विशेष बात ये है कि देश भर के सारे मुसलमान इस संगठन में आस्था नहीं रखते थे। मुसलमानों का एक बहुत बड़ा प्रगतिशील तबका कांग्रेस के साथ था और एक राष्ट्र एवं राष्ट्रीयता के विचार में अटूट विश्वास रखता था। इस प्रकार कांग्रेस के नेतृत्व में पहली बार एक राष्ट्र और राष्ट्रीयता का विचार तेजी से मुखर हुआ। अंग्रेजों ने इसे खंडित करने का भरसक प्रयत्न किया। मुस्लिम लीग के नेताओं को अलगाववाद का पाठ पढ़ाया गया। 555 रियासतों के राजाओं को पृथक्-पृथक् स्वतंत्रता प्रदान कर दी गई। चीन के साथ सीमारेखा के मसले को विवादास्पद बनाया गया। इस प्रकार अंग्रेज यहाँ से जाने के पूर्व जितना बिगाड़ सकते थे उन्होंने बिगाड़ने में कोई कसर नहीं छोड़ी।

पाकिस्तान के रूप में अपना एक हिस्सा खोकर भारत अंग्रेजों के शासन से मुक्त हुआ। इतिहास में पहली बार पूरे भारत में एक राजनीतिक सत्ता उभरकर आई। भारत की राष्ट्रीय सीमाएँ निर्धारित हुईं। कतिपय विवाद उस समय भी थे, आज भी हैं। परंतु पहली बार इस देश में एक राष्ट्र और

राष्ट्रीयता की धारणा स्थापित हुई। विभिन्न धर्मों, भाषाओं और परंपराओं के देश का जनमानस अभी इतने बड़े विचार को आत्मसात् करने की पूरी तैयारी नहीं कर पाया था। इसलिए आजादी के बाद धर्मों, भाषाओं और प्रांतों के झगड़े यहाँ जगह-जगह दिखाई देने लगे। तत्कालीन सरकार ने कुशलतापूर्वक उन्हें संभाला। अभी भारत अपनी आंतरिक समस्याओं से जूझ ही रहा था कि सन् 1962 में चीन ने सीमा विवाद को लेकर भारत के ऊपर हमला बोल दिया। पहली बार यह देश सम्मिलित रूप से चीन के खिलाफ लड़ा। इस तरह की लड़ाई का यह भारत का पहला अनुभव था। देश की पराजय हुई और चीन ने भारत देश का एक बड़ा हिस्सा दबा लिया। देश के पहले प्रधानमंत्री श्री जवाहरलाल नेहरू सदमे को सह न सके और कुछ समय पश्चात् ही उनका देहांत हो गया। अभी देश इस सदमे से उबर भी न पाया था कि 1965 में पाकिस्तान ने भारत पर हमला बोल दिया। उस समय श्री लालबहादुर शास्त्री भारत के प्रधानमंत्री थे। वे सचमुच छोटे कद के बहुत बड़े आदमी थे। उन्होंने 'जय जवान, जय किसान' का नारा दिया और पूरी तैयारी के साथ पाकिस्तान के हमले का मुकाबला किया। भारत को शानदार विजय मिली। विश्व राजनीति में इस हमले को लेकर तरह-तरह की बातें होने लगीं। समझौते के लिए ताशकंद में शास्त्री जी को बुलाया गया, यहाँ संदिग्ध परिस्थितियों में उनकी मौत हो गई। तत्पश्चात् श्रीमती इंदिरा गांधी इस देश की प्रधानमंत्री हुईं। वे अत्यंत साहसी महिला थीं। गंभीर परिस्थितियों में भी त्वरित निर्णय लेना उनकी विशेषता थी। उनके नेतृत्व में 1971 में पाकिस्तान से एक निर्णायक युद्ध हुआ, जिसमें पाकिस्तान से टूटकर बाँग्लादेश नामक नए देश का उदय हुआ और पाकिस्तान के लाखों फौजी युद्धबंदी बनाए गए। इस युद्ध में भारत की जबरदस्त जीत हुई और पाकिस्तान की बुरी तरह पराजय। इस प्रकार भारत एक मजबूत राष्ट्र के रूप में उभरकर विश्व पटल पर आया। एक राष्ट्र और राष्ट्रीयता के विचार का यह सुपरिणाम है। अब भारत एक राष्ट्र है। छोटे-छोटे राज्यों में बंटा हुआ कोई देश नहीं। अब यदि भारत की सीमाओं पर कहीं भी हमला होता है तो पूरा देश सतर्क है और सम्मिलित रूप से उस हमले का मुकाबला करता है। अपनी राष्ट्रीय एकता के कारण आज भारत इतना मजबूत राष्ट्र है कि कोई महाशक्ति देश भी इसकी ओर आँख उठाकर नहीं देख सकता।

वैदिक काल से लेकर सन् 1947 तक राजनीतिक रूप से भारत को एक राष्ट्र बनने में शताब्दियाँ लग गईं। अतीत में छोटी-छोटी सेनाएँ लेकर विदेशी हमलावर यहाँ आते रहे और एक-एक राज्य को जीतते हुए अपना साम्राज्य स्थापित करते रहे। भारतीय राजा बहादुर थे। वे वीरतापूर्वक लड़े परंतु उनके पास सेनाएँ संख्या में बहुत कम थीं जबकि विदेशी हमलावर हमारे ही राज्य जीतकर उनकी सेनाएँ अपनी सेनाओं में मिलाकर आगे बढ़ते चले गए। अतीत की इन पराजयों का एकमात्र कारण था कि हमारे पास एक मजबूत राष्ट्रीय अवधारणा नहीं थी। बौद्धिक रूप से हम राष्ट्रीय भावना के पक्षधर थे। हमारे साहित्य में एक राष्ट्र और राष्ट्रीयता की बात मिलती है परंतु व्यावहारिक रूप से राजनीतिक एवं सामाजिक स्तर पर इसका अत्यंत अभाव था। देश के सभी छोटे-बड़े राज्य बिखरे हुए थे। उनमें आपसी सामंजस्य नहीं था इसलिए देश ने लंबे समय तक विदेशी शासकों के अत्याचार सहे। अतीत में हुई इन भूलों से हमें सबक लेना चाहिए था परंतु पुरानी आदतें इतनी आसानी से कहाँ मिटती हैं।

1947 में देश का नवनिर्माण बंटवारे की नींव पर रखा गया। अलग देश माँगने वालों ने यह कैसे सोच लिया कि एक छोटा-सा भूखंड प्राप्त करके वे सुखी हो जाएँगे? आगे चलकर उस भूखंड के भी दो भाग हुए एवं कालांतर में और कई भाग होने की संभावना दिखाई देती रहती है। इस प्रकार भारत से जो भी देश अलग हुए या किन्हीं कारणों से अलग कर दिए गए, आज उनकी स्थिति क्या है? वे चाहकर भी अपना समुचित विकास नहीं कर पाए क्योंकि यह वही अतीत की पृथक् राज्यों में अलग-अलग जीने की मानसिकता है। यदि ये भारत से पृथक् हुए सभी छोटे-छोटे देश भारत में सम्मिलित होते तो वहाँ की जनता बहुत खुशहाल होती और भारत विश्व की एक बड़ी शक्ति बन सकता था। परंतु 1947 में हमने पुनः अतीत की गलतियों को दुहराया। अफसोस है कि इतिहास में अलगाववाद के दुष्परिणामों को देखते हुए भी हम सचेत नहीं हुए। आज भारत जैसा है, एक राष्ट्र और राष्ट्रीयता के साथ आगे बढ़ रहा है। मैंने कहा न कि पुरानी आदतें आसानी से नहीं छूटतीं। अब भी यदा-कदा देश में अलगाववाद के स्वर सुनाई देने लगते हैं। कुछ वर्षों पहले यहाँ पृथक् खालिस्तान की माँग तेजी से उठी थी। देश के और हिस्सों से भी इस तरह की बातें कभी-कभी उठती रहती हैं। अलगाववादी विचार रखने वालों से मैं पूछना चाहता हूं कि क्या उन्होंने इतिहास नहीं

पढ़ा? किस प्रकार मुट्ठी भर लोग बाहर से आकर हमें आपस में लड़वाते हुए यहाँ अपने पैर पसारते रहे। क्या यही गलतियाँ हम हमेशा दोहराते रहेंगे? फिर नए उदाहरण भी हमारे सामने हैं, जिन लोगों ने धार्मिक आधार पर नए देश की माँग की उनकी धार्मिक एकता कितने दिन चली? जल्द ही बाँग्लादेश उनसे टूटकर अलग हो गया। बलूचिस्तान और सिंध के लोग अलग होना चाहते हैं। इससे यह स्पष्ट है कि सिर्फ धार्मिक आधार पर किसी देश का विकास ज्यादा दिन नहीं चल सकता। भारत से पृथक् हुए छोटे-छोटे देशों की स्थिति को देखिए और विचार करिए कि अलगाववाद से हमें कुछ भी हासिल नहीं हो सकता परंतु वही पुरानी आदतें पीछा नहीं छोड़तीं, जिनसे हमें जल्द से जल्द मुक्त हो जाना चाहिए। लोगों को वंदेमातरम कहने में शर्म आती है। वे कहते हैं कि यह इस्लाम के खिलाफ है, जबकि मादरे वतन शब्द वहाँ पहले से प्रचलित है। 'वंदेमातरम' कोई धार्मिक नारा नहीं है। यह नारा भारत की राष्ट्रीय एकता और अखंडता का प्रतीक है। यह नारा राष्ट्रीय आस्था को व्यक्त करता है। एक राष्ट्र और राष्ट्रीयता को यदि थोड़े शब्दों में कहना हो तो 'वंदेमातरम' कहना पर्याप्त है। इसी प्रकार भारतमाता भी कोई पौराणिक देवी नहीं है। यह राष्ट्रीयता का मूर्त रूप है। भारतीय संस्कृति में मातृशक्ति सर्वोपरि है इसलिए राष्ट्रीयता के प्रतीक रूप में भारतमाता की कल्पना की गई, जिसमें आस्था रखना राष्ट्र और राष्ट्रीयता में अटूट विश्वास को दर्शाता है। भारत के इस भौगोलिक रूप को अक्षुण्ण बनाए रखना देश के हर नागरिक का परम कर्तव्य है। इसके लिए एक राष्ट्र और राष्ट्रीयता के विचार को पोसते रहना होगा। यहाँ यह जान लेना जरूरी है कि भारत में राष्ट्रवाद कोई सांप्रदायिक राष्ट्रवाद नहीं है। और न ही यह हिटलर का फासिस्ट राष्ट्रवाद है। यह राष्ट्रवाद किसी भी धर्म, जाति और समुदाय से ऊपर प्रतिष्ठित है। यही इसकी विशेषता भी है। अब यह भलीभांति सिद्ध हो चुका है कि धर्म, जाति और समुदाय के आधार पर निर्मित देशों का भविष्य सुरक्षित नहीं है। राष्ट्र और राष्ट्रीयता की भावना सबसे ऊपर है। भारत में धर्मों, जातियों, भाषाओं, परंपराओं और समुदायों की भिन्नता इसकी अपनी विशेषता है, यह बात व्यक्ति स्वातंत्रय के मूल्य को सबसे ऊपर प्रतिष्ठित करती है। यहाँ सभी अपनी व्यक्तिगत आस्थाओं, विश्वासों और मान्यताओं के साथ एक राष्ट्र और राष्ट्रीय भावना में विश्वास रखते हैं। यह बहुत बड़ी बात है, जो इस देश को महान बनाती है।

यह देश एक सुंदर बगीचा है, जिसमें तरह-तरह के फूल खिले हुए हैं। कोई फूल किसी से कम नहीं है। सब अपनी-अपनी तरह से खिल रहे हैं, उन्हें अपनी तरह से खिलने की यहाँ पूरी स्वतंत्रता है। यह विविधता ही इस बगीचे की, इस देश की विशेषता है। हाँ, कोई अपनी श्रेष्ठता का दावा न करे। यह दावा ही खतरनाक है। सब अपने आप में मौलिक हैं और विशिष्ट हैं।

वैदिक काल से लेकर हमने अब तक इस देश के नामों और बनती-बिगड़ती सीमाओं पर विचार किया। कुछ लोग पुनः एक अखंड भारत की कल्पना करते हैं। बर्लिन की दीवार टूटी और पूर्वी-पश्चिमी जर्मनी एक हो गए। क्या भारत में कभी ऐसा हो सकता है? फिलहाल यह एक सपना है। हालाँकि सपने अकसर पूरे भी होते हैं। वर्तमान यथार्थ यह है कि हमें जल्द से जल्द कश्मीर में और चीन के साथ अपना सीमा विवाद निपटा लेना चाहिए। यह ध्रुव सत्य है कि सीमाओं पर शांति रहने के पश्चात् ही कोई देश प्रगति कर सकता है। भारत की सीमाएँ सुरक्षित हैं और मजबूत भी। देश के पूरे जन मानस को अब एक राष्ट्र और राष्ट्रीयता में विश्वास करना चाहिए, इसमें विभेद करने वाले लोगों की रुग्ण मानसिकता से देश को बचाना है।

अंत में राष्ट्रगान की इन पंक्तियों को याद करिए पंजाब, सिंध, गुजरात, मराठा, द्राविड़, उत्कल, बंग, विंध्य हिमाचल यमुना-गंगा उच्छल जलधि तरंग।

संस्कृति

संस्कृति से तात्पर्य है, जीवन शैली। इसमें लोक व्यवहार, पर्व, जनविश्वास, कलाएँ और जीवन के विविध क्षेत्र आते हैं। धर्म बिलकुल अलग आयाम है। वह अंतर्जगत का विज्ञान है। धरती पर जहाँ कहीं भी मनुष्य है, वहाँ धर्म है। धर्म मनुष्य के मनुष्य होने की निरंतर तलाश है। संस्कृति मनुष्य की जीवन पद्धति है। धरती विशाल है। विभिन्न क्षेत्रों में अलग-अलग भूगोल हैं। कहीं रेत ही रेत है। कहीं पर्वत मालाएँ हैं। कहीं लंबे-चौड़े मैदान हैं और कहीं वनाच्छादित भू-भाग। विभिन्न क्षेत्रों में मौसम की विविधता है। जलवायु पृथक्-पृथक् है। जीवन इन सबके बीच है। अब मनुष्य को इन सबसे तालमेल स्थापित करना है, इसलिए विभिन्न क्षेत्रों में विभिन्न जीवन शैलियाँ हैं, जो उस क्षेत्र विशेष की अपनी सांस्कृतिक पहचान हैं। जहाँ रेत ही रेत है, वहाँ मनुष्य को रेत के साथ जीवन के सूत्र स्थापित करने हैं। वहाँ जल का किफायत के साथ उपयोग किया जाएगा। अन्य जीवन पद्धतियाँ भी वहाँ के भूगोल और जलवायु पर आधारित होंगी।

नदियों के किनारे बसे हुए लोगों की जीवन शैली थोड़ी पृथक् होगी। वे जल का उपयोग ज्यादा करेंगे। वनस्पतियों और अन्नोत्पादन की ओर उनका ध्यान केंद्रित रहेगा, ये उनके जीवन के प्रमुख आधार रहेंगे। पर्वतीय क्षेत्रों की जीवन शैली श्रमसाध्य होगी। उन्हें पर्वतों से तालमेल बिठाना है इसलिए वहाँ उन्हें पृथक् जीवन के सूक्त तलाशने हैं। इस प्रकार अलग-अलग जलवायु और भौगोलिक क्षेत्रों की जीवन शैली स्वाभाविक रूप से भिन्न होगी। यह हुई अलग-अलग क्षेत्रों की अलग-अलग संस्कृति अर्थात् जीवन जीने की अपनी-अपनी पद्धति अब इसमें धार्मिक विश्वास भी जुड़ जाते हैं, जिससे क्षेत्र विशेष की अपनी कलाओं का विकास होता है। अलग-अलग मानव समूह ने संवाद के लिए अलग-अलग बोलियों और लिपियों का विकास किया। ये बोलियाँ ही परिष्कृत होकर भाषा बनती हैं। फिर इनमें साहित्य के विभिन्न रूपों का विकास होता रहता है। इस प्रकार धार्मिक विश्वास, भाषाएँ और विभिन्न कलाएँ संस्कृति से जुड़कर उसे समृद्ध करती हैं। परंतु हमें यह

भलीभांति जान लेना चाहिए कि विभिन संस्कृतियों का आधार उस भूखंड की जलवायु, भूगोल, उत्पादन, बोली, कलाएँ और वहाँ के जन समुदाय के धार्मिक विश्वासों पर निर्भर है। जैसा कि मैंने ऊपर कहा कि धर्म मनुष्य के मनुष्य होने की निरंतर तलाश है, अर्थात् वह मनुष्य के अंतर्जगत का विज्ञान है। विज्ञान के सत्य हमेशा सार्वभौमिक और सार्वकालिक होते हैं इसलिए इनमें अंधविश्वासों की कोई जगह नहीं होती। मनुष्य जाति के इतिहास में यह सबसे बड़ा दुर्भाग्य है कि धार्मिक अन्वेषणों के साथ लगातार अंधविश्वास जुड़ते चले गए और आज भी जुड़े हुए हैं। शायद यही कारण है कि धर्म की उपलब्धियों का समुचित लाभ मनुष्य जाति को नहीं मिल पाया। सहयोग, प्रेम, करुणा, सौहार्द और सेवा, ये धर्म के प्रमुख आयाम हैं, इनकी व्यापकता हम मानव समाज में नहीं देख पा रहे हैं। बल्कि धर्म के नाम पर मूढ़ताएँ, हिंसा और भेदभाव की सैकड़ों वारदातें हमें आए दिन दिखाई देती हैं, ये सब धर्म के नाम से स्वीकृत हैं और संस्कृति के क्षेत्र में घुसपैठ करती हैं। यह बात यहाँ बहुत स्पष्ट होनी चाहिए कि संस्कृति हमारी जीवन-पद्धति है और धर्म हमारे अंतर्जगत का विज्ञान, जिसमें हम अपने मनुष्य होने की निरंतर खोज करते हैं।

धर्म के नाम से प्रचलित विभिन्न तरह के अंधविश्वास संस्कृति को दूषित करते हैं। संस्कृति पूरी तरह जलवायु और भूगोल आधारित है जबकि धर्म के केंद्र में सिर्फ मनुष्य है। धर्म मनुष्य से मनुष्य के व्यवहार और प्रकृति से उसके संबंध को व्याख्यायित करता है। धर्म से यदि आपकी मनुष्यता परिपक्व हो रही है तो वह संस्कृति को भी समृद्ध करता है परंतु धार्मिक संकीर्णता और अंधविश्वास संस्कृति के स्वरूप को बिगाड़ते हैं। जो सभ्यताएँ समय के साथ-साथ अपनी धारणाओं को बदलती रहती हैं, वे सभ्यताएँ निरंतर विकासमान होती हैं। परंतु ऐसे समाज भी धरती पर हैं, जो अपने पुराने विश्वास जो बहुत हद तक अंधविश्वास साबित हो चुके हैं, उनसे चिपके रहना चाहते हैं।

भारतीय सभ्यता और संस्कृति निरंतर विकासमान है, इसीलिए आज जीवित है। भारत के भूगोल, सभ्यता और संस्कृति पर सैकड़ों हमले हुए और अभी भी हो रहे हैं परंतु न भारत मिटा और न इसकी सभ्यता और संस्कृति। बहुप्रचलित काव्य पंक्ति है 'क्या बात है कि हस्ती मिटती नहीं हमारी, सदियों रहा है दुश्मन दौरे जहाँ हमारा।' तो आइए हम भारतीय संस्कृति को थोड़ा जानने-समझने का प्रयास करते हैं।

ईसा से चार सहस्राब्दी पूर्व तीन ओर से सागर से घिरे हुए इस भू-क्षेत्र में मानव कैसे रहता था? उसकी जीवन शैली कैसी थी? भारत के विभिन्न क्षेत्रों में पाषाण कालीन सभ्यता के अवशेष मिले हैं, जिनसे यह प्रमाणित होता है कि भारत के अलग-अलग क्षेत्रों में उस युग के मानव निवास कर रहे थे। थोड़ी-बहुत भिन्नता के साथ लगभग सभी स्थानों पर मनुष्य एक जैसी स्थिति में जीवनयापन कर रहा था।

प्रकृति ने नर और मादा के परस्पर आकर्षण और उससे उपजे संबंधों की समझ लोगों में सहज ही पैदा कर दी थी। फलस्वरूप नर और मादा संबंध कभी सहज और कभी बलात स्थापित हो रहे थे। प्रारंभ में लंबे समय तक नवजात शिशु को पालने की जिम्मेदारी सिर्फ मादा पर रहती थी। इस जिम्मेदारी के कारण ही नई पीढ़ियों में 'प्रेम' नामक तत्त्व का विकास हुआ। नवजात शिशु ने बड़े होकर अपने जीवन रक्षक को पहचाना और उसके प्रति उसका प्रेम पल्लवित हुआ। युवा नर में मादा के प्रति सहज और प्रकृतिजन्य आकर्षण के कारण मादा का महत्त्व स्वतः स्थापित होता गया। अब नर शिकार करके लाता और मादा के सामने उसे रखकर उसे प्रभावित करने लगा। अग्नि की खोज होने के पश्चात्, प्रायः नर शिकार करके लाता और मादा के साथ मिलकर उसे भूनकर दोनों खाते, बच्चे होते तो वे भी उस भोजन में भागीदार होते। इस प्रकार नर, मादा और बच्चे मिलजुलकर रहने लगे परंतु इस व्यवस्था में मादा का महत्त्व कम नहीं हुआ। वह युवा पीढ़ी के लिए आकर्षण और नई पीढ़ी के लिए आदर का केंद्र रही। इस प्रकार कई विद्वान् कहते हैं कि वह मादा सत्तात्मक प्रणाली का समय था। वहाँ मादा केंद्र में है क्योंकि वह युवा पीढ़ी के लिए आकर्षण और नवजात पीढ़ी के लिए जीवन रक्षक के रूप में सामने आती है। अब दोनों पीढ़ियाँ (युवा एवं नवजात) मादा को खुश रखने के लिए उद्यम कर रही थीं। यह सही है कि उस समय नर द्वारा किसी मादा से बलात् संबंध भी बनाए जाते थे परंतु धीरे-धीरे जब परिवार आकार लेने लगे तो कबीलों का जन्म हुआ। बलूचिस्तान, सिंध और क्वेटा घाटी (अब पाकिस्तान में) हुए उत्खनन के पश्चात् यह सिद्ध हो चुका है कि उस काल में इन जगहों पर लोग कबीले बनाकर रहने लगे थे। उस काल में यहाँ निवास करने वाले लोग पशुपालन भी करने लगे थे और कृषि कर्म को भी भलीभांति समझने लगे थे।

इस प्रकार हम कह सकते हैं कि पाषाण कालीन युग में संस्कृति का स्वरूप प्रारंभिक काल में था। शिकार करना उस समय के मानव का प्रमुख उद्यम था। नर-मादा संबंध कभी सहज और कभी बलात् बनते थे। नवजात शिशु का पालन-पोषण पूरी तरह मादा पर ही निर्भर था। कबीले बनाकर लोगों ने रहना प्रारंभ कर दिया था और मादा जीवन केंद्र में थी जिसे खुश करने के लिए नर तरह-तरह के उपाय किया करते थे। इस प्रकार सभ्यता और संस्कृति की शुरुआत हम पाषाण युग से करते हैं।

पाषाण युग के अधिकांश अवशेष नदियों के किनारे और निकट स्थित गुफाओं में पाए गए हैं। इस प्रकार पाषाणयुगीन संस्कृति में हम दो प्रमुख बातें पाते हैं। एक तो आदमी ने जीवन में जल के महत्त्व को भलीभांति समझ लिया था इसलिए उसने जलस्त्रोतों के निकट रहना पसंद किया। दूसरे उसने अपनी प्रजाति में मादा के महत्त्व को जाना। उसने देखा कि मादा जीवन की आवश्यकता है और नई संतति इसके द्वारा ही आ रही है इसलिए भी वह महत्त्वपूर्ण है। इन दो सूत्रों; जल और स्त्री के महत्त्व के साथ आगे इस क्षेत्र में संस्कृति का विकास होता है। धरती के अधिकांश भाग में जहाँ भी मानव जाति के अवशेष पाए गए, वहाँ इस समय मानव पशुवत जीवनयापन करता था अर्थात् बंदरों की जीवन शैली से धीरे-धीरे वहाँ मानव निकलने की कोशिश कर रहा था।

कालांतर में पाषाण कालीन मनुष्य ने सिंधु घाटी सभ्यता में प्रवेश किया। यह समय ईसा से 4000 पूर्व से 3000 पूर्व तक का है। कच्ची ईंटों का आविष्कार हो गया था। मनुष्य गुफाएँ छोड़कर अब घरों में रहने लगा। उसने पशुपालन और कृषि कार्य अच्छी तरह सीख लिया। वस्तुओं का विनिमय चलन में आ गया, इस प्रकार व्यापार-व्यवसाय की शुरुआत हो चुकी थी। इस युग में सर्वप्रथम मादा को जीवनसंगिनी के रूप में पहचाना गया और उसे उसके बच्चों के साथ सुरक्षित रखने की आवश्यकता महसूस की गई। इस प्रकार परिवारों का प्रारंभिक स्वरूप बनने लगा और आदमी, स्त्री एवं बच्चों सहित रहने लग गया। यहीं से पितृ सत्तात्मक प्रणाली की शुरुआत होती है। पुरुष हृष्ट-पुष्ट है। शक्तिशाली है। शिकार करने और कृषि कार्यों को पूरा करने में ज्यादा सक्षम है, अतः वह परिवार में एक मुखिया की तरह उभरने लगा। वह व्यापार भी कर रहा था। जीवन उपयोगी चीजों को खोजकर ला रहा था। इस प्रकार धीरे-धीरे वह प्रमुख होने लगा। कालांतर में यह सोचा

गया कि जिस प्रकार परिवार का एक मुखिया है, उसी प्रकार मानव समूह में भी एक मुखिया होना चाहिए। जिस प्रकार परिवार में मुखिया पर परिवार की सुरक्षा का दायित्व होता है उसी प्रकार मानव समूह के मुखिया पर भी अपने समूह की सुरक्षा का दायित्व निर्धारित होना चाहिए। जिस प्रकार परिवार में मुखिया की सुख-सुविधा का परिवार के सदस्य अतिरिक्त रूप से ध्यान रखते हैं वैसे समूह के मुखिया की सुरक्षा और सुविधा का भी समूह सदस्यों द्वारा विशेष खयाल किया जाना चाहिए। इस प्रकार सिंधु घाटी सभ्यता की बस्तियों में परकोटे बनाकर उसमें नगर प्रमुख को रखा गया। समूह के लोग किसी सदस्य की शक्ति और सामर्थ्य के अनुसार ही उसका मुखिया के रूप में चयन करते थे फिर उस पर पूरे समूह की सुरक्षा का दायित्व होता था। इस प्रकार परिवार, समाज और समाज प्रमुख के रूप में एक विकसित संस्कृति का हम यहाँ सूत्रपात देखते हैं। व्यापार-व्यवसाय में मुद्राओं का चलन प्रारंभ हो चुका था। अब तक उस समय की लगभग 2000 मुद्राएँ प्राप्त हैं, जिनमें पशु-पक्षियों की आकृतियाँ चित्रित हैं।

इस सभ्यता का आदमी कृषि, पशुपालन, शिल्पकारी, व्यापार और भवन निर्माण आदि की कला जानने लगा था। नदियों में बाढ़ें आती थीं। मौसम विशेष में भीषण गर्मी पड़ रही थी। भूस्खलन हो रहे थे। तेज बरसात होती थी। आँधी-तूफान आते थे। आकाश में गरज के साथ बिजली चमकती थी। ये सब बातें समझ में न आ रही थीं। इनसे विनाश हो रहा था, जिनसे बचने का उपाय समझ में न आता था। इस प्रकार इन घटनाओं के आधार पर, जो समझ में न आएँ, देव पुरुषों की कल्पना शुरू हुई। माना गया कि कहीं दूर आसमानों में देवपुरुष रहते हैं, जिनके कारण यहाँ ये घटनाएँ घटती रहती हैं अर्थात् इस प्रकार की आपदाओं से बचने के लिए देवपुरुषों को प्रसन्न रखना चाहिए। अतः जल, अग्नि, पवन और वनस्पतियों को पूजकर उनके प्रति अहोभाव रखते हुए हम उनके स्वामी देवपुरुषों को प्रसन्न रख सकते हैं। मौसम परिवर्तन के साथ ही मानव का मन भी उससे प्रभावित होता। प्रकृति में बदलाव होते। कभी हरियाली छाती। वनस्पतियों में फूल खिलते, वातावरण में सुगंध फैलती। तब आदमी का मन प्रफुल्लित हो उठता। इस प्रकार उसने प्रकृति के स्वागत के लिए कुछ वाद्य यंत्र बनाए। नाचना सीखा। चित्रकारी जानी और एक संपर्क भाषा भी विकसित की। खुदाई में प्राप्त उस काल की मुद्राओं में ढोल बजाते हुए लोग चित्रित हैं और स्त्रियों

की नृत्य मुद्राएँ भी उनमें अंकित हैं। उन मुद्राओं को किसी अज्ञात लिपि में कुछ लिखा भी है। अब तक यह लिपि पढ़ी नहीं जा सकी।

इस प्रकार जल और स्त्री के महत्त्व से शुरू हुई भारत की संस्कृति का एक विकसित रूप हमें सिंधु घाटी सभ्यता में दिखाई देता है, जिस समय शेष दुनिया में मानव जंगली जीवन शैली में जी रहा था। सिंधु घाटी की सभ्यता दुनिया की सबसे पुरानी और विकसित सभ्यता मानी गई है। उस समय का भारतीय जन कृषि कार्य करने लगा था। व्यापार चल निकला था। परिवार और समाज बनने लगे थे और समाज प्रमुख के रूप में मुखिया का चुनाव करना भी हमने सीख लिया था। नृत्य और संगीत की भी प्रारंभिक समझ लोगों में आ गई थी। उस काल का कोई ग्रंथ हमें नहीं मिलता परंतु प्राप्त मुद्राओं में अंकित लिपि को देखकर हम कह सकते हैं कि उस काल में भारतीय जन समुदाय एक संपर्क भाषा का आविष्कार कर चुका था।

कालांतर में बाढ़ों के कारण और लगातार पड़ने वाले सूखों के कारण सिंधु घाटी सभ्यता का पतन हुआ। नदियों के किनारे रहने वाले लोगों ने मैदानों की ओर पलायन किया। इन्हें अपने स्थान से विस्थापित होकर सुदूर यात्राएँ करनी थीं, इसलिए इन्होंने घुड़सवारी सीखी। सिंधु घाटी सभ्यता के अंतिम समय में मनुष्य धातुओं से परिचित हो चुका था। इस प्रकार वह अपने औजारों और हथियारों में धातु का इस्तेमाल करने लगा था। सिंधु घाटी सभ्यता का विकसित ज्ञान, घुड़सवारी और धातु निर्मित हथियारों के साथ ये मनुष्य आर्य कहलाए, जिन्होंने गंगा-यमुना के निकटवर्ती क्षेत्र, पूर्वी राजस्थान और पंजाब के निकट रहने वाले आदिवासियों से संघर्ष कर वहाँ अपना आधिपत्य स्थापित किया। यहाँ से आर्य सभ्यता की शुरुआत होती है। जिसे वैदिक सभ्यता भी कहते हैं।

वैदिक काल, उपनिषद् काल और पौराणिक काल सांस्कृतिक दृष्टि से ये इस भू-भाग के महत्त्वपूर्ण काल कहे जाते हैं। यह समय (वैदिक काल से रामायण एवं महाभारत काल तथा पौराणिक काल तक) ईसा से 2500 वर्ष पूर्व से लेकर ईसा से 800 वर्ष पश्चात् तक माना जाता है। तीन हजार वर्षों से भी ज्यादा समय का यह कार्यकाल भारत के सांस्कृतिक इतिहास का सर्वाधिक महत्त्वपूर्ण काल है। इस काल में क्रमशः विकसित होते हुए जो सांस्कृतिक स्वरूप बना, वह स्वरूप ही भारतीय संस्कृति के नाम से प्रसिद्ध है। सबसे पहले वैदिक काल में इस पूरे भू-भाग (हिमालय से नीचे तीन

ओर से समुद्र से घिरे हुए भाग) को 'सप्त सिंधु' नाम दिया गया। इसके साथ इसे आर्यावर्त भी कहा गया। पौराणिक काल में भारत नाम प्रकाश में आया। इसी समय इस भू-भाग को जंबू द्वीप भी कहा गया। इस प्रकार एक महादेश का नामकरण इस युग की बड़ी उपलब्धि है। पूर्व प्रचलित अपभ्रंश भाषा समूहों से एक सुसंस्कृत भाषा निकलकर आई, जिसे संस्कृत कहा गया। कालांतर में पाणिनी ने इसे व्याकरण सम्मत बनाया। वैदिक काल में आदमी ने लिखना-पढ़ना अच्छी तरह सीख लिया था। बहुत हद तक स्त्री और पुरुष दोनों का शिक्षा पर समान अधिकार था। वेदों में जहाँ एक ओर ऋषियों द्वारा रचित सूक्त हैं, वहीं ऋषिकाओं द्वारा रचित सूक्त भी कम नहीं हैं। इस प्रकार वेद जो कि चार हैं, उस समय के संगृहित ज्ञान की सबसे प्राचीन पुस्तकें मानी जाती हैं। इनमें वर्णित सूक्तों द्वारा ही हम वैदिक संस्कृति का निर्धारण करते हैं। जल, वायु, अग्नि आदि प्राकृतिक उपादानों के महत्त्व को आर्यों ने भलीभांति प्रतिपादित किया। उन्होंने इन सारी शक्तियों की देव रूप में कल्पना की। इस प्रकार विभिन्न शक्तियों के साकार रूप देवी-देवता कहलाए। मनुष्य अपने और पशु-पक्षियों के जीवित आकार से परिचित थे। इनमें सर्वश्रेष्ठ आकार मनुष्य का अपना ही प्रतीत होता था इसलिए देवी-देवताओं को मानव रूप में ही मान्यता प्रदान की गई। पशु-पक्षियों को इनका वाहन बनाया गया। इस प्रकार गुणों की उपासना शुरू हुई, गुणों को ही देवी-देवता के रूप में साकार माना गया।

देवताओं की महिमा में बहुत सारे सूक्त रचे गए हैं। सबसे पहले अग्नि, जिसमें सब कुछ जलकर राख हो जाना है, उसे एक महान देवता माना गया, जिनकी सवारी भेड़ है। वे सभी देवताओं के लिए यज्ञ-वस्तु भरण करने के माध्यम बने। किसी भी देवता का आह्वान किया जाना हो तो सबसे पहले अग्नि प्रज्वलित की जाती और उसमें आराध्य देव के लिए जो वस्तुएँ अर्पित की जातीं, वे यज्ञाग्नि में डाली जातीं और यह माना जाता कि वे संबंधित देवता को प्राप्त हो गई हैं। इस प्रकार वैदिक काल में यज्ञ-हवन द्वारा ही विभिन्न देवी-देवताओं को प्रसन्न करने के लिए उनकी पूजा-अर्चना की शुरुआत हुई। यहाँ देवी-देवताओं को प्रसन्न करने का अर्थ यह था कि वे अपने गुण-समूह द्वारा हमारे जीवन को सुखी और समृद्ध बनाएँ। इस प्रकार वैदिक संस्कृति में यज्ञ का बड़ा महत्त्व है। प्रकृति से प्रेम, जल, वायु और वनस्पतियों के महत्त्व का प्रतिपादन भारतीय संस्कृति में यहीं से शुरू

होता है। जलस्रोतों को पवित्र रखना, पर्वतों को पूजना, वायु को शुद्ध रखना और पेड़-पौधों को जीवन का सहचर मानना हमने यहीं से सीखा।

यज्ञ में अनाज एवं पशुओं की आहुति दी जाती थी। बचा हुआ शेष भाग यज्ञ में सम्मिलित लोग आपस में बाँट लेते थे। आर्यों ने कृषि कार्य एवं पशुपालन के महत्त्व को अच्छी तरह आत्मसात कर लिया था इसलिए हम इस समय की संस्कृति को कृषि आधारित संस्कृति भी कहते हैं। खेतों में अधिक से अधिक उत्पादन हो, इसके लिए अच्छी वर्षा होना जरूरी है अतः जल के देवता वरुण का महत्त्व बढ़ा। सभी देवों का राजा इंद्र को माना गया, उनकी स्तुति में सबसे ज्यादा सूक्त वेदों में लिखे गए।

हड़प्पा काल में घर-परिवार बनने लगे थे और मानव समूह, मानव समाज के रूप में स्वीकृत हो चुका था। जैसे घर का मुखिया, गृहस्वामी होता था। उसी प्रकार समाज के लोग मिलकर नगर का एक मुखिया चुन लेते थे जो गृहस्वामी की तरह ही नगर की सुरक्षा का दायित्व वहन करता था। विवाह की परंपरा वैदिक काल में आ गई थी। ऋग्वेद के दशम मंडल के सूक्तों में सूर्य पुत्री सूर्या के विवाह का वर्णन मिलता है। अग्नि सर्वाधिक पवित्र देवता के रूप में स्वीकृत है। वे पाप रहित हैं और सारे पाप-दोषों को जलाकर राख कर देते हैं। उनकी साक्षी सर्वोपरि है, इसलिए अग्नि को साक्षी मानकर विवाह की परंपरा वैदिक काल में शुरू हो गई थी। ऋग्वेद के दशम मंडल सूक्तों में विवाह के रीति-रिवाज और वर-वधू के अलावा अन्य पारिवारिक रिश्तों का भी ब्योरा मिलता है। अर्थात् सास-ससुर, समधी, देवर-देवरानी, जेठ-जेठानी और ननद, भाभी जैसे पारिवारिक रिश्तों की मान्यता उस समय के समाज में आ गई थी। कामना यह थी कि एक स्त्री से कम से कम दस पुत्र उत्पन्न हों तो उसे परम सौभाग्यशाली माना जाता था। ज्यादा पुत्रों की लालसा के कारण बहुविवाह की प्रथा मान्य थी। ज्यादा पुत्रों का पिता होना वैभव का प्रतीक था। बड़ा परिवार होना सुरक्षा की दृष्टि से भी अच्छा माना जाता था।

आर्य समाज के खान-पान में दूध और दूध से बने हुए अन्य खाद्य पदार्थों की प्रधानता है। दूध, दही, घी, मक्खन और पनीर, इसमें उबला हुआ अनाज मिलाकर खाने की प्रथा प्रज्वलित थी। आर्य समाज में मांसाहार से कोई परहेज न था। विशेष रूप से भेड़, बकरी और हिरन का मांस बड़े चाव से खाया जाता था। भोजन का एक बहुत बड़ा भाग गौ से मिलता था, दूध

के रूप में। गौ का उच्छिष्ट (गोबर) तक लीपने, पोतने और उपलों के रूप में अत्यंत उपयोगी था, इसलिए वैदिक काल में गौ को धन के रूप में मान्यता मिली। गौ को गोधन कहा जाने लगा। ऋग्वेद के छठे मंडल के अट्ठाइसवें सूक्त में देवता के रूप में गौ और इंद्र की एक साथ वंदना की गई है। वैदिक समाज में गौ को अघ्न्या (जिसका वध नहीं किया जाता) माना गया है। इस प्रकार गौ मांस खाना वर्जित था। गउएँ दान में, दहेज में दी जाती थीं और युद्ध में लूट ली जाती थीं। गौ की धन के रूप में मान्यता वैदिक काल के प्रारंभ में ही हो चुकी थी।

कपास उत्पादन के पश्चात् इसके सूत से वस्त्र बनाने की तकनीक उस समय तक आ चुकी थी और भेड़-बकरियों के बालों से भी वस्त्र बनने लगे थे। दसवें मंडल की ऋचा में भेड़ के बालों से वस्त्र बुनने की बात आती है। चौथे मंडल के सूक्त 53 में पिशंगम द्रादिम अर्थात् चोगा पहनने का उल्लेख है। इसी तरह एक सूक्त में शिप्र (पगड़ी) का भी उल्लेख है। लंबी वस्तु लपेटने (पहनने) की प्रथा प्रचलित हो चुकी थी। सिंधु घाटी और हड़प्पा संस्कृति में ही विभिन्न प्रकार के आभूषणों के अवशेष मिले हैं। वैदिक काल में सोने और चाँदी के आभूषणों का चलन आ गया था। मुख्य रूप से हार और कंगनों का चलन ज्यादा था, जो रत्नजड़ित होते थे।

ऋग्वेद में कई जगह अश्विनीकुमारों की वंदना की गई है। अश्विनीकुमार देवताओं के वैद्य कहे गए हैं। इनकी स्तुति करते हुए हम निरोग होने की कामना करते हैं। आगे आयुर्वेद में वनस्पतियों के माध्यम से विभिन्न रोगों के इलाज का उल्लेख है। आयुर्वेद में आयु को बढ़ाने वाला ज्ञान है। वैदिक ज्ञान के अनुसार मनुष्य की आयु सौ साल मानी गई है। इसके पहले किसी रोग से कोई मरता था तो वह उचित चिकित्सा के अभाव में मौत मानी जाती थी। यक्ष्मा, राज्यक्ष्मा, हृदय रोग, ज्वर, दर्नामा (बवासीर), हरिमा और पृष्ठयामयी आदि रोगों का उल्लेख वेदों में मिलता है। वनस्पतियों द्वारा इनको दूर करने के विस्तृत उपाय भी वेदों में बताए गए हैं।

हड़प्पा और मोहनजोदड़ो नामक नगरों के जो अवशेष मिले हैं, उनसे दुर्ग, कोटे और बड़े भवन होने की पुष्टि होती है। इन बड़े भवनों में उस समय के नगर प्रधान तथा विशिष्ट जन रहा करते थे, जिन्हें तात्कालिक समाज ही अपनी सुरक्षा और व्यवस्था प्रबंधन के लिए चुनता था। यही

व्यवस्था उन्नत रूप में वैदिक काल में भी मिलती है। वेदों में इसका उल्लेख मिलता है कि नगर प्रधान (राजा) का चुनाव करने के लिए समय-समय पर आम सभाएँ हुआ करती थीं।

मुद्राओं का चलन सिंधु घाटी में था, वैदिक काल में भी व्यावहारिक जीवन में मुद्राओं का उपयोग किया जाता था। मुख्य रूप से अन्न भंडार, पशु और कृषि भूमि का स्वामी होना धनवान होना माना जाता था। शिल्पकारी, भवन निर्माण, नृत्य और संगीत में लोग निपुणता हासिल कर रहे थे।

संगीत की आद्य देवी सरस्वती, जिन्हें ब्रह्मा की मानस पुत्री कहा गया है, ये विद्या एवं विभिन्न कलाओं की अधिष्ठात्री के रूप में भी पूज्य हैं। इनकी स्तुति के लिए वेदों में कई सूक्त मिलते हैं। नदी सूक्त में सरस्वती को अत्यंत वेगवती नदी के रूप में याद किया गया है। 'सामवेद' संगीत का मूल ग्रंथ माना जाता है। कहा जाता है कि ब्रह्मा ने सर्वप्रथम संगीत की शिक्षा शिव को प्रदान की। शिव ने देवी सरस्वती को संगीत के संस्कार दिए। तत्पश्चात् नारद ने सरस्वती से संगीत का ज्ञान प्राप्त कर गंधर्वों, किन्नरों और अप्सराओं को सिखाया। इस प्रकार वैदिक काल में भारतीय शास्त्रीय संगीत के सूक्त मिलते हैं।

वैदिक धर्म के रूप में यज्ञों की प्रधानता है। विभिन्न प्राकृतिक शक्तियों को देवी-देवताओं के रूप में साकार मान लिया गया था। ब्रह्मा जन्म देने वाले, विष्णु पालक और शिव संहार करने वाले थे, और 'त्रिदेव' के रूप में प्रतिष्ठित हो चुके थे। इंद्र देवताओं के राजा हैं, जो विभिन्न शक्तियों के स्वामी हैं। इन्हें प्रसन्न करने के लिए, इनकी कृपा पाने के लिए इनकी स्तुति और यज्ञ का विधान मान्य था। इस प्रकार वैदिक संस्कृति में विभिन्न देवी-देवताओं में गहन विश्वास और उनको प्रसन्न करने के लिए यज्ञों का विधान लोकप्रिय हो चला था।

शिक्षा के लिए गुरुकुल की व्यवस्था थी, जहाँ पाँच-छह वर्ष की आयु से विद्यार्थी जाकर गुरु परिवार की सेवा करते हुए उनसे विभिन्न प्रकार की शिक्षाएँ ग्रहण करते थे। प्रारंभ में गुरु ही शिष्य समूह में से अलग-अलग कार्यों के लिए छात्रों का चुनाव करते थे। किसी की विद्याध्ययन में रुचि होती, उसे उसी काम में लगाया जाता। युद्ध विद्या में निपुण छात्रों को राज्य की सुरक्षा के लिए तैयार किया जाता। व्यापार-व्यवसाय में रुचि रखने वाले छात्रों

को उस दिशा में प्रवृत्त किया जाता। श्रमसाध्य कार्यों के लिए भी छात्रों का चयन कर उन्हें कर्तव्यबोध के साथ अपने कार्यों में लगाया जाता था। इस प्रकार समाज में कार्यों का विभाजन किया गया और वर्ण व्यवस्था प्रारंभ हुई।

वैदिक संस्कृति की सबसे बड़ी उपलब्धि है कि हमने प्रकृति को सहचर के रूप में मान्यता प्रदान की। नदियों, पहाड़ों, नक्षत्रों और वनस्पतियों का आदर करना हमने यहीं से सीखा। ये सब वैदिक संस्कृति में पूज्य हैं।

संस्कृति सतत प्रवाहमान है। भूगोल, देशकाल और परिस्थितियों के अनुसार इसमें परिवर्तन होते रहते हैं। आगे उपनिषद् काल, पौराणिक काल में हम वैदिक संस्कृति का उत्तरोत्तर विकास देखते हैं। वैदिक संस्कृति के पश्चात् जब हम उपनिषद् काल की संस्कृति में प्रवेश करते हैं तो सबसे बड़ा परिवर्तन देखते हैं कि वेदों में जहाँ समाज के विभिन्न लोगों के अनुभवों को संग्रहित किया गया था, वहीं उपनिषद् ग्रंथों के अलग-अलग रचयिता हमारे सामने आते हैं। उपनिषद् ग्रंथ अपने रचयिता ऋषियों के नामोल्लेख के साथ याद किए जाते हैं। ये विभिन्न ऋषियों के व्यक्तिगत अनुभवों के आधार पर लिखे गए हैं। परंपरागत वैदिक संस्कृति में हमें यहाँ से यज्ञों का महत्त्व धीरे-धीरे कम होता प्रतीत होता है। उपनिषद् कालीन ऋषि यज्ञों की बजाय व्यक्तिगत पूजा और उपासना में ज्यादा रुचि लेने लगे थे। पुराणों की रचना भी इस काल में शुरू हो गई थी। एक-एक देवी-देवता को केंद्र में रखकर अलग-अलग पुराण रचे गए, जिनमें केंद्रीय देवता या देवी के विषय में विस्तार से बताया गया, ये आख्यान अत्यंत रोचक एवं ज्ञानवर्धक हैं।

ईसा से चार सौ वर्ष पूर्व पतंजलि नामक एक ऋषि हुए, जिन्होंने धर्म की एक नई व्याख्या की। उनके द्वारा रचित योग-सूक्त पढ़कर उन्हें धर्म का पहला वैज्ञानिक कहा जाना चाहिए। उनका सारा धर्म-विज्ञान शरीर, मन और आत्मा का विस्तृत विश्लेषण प्रस्तुत करता है। इस प्रकार उस युग में हम कई तरह के धार्मिक विश्वास पाते हैं। एक वर्ग वैदिक संस्कृति के यज्ञों को सर्वोपरि मान रहा था। उपनिषद् के ऋषियों से लेकर पतंजलि तक एक वर्ग आत्म चिंतन को सर्वोपरि मानता था। वहीं तीसरा बड़ा वर्ग, जिसे सामान्य जन कहें, वे पौराणिक मान्यताओं के आधार पर अपने-अपने स्वभाव के अनुसार विभिन्न देवी-देवताओं की पूजा-अर्चना कर रहे थे। परंतु इन तीनों वर्गों में आपसी कोई संघर्ष नहीं था, सभी वर्ग सहज ढंग से अपने-अपने

विश्वासों के साथ जी रहे थे। समस्त विचारधाराओं को एक वैदिक संस्कृति के रूप में मान्यता प्राप्त थी।

वैदिक काल से पौराणिक काल तक के सांस्कृतिक विकास क्रम में इस काल का मनुष्य छोटी-बड़ी बस्तियों में रहने लगा था। नगर बसने लगे थे। छोटे-बड़े भवनों के साथ राजमहल तक की निर्माण कला उस समय आ गई थी। सड़कें, कुएँ, बावड़ी, सरोवर, उपवन बनाए जाने लगे थे। मंदिर, मठ और देवालयों का निर्माण भी शुरू हो गया था। घर, परिवार और समाज बनाकर सामान्य गृहस्थ आदमी रह रहा था। कृषि प्रधान संस्कृति होने के कारण आदमी के सारे दुख-सुख कृषि उत्पादन से जुड़े हुए थे। सूखा, बाढ़ और पाले के कारण फसलें बर्बाद हो गईं तो दुख। समय पर पर्याप्त वर्षा हुई और मौसम की अनुकूलता से अच्छी फसल हो गई तो जीवन में उत्सव और खुशहाली। इसलिए उस युग में अच्छी फसलों के लिए सारे उपक्रम खोजे गए। अच्छी फसलों के लिए देवताओं से प्रार्थना करने की पद्धति वैदिक काल से शुरू होकर उसी प्रकार आगे चलती रही। अच्छी फसलें होने के पश्चात् जो खुशी का वातावरण बना, उससे त्योहारों की परंपरा विकसित हुई। भारतीय संस्कृति में अधिकांश पर्व और त्योहार कृषि आधारित हैं। मंदिर, देवालय एवं मठ, उत्सव और त्योहारों के केंद्र बने। इन अवसरों पर सुबह से मंदिर में पहुंचकर लोग गीत, संगीत और नृत्यों द्वारा देवी-देवताओं को प्रसन्न करने का प्रयास करते। अच्छी फसलें हुई हैं इसलिए पूरे साल भोजन की कोई किल्लत नहीं रहेगी। त्योहारों पर सुस्वाद पकवान बनाकर मिल-बैठकर खाने की परिपाटी सामने आई। यह उत्सवधर्मिता भारतीय संस्कृति की अपनी विशेषता है।

वैदिक संस्कृति के पश्चात् उपनिषद् और पौराणिक संस्कृति में मांसाहार का निषेध होने लगा था। उपनिषदकारों ने जबरदस्त रूप से मांसाहार का विरोध किया। गौ वध और गौ मांस भक्षण तो पूर्व से ही निषिद्ध था। इस काल में युद्ध में भाग लेने वाला और शारीरिक श्रम से जुड़ा हुआ वर्ग ही मांस भक्षण करता था। शेष लोगों में मांस भक्षण लोकप्रिय नहीं था। अनाज, दूध और वनस्पतियों के मिश्रण से विविध प्रकार के व्यंजन बनाने की विधियों का यहाँ विकास दिखाई देता है। वस्त्र विन्यास में वैदिक संस्कृति के बाद कोई ज्यादा फर्क नहीं आया। लोग उसी प्रकार विविध रंगी कपड़ों को नीचे की ओर लपेटते थे। पुरुष कंधे से दोनों ओर लंबा वस्त्र लटका लेते थे।

स्त्रियाँ रंगीन कपड़े पीठ के पीछे से बाँध लेती थीं। हाँ, आभूषणों का चलन इस युग में ज्यादा बढ़ गया था। विशिष्ट पुरुष सिर पर मुकुट और साधारण जन पगड़ी पहनते थे। लोग गले में हार, छाती पर कवच और हाथों में कड़े धारण करते थे। स्त्रियाँ गले में हार, हाथों में कंगन, पैरों में पैजनियाँ और नाक-कान में रत्नजड़ित आभूषण पहनती थीं।

वैदिक संस्कृति में जहाँ पूरे समाज के लोग आम सभाएँ कर अपना मुखिया (राजा) चुन रहे थे वहीं उपनिषद् और पौराणिक युग में परिवारवाद उभरकर सामने आता है। अब राजा का लड़का ही राजा होता था या राज-परिवार के लोग ही सत्ता पर काबिज हो रहे थे। उपनिषद् काल में एक लंबे समय तक वर्ण व्यवस्था (ब्राह्मण, क्षत्रिय, वैश्य और शूद्र) जन्मना नहीं थी। गुरुकुल में गुणों के आधार पर इसका निर्धारण हो रहा था, धीरे-धीरे यहाँ भी जन्म के साथ वर्ण निर्धारण की शैली स्वीकृत हो गई। अब जन्म से ही वर्ण की पहचान स्थापित होने लगी थी।

पौराणिक काल में जरा-जरा सी बात पर जाति बहिष्कृत किए जाने की घटनाएँ सामने आईं, जिनसे कई जातियाँ बनीं और आगे भी बनती चली गईं। यह युगीन संस्कृति का एक अंधेरा पक्ष है। 'मनुस्मृति' की स्थापनाओं के पश्चात् तो श्रम से जुड़े हुए लोग हाशिए पर आते चले गए।

उपनिषद् काल के तुरंत बाद जो रामायण और महाभारत का समय आता है, वह भारतीय संस्कृति में अत्यंत महत्त्वपूर्ण है। राम और कृष्ण भारतीय संस्कृति के महानायक हैं। राम के पूर्व उनके पिता दशरथ तक बहुविवाह प्रथा प्रचलित थी। स्वयं दशरथ की तीन रानियाँ थीं। राम ने एक पत्नीव्रत होने का आदर्श उपस्थित किया। पत्नी, भाई, मित्र, सेवक और प्रजाजनों के प्रति एक आदर्श व्यवहार की स्थापना राम के जीवन की सबसे बड़ी उपलब्धि है। इससे आगे कृष्ण जीवन की समग्रता के प्रतीक बने। उन्होंने योग (योगेश्वर), संगीत (नटवर एवं बाँसुरी वादक), ज्ञान (गीता), राजनीति (महाभारत), प्रेम (श्रीमद्भागवत) के विविध आयामों में पूर्णता हासिल कर जीवन की अद्भुत व्याख्या प्रस्तुत की। इस प्रकार राम और कृष्ण के आदर्श और उनकी स्थापनाएँ भारतीय संस्कृति की आधार स्तंभ बनी।

कालांतर में पौराणिक संस्कृति के अंतर्गत समाज में कर्मकांड की बहुलता आई। धार्मिक अंधविश्वास फैले। पंडितों और पुरोहितों ने नई-नई

कहानियाँ गढ़ते हुए अपने पौरिहित्य को खूब फैलाया। इस प्रकार उस समय जातिवाद ने तेजी से अपने पाँव पसारना शुरू कर दिया था। राजा का लड़का राजा और जाति में जन्म लेने के पश्चात् जातिगत बंधन और रूढ़ियाँ संस्कृति के नाम पर फैलती चली गईं। यहाँ हम भारतीय संस्कृति को उच्च प्रतिमानों से नीचे की ओर आते हुए देखते हैं। हालाँकि पौराणिक साहित्य अद्भुत आख्यान साहित्य है। इसमें जबरदस्त कथा प्रवाह है। अंत में आदर्शवादी मूल्यों की स्थापना भी है। परंतु इसे धार्मिक मान्यताओं से जोड़कर अंधविश्वासों और रूढ़ियों का प्रचार-प्रसार किया गया। फलस्वरूप उच्च भारतीय संस्कृति के मूल्य नष्ट-भ्रष्ट होते चले गए। पूरा समाज हजारों जातियों में विभक्त हो गया। धर्म के नाम पर रूढ़ियों और अंधविश्वासों का बोलबाला हुआ और सांस्कृतिक रूप से एक अराजकता की स्थिति बनी।

राजा का ऐश्वर्य देखकर प्रथम ऐश्वर्यशाली का विचार मन में आया, जिसे ईश्वर कहा गया। राजा को भाग्यवान कहा जाता था इसलिए सबसे बड़ा राजा भगवान कहलाया। राजा की प्रभुता देखते हुए पहले राजा को प्रभु कहा गया। अर्थात् जो सबसे ऊपर है, सर्वोच्च है, वह ईश्वर, भगवान और प्रभु कहलाया। इसी आधार पर राजा को, ईश्वर की संतति मानने की व्याख्या विकसित हुई। राज परिवार और उनके चाटुकार पुरोहितों ने इस धारणा को लगातार बलवती बनाया। दूसरी जातियों के आदि पुरुषों को देवता या ऋषि माना गया, जिनकी संतानें विशेष गोत्र की कहलाईं। राजा, ईश्वर के परिवार का वारिस हो गया। अन्य लोग देव पुत्र और ऋषि संतानों के रूप में विख्यात हुए। इस प्रकार सब अपने-अपने ढंग से श्रेष्ठ हो गए। श्रेष्ठता के दावे को लेकर समाज के विभिन्न वर्गों और जाति समूहों में आपसी संघर्ष भी होते रहते थे।

लगभग इसी समय महावीर और बुद्ध अपनी व्याख्याएँ लेकर आते हैं। महावीर और बुद्ध दोनों ही जातिवाद विरोधी, अहिंसावादी और वैदिक संस्कृति की यज्ञ आदि परंपराओं के विरोधी थे। एक ओर महावीर ने अपरिग्रह पर जोर दिया वहीं बुद्ध 'अप्प दीपो भव' की धारणा लेकर आए। क्योंकि दोनों विचारधाराएँ रूढ़ियों और अंधविश्वासों से परे आत्म-जागरण की पक्षधर थीं इसलिए तत्कालीन समाज में लोकप्रिय होते इन्हें देर नहीं लगी। कहते हैं कि महावीर और बुद्ध के साथ दस-दस हजार शिष्यों का समूह होता था। परंतु इन दोनों विचारधाराओं ने स्त्री शक्ति को अपने यहाँ ज्यादा महत्त्व

नहीं दिया। ब्राह्मणवाद और पुरोहितवाद का विरोध यहाँ स्पष्ट है। नैतिक आचरण पर यहाँ सबसे ज्यादा जोर दिया गया। भारतीय संस्कृति के विकास में महावीर और बुद्ध का अविस्मरणीय योगदान है। लगभग दो सौ वर्षों तक तत्कालीन राजसत्ताओं पर जैनों और बौद्धों का प्रभाव रहा है। कालांतर में सम्राट अशोक ने तो अपने पुत्र और पुत्री को बौद्ध धर्म के प्रचार-प्रसार के लिए विदेशों में भी भेजा था। यहाँ से अहिंसा, अपरिग्रह और आत्मजागरण के नवीन अध्याय भारतीय संस्कृति में जुड़ते हैं।

सीमाओं पर यूनानी आक्रमण होने लगे थे। भारतीय राजाओं की अनेकता और आपसी फूट का लाभ उठाते हुए सिकंदर यहाँ अपने साम्राज्य का विस्तार करता चला गया। हालाँकि सिकंदर यहाँ किसी बड़े साम्राज्य की स्थापना नहीं कर पाया, उसकी सेनाएँ आँधी की तरह आईं और चली गईं। इस तरह पहली बार भारतीय संस्कृति पर यूनानी संस्कृति का प्रभाव पड़ा। उनकी खुली जीवन शैली, पहनावा, युद्ध नीति और कूटनीति का प्रभाव लोगों ने ग्रहण किया। चाणक्य ने सिकंदर के हमले देखकर ही एक राष्ट्र की परिकल्पना स्थापित की। उसने अपनी ओर से विभिन्न राज्यों को जोड़कर एक राष्ट्र की धारणा को साकार करने का यथासंभव प्रयास किया। उसने अर्थशास्त्र लिखा और राज्य में प्रबंधन की दिशा में महत्त्वपूर्ण योगदान दिया। कमोबेश सांस्कृतिक दृष्टि से पूरा देश एक था, परंतु राजनीतिक रूप से यह अलग-अलग राज्यों में बंटा हुआ था। पूरे उत्तर भारत में प्राचीन वैदिक संस्कृति, बौद्ध और जैन विचारधाराओं को आत्मसात् कर विकासमान थी। उधर सुदूर दक्षिण में शैव मत की प्रधानता थी। इसमें शिव को मुख्य देवता के रूप में प्रतिष्ठा प्रदान की गई थी। वहाँ विष्णु, राम, कृष्ण, सरस्वती आदि पौराणिक देवी-देवताओं का कोई बहिष्कार नहीं था परंतु प्रधानता शिव की सबसे ज्यादा थी। दक्षिण भारत में विभिन्न देवी-देवताओं के विशाल मंदिर बनाए गए। पर्व, त्योहार और उत्सवों को मंदिर से जोड़ा गया। गीत, संगीत और नृत्य को यहाँ उत्साहपूर्वक अपनाया गया और इन्हें धार्मिक उत्सवों से जोड़ा गया। भौगोलिक कारणों, जलवायु और उत्पादन की विभिन्नता के कारण यहाँ उत्तर भारत की अपेक्षा अलग तरह का खान-पान प्रचलित हुआ। पहनावा भी अपनी तरह का यहाँ विकसित हुआ। आभूषणों को यहाँ के जनसमुदाय ने बहुत महत्त्व प्रदान किया। इस प्रकार थोड़े-बहुत अंतर के बावजूद पूरे देश में वैदिक भारतीय संस्कृति सहज स्वीकृत थी। दक्षिण के

विभिन्न भाषा समूह शुरू से बहुत समृद्ध रहे, यहाँ विपुल धार्मिक साहित्य रचा गया। नृत्य, संगीत, कला, शिल्प, भवन-निर्माण, कृषि कार्य और व्यापार के क्षेत्र में तेजी से विकास हो रहा था। यह क्षेत्र विदेशी हमलों से ज्यादा प्रभावित नहीं रहा इसलिए यहाँ विदेशी संस्कृतियों का प्रभाव ज्यादा दिखाई नहीं देता। पौराणिक कथाएँ थोड़े पाठांतर के बावजूद पूरे देश में समान रूप से लोकप्रिय और प्रेरक रहीं।

यूनानी, शक, हूण आदि लोगों के आक्रमण यहाँ हुए। राजनीतिक रूप से इन आक्रमणों का जरूर कुछ असर हुआ परंतु सांस्कृतिक दृष्टि से कोई ज्यादा प्रभाव वैदिक संस्कृति पर नहीं पड़ा। 643 ई. में जब पहली बार खलीफा उमर ने भारत की सीमाओं पर आक्रमण किया, तब अरबों के इस आक्रमण से हमारी संस्कृति प्रभावित हुई। अरबी भाषा में 'स' को 'ह' कहने के कारण हिंदू और हिंदुस्तान शब्द यहाँ से प्रचलित हुए। दरअसल वे आक्रमणकारी और लुटेरे थे। उनका मकसद यहाँ साम्राज्य स्थापित करना नहीं, यहाँ की धन-संपत्ति लूटकर अपने देश ले जाना था। उत्तर-पश्चिम सीमाओं से ये आक्रमण लगातार हो रहे थे। मुहम्मद बिन कासिम ने पहली बार यहाँ हिंसा का तांडव नृत्य किया। सिंध क्षेत्र में उसने विजय हासिल करने के पश्चात् पराजित जनता में कत्लेआम शुरू कर दिया। औरतों को बंधक बनाकर हरम में डाल दिया गया। युद्ध तो पहले भी हुए थे परंतु हिंसा का इतना वीभत्स रूप भारत की जनता ने पहली बार देखा।

अरबों की भारत में घुसपैठ के पश्चात् यह सिलसिला यहाँ लंबे समय तक चलता रहा। इस्लामिक संस्कृति के कई शासक यहाँ आए और इसी प्रकार हिंसा का खेल खेलते हुए, स्त्रियों को परेशान करते हुए, अपना साम्राज्य बढ़ाते रहे। इसके साथ उन्होंने पराजित जनता में जबरदस्ती धर्मांतरण की परंपरा चलाई, जिसे वे सवाब का काम कहते थे।

उन दिनों भारत की राजसत्ताओं में जैनों और बौद्धों का प्रभाव था। वे 'अहिंसा परमो धर्मः' में विश्वास करने वाले लोग थे, असंगठित थे और उनके पास ज्यादा उन्नत हथियार भी नहीं थे। इसलिए वे पराजित हुए और लंबे अरसे तक पराजित होते चले गए। पहली बार भारत की जनता और राजनेताओं ने धार्मिक रूप से हिंसा की ऐसी स्वीकृति और जबरदस्ती धर्मांतरण को धर्मसम्मत होते हुए देखा। इसके पूर्व यूनानी, हूण और शक

आदि लोग भारत में आए और यहाँ की वैदिक संस्कृति में समाहित होते चले गए। पहली बार इस्लामिक संस्कृति से भारत का परिचय हुआ, जिसने तेजी से यहाँ पाँव पसारना शुरू कर दिया था। वे एक अल्लाह के अलावा किसी को न मानते थे। मूर्तिपूजा उनके लिए निषिद्ध था। हिंसा उनके जीवन में सहज थी। मांसाहार उनको बहुत पसंद था। इस्लाम में मनाही के बावजूद शराब और शबाब उनमें बहुत लोकप्रिय था। धर्म परिवर्तन कराने को वे अपना कर्तव्य मानते थे। इस प्रकार वैदिक संस्कृति से दूर-दूर तक उनका कोई तालमेल नहीं बैठ पाया। क्योंकि अधिकांश राज्यों पर उन्होंने विजय हासिल कर ली थी। शासन तंत्र उनके हाथ में था। इसलिए इस्लामिक संस्कृति का विस्तार यहाँ तेजी से होने लगा। मस्जिदें बनीं। मंदिर तोड़े गए। मांसाहार बढ़ा। और धर्म के नाम पर सिर्फ एक किताब को ही सर्वोपरि माना गया। भाषा के रूप में वे अरबी-फारसी को यहाँ लेकर आए। प्रशासन के सारे काम-काज उनकी अपनी भाषा में हो रहे थे। इस्लामिक शासन के बावजूद चौदहवीं शताब्दी में अमीर खुसरो नामक एक महत्त्वपूर्ण शायर, संगीतकार और भाषाविद् ने वैदिक संस्कृति के महत्त्व को पहचाना एवं उसने इस्लामिक संस्कृति और वैदिक संस्कृति को निकट लाने के जबरदस्त प्रयास किए। सबसे पहले उसने अरबी-फारसी और अवधी-ब्रज भाषा को मिलाकर एक सहज सर्वग्राह्य 'हिंदवी' भाषा का प्रयोग किया। उसने ही इस बात की घोषणा की कि एकमात्र 'हिंदवी' ही इस देश की संपर्क भाषा हो सकती है। उसने स्वयं हिंदवी (हिंदी) में कई रचनाएँ कीं। उसी समय अरबी-फारसी और हिंदवी के सम्मिश्रण से उर्दू का एक भाषा रूप भी सामने आया। संगीत की इस्लाम धर्म में मनाही है परंतु अमीर खुसरो ने इसे अस्वीकार करते हुए ईरानी एवं अरब के संगीत रूपों और भारतीय संगीत रूपों को मिलाकर संगीत की नई परिपाटी चलाई। उसने कई वाद्य यंत्रों का आविष्कार किया। कहते हैं तबला और सरोद जैसे लोकप्रिय वाद्य यंत्र उसी के कार्यकाल में आविष्कृत हुए। अमीर खुसरो उस्ताद निजामुद्दीन औलिया का शिष्य था। उस्ताद के गुजरने के पश्चात् वह उनकी मजार पर जाकर घंटों रोया करता था। इस प्रकार मजारों, अस्थानों पर जाकर इबादत करने का चलन बढ़ा, जो हिंदुओं में प्रचलित मूर्तिपूजा के निकट था।

भारतीय शास्त्रीय संगीत के विकास ने इस्लामिक और वैदिक संस्कृति को मिलाने में महत्त्वपूर्ण भूमिका निभाई। अमीर खुसरो के समय और उसके

बाद सैकड़ों मुस्लिम समुदाय के लोग भारतीय शास्त्रीय संगीत की ओर आकृष्ट हुए। उन्होंने विधिवत् यहाँ का शास्त्रीय संगीत सीखा और उसमें पारंगत हुए। भारतीय शास्त्रीय संगीत सरस्वती की आराधना और शिव-गणेश की स्तुति से शुरू होता है। सरस्वती, शिव और गणेश हमारे यहाँ मूर्त रूप में स्वीकृत हैं। इनके मंदिर हैं, जहाँ इनकी मूर्तिपूजा होती है। मुस्लिम संस्कृति में पले-पुसे लोगों ने शास्त्रीय संगीत सीखने-जानने के लिए सरस्वती की आराधना की और शिव-गणेश की स्तुति में श्लोक गाए। इस प्रकार यह परंपरा चल निकली, जिसे बाबर से लेकर शाहजहाँ तक सभी मुगल शासकों ने आगे बढ़ाया।

पंद्रहवीं शताब्दी में भारत में बाबर द्वारा मुगल साम्राज्य की नींव रखी गई। बाबर एक उदार, पढ़ा-लिखा और सहिष्णु शासक था। हुमायूं के लिए उसका वसीयतनामा पढ़ने लायक है, जिससे यह पता चलता है कि वह प्राचीन वैदिक संस्कृति से कितना प्रभावित था। कालांतर में बाबर की यह उदारवादी नीति शाहजहाँ तक कायम रही। शाहजहाँ के तीसरे बेटे औरंगजेब ने अपने पिता को जेल में डालकर दोनों भाइयों का कत्ल करने के पश्चात् सत्ता हथियाई और एक फिर इस देश में इस्लामिक मान्यताओं का प्रचार-प्रसार हुआ। कुछ समय पश्चात् मुगल साम्राज्य का पतन हुआ और अंग्रेजों ने व्यापार के बहाने यहाँ आकर राजनीतिक रूप से अपना आधिपत्य स्थापित कर लिया।

इस समय तक हिंदू अपनी वैदिक संस्कृति के साथ मुसलमान अपनी इस्लामिक संस्कृति के साथ रह रहे थे। हिंदुस्तान के अधिकांश मुसलमान जबरदस्ती धर्मांतरण के कारण मुसलमान हुए थे। उन परिवारों में नई पीढ़ियाँ आ गईं। उन्हें बचपन से यह बताया गया कि तुम मुसलमान हो, इस प्रकार उनका विश्वास मुस्लिम संस्कृति में गहरा होता गया। अरब देशों में जहाँ तपते हुए रेगिस्तान हैं वहाँ छठवीं शताब्दी में हजरत मोहम्मद साहब ने इस्लाम धर्म की स्थापना की और वहाँ की परिस्थितियों के अनुसार इस्लामिक संस्कृति को लोगों ने अपनाया। पानी का अभाव, वनस्पतियों की कमी, कृषि के साधन अनुपलब्ध, कबीलों के आपसी युद्ध इन परिस्थितियों को ध्यान में रखते हुए वहाँ की जीवन शैली 'शरीअत' में निर्धारित की गई। जिस तरह हिंदुओं के लिए उस समय की परिस्थितियों के अनुसार एक जीवन पद्धति निर्धारण के लिए 'मनुस्मृति' लिखी गई। इसी तरह मुस्लिम जीवन शैली के

लिए 'शरीअत' का निर्माण हुआ। अतः संस्कृति एक तरह से जीवन शैली है। दुनिया में वे ही संस्कृतियाँ बच पाईं, जो भूगोल, देशकाल और परिस्थितियों के अनुसार बदलती रहीं।

भारतीय संस्कृति की सबसे बड़ी विशेषता है कि वह सतत गतिशील है और विभिन्न संस्कृतियों की उपयोगी बातों को तुरंत आत्मसात् कर लेती है। यूनानी, शक, हूण आदि भी भारत में आए और यहाँ बस गए परंतु जल्द ही वे भारतीय संस्कृति के महासागर में मिल गए। इस्लामिक संस्कृति जो शरीअत से संचालित थी, उसमें मुस्लिमों ने कोई परिवर्तन स्वीकार नहीं किया। जबकि भारत में पानी की पर्याप्त उपलब्धता है, वनस्पतियाँ है और कृषि क्षेत्र में पर्याप्त उत्पादन भी होता है, इन परिस्थितियों में मुस्लिम परंपराएँ बदलनी चाहिए थीं, परंतु वे नहीं बदलीं और मुस्लिम समुदाय के लोग वही पुरानी अरब की संस्कृति के साथ यहाँ भी जीवन बसर करने लगे।

इस प्रकार भारत में वैदिक संस्कृति से पृथक् एक इस्लामिक संस्कृति का प्रादुर्भाव दिखाई देने लगा। हालाँकि अंग्रेजों के आने तक दोनों संस्कृति के लोग मिलजुलकर अपना जीवनयापन कर रहे थे। सर्वप्रथम अंग्रेजों ने अपना साम्राज्य फैलाने की लिप्सा के कारण हिंदुओं और मुसलमानों की अलग-अलग राजनीतिक पहचान स्थापित की। हालाँकि इसके पूर्व भारत के एक बड़े क्षेत्र में मुगलों का शासन था और कई छोटे-बड़े राज्यों में हिंदू राजा राज्य करते थे। परंतु राजनीतिक रूप से भेद नहीं था। मुगल शासकों के सेनापति हिंदू होते थे और हिंदू राजाओं के सेनापति और तोपची आदि मुस्लिम देखे गए हैं। इस प्रकार राजनीतिक रूप से विभिन्न संस्कृतियों में जीते हुए भी लोग एक साझा जीवन जी रहे थे। राज्य विस्तार के लिए युद्ध होते थे परंतु दोनों सेनाओं में हिंदू-मुसलमान हुआ करते थे। बाबर के पूर्व महमूद गजनवी, मुहम्मद गौरी, अलाउद्दीन खिलजी, मुहम्मद तुगलक से लेकर इब्राहीम लोदी तक पराजित राज्यों में जबरदस्ती धर्मांतरण कराए गए। अनावश्यक कत्लेआम हुआ। मंदिर और देवालय तोड़े गए। बाबर के पश्चात् शाहजहाँ तक इस तरह का कोहराम जो धर्म के नाम पर चल रहा था, उसमें एक हद तक कमी आई। औरंगजेब के शासनकाल में एक बार फिर मुस्लिम धर्म और संस्कृति यहाँ के लोगों पर थोपी गई। मंदिरों को नुकसान पहुंचाया गया।

अंग्रेज व्यापारी थे। उन्हें किसी भी प्रकार अपना साम्राज्य पूरे देश में फैलाना था। उन्होंने राजनीतिक रूप से मुस्लिमों को पृथक् मान्यता प्रदान की। मुस्लिम लीग का जन्म अंग्रेजों के शासनकाल में ही हुआ। 1947 तक वे लगातार इसी प्रकार राजनीतिक अलगाववाद को हवा देते रहे और अंत में एक मुस्लिम राष्ट्र पाकिस्तान को भारत से पृथक् करके ही माने। लगभग तीस हजार अंग्रेज पूरे देश पर शासन कर रहे थे। वे अपने साथ इस देश में विज्ञान और टेक्नोलॉजी लेकर आए। उन्होंने रेल लाइनें बिछाईं। डाक-तार विभाग का विस्तार किया इससे उन्हें अपना व्यापार बढ़ाने में बहुत मदद मिली। इंग्लैंड के राजा-रानी का भारत पर शासन माना जाता था। उनका प्रतिनिधि गवर्नर के रूप में पूरे देश की व्यवस्था का संचालन करता था।

अंग्रेज सांस्कृतिक रूप से भारत में आधुनिक जीवन मूल्य लेकर आए, जिन्हें भारतीय संस्कृति ने थोड़े-बहुत परिवर्तन के साथ तुरंत आत्मसात् कर लिया। मुस्लिम ऐसा नहीं कर पाए। आधुनिकता के दबाव में कुछ मुस्लिम आगे बढ़े, वे कांग्रेस के मेंबर बने और उन्होंने आधुनिक जीवन शैली अपनाई। परंतु अधिसंख्य मुस्लिम समुदाय वही शरीअत वाली जीवन शैली को ही अपनाए रहा। अंग्रेजों ने भारत में शिक्षा के महत्त्व को प्रतिपादित किया। कुप्रथाओं (सतीप्रथा आदि) और रूढ़ियों को समाप्त करने के लिए उन्होंने कानून बनाए। जातिवाद के बंधन ढीले हुए और स्त्रियों को भी समाज में आगे बढ़ने के अवसर मिले। इस प्रकार अंग्रेजों द्वारा स्थापित जीवन मूल्यों को भारतीयों ने सहर्ष अपनाया और इस परिवर्तन को भारतीय संस्कृति के विकास के रूप में ही हमने देखा।

'लोकतंत्र' अंग्रेजों की देन है, जिसे यहाँ उत्साहपूर्वक अपनाया गया। आवागमन के साधन बढ़े। शिक्षा के लिए भारतीय जन भी विदेश जाने लगे। इस प्रकार जहाँ भी, जो हमें उपयोगी लगा, हमने उसका स्वागत किया और उसे अपनी संस्कृति में जोड़ते हुए अपनाने में विलंब नहीं किया। इसी विशेष गुण के कारण भारतीय संस्कृति आज भी फल-फूल रही है।

यूनान, मिस्र, बेबीलोन आदि की उन्नत संस्कृतियाँ आज नष्ट हो गईं परंतु भारतीय संस्कृति आज भी अक्षुण्ण है। इसका कारण है कि भारतीय संस्कृति अपनी गतिशीलता को कायम रखे हुए है। यहाँ 'शरीअत' जैसी कोई जड़ धारणा नहीं है।

आज इक्कीसवीं सदी में भारतीय संस्कृति का जो जीवंत स्वरूप है, उसमें धार्मिक विश्वासों के रूप में भारतीय लोग विभिन्न देवी-देवताओं की पूजा-अर्चना करते हैं। अपेक्षा यही है कि देवी-देवता अपने गुणों को हमारे भीतर समाहित कर हमारे घर, परिवार और समाज को सुखी एवं समृद्ध करें। विभिन्न मंदिर, देवालय और तीर्थ आदि इसी भावना से भारतीय संस्कृति में प्रतिष्ठित हैं।

धार्मिक स्वतंत्रता भारतीय संस्कृति का सबसे बड़ा मूल्य है, जिसे हम हिंदू धर्म का भी सबसे बड़ा मूल्य कह सकते हैं। धार्मिक स्वतंत्रता के कारण ही बौद्ध, जैन, सिख, मुस्लिम और ईसाई आदि धर्मावलंबी हिंदू समुदाय से ही बने और बन रहे हैं। जबकि दूसरे धर्मों से हिंदू बनने के उदाहरण बहुत कम है। हिंदू धर्म कोई एक किताब, एक देवता और एक शरीअत वाला धर्म नहीं है। यहाँ धार्मिक विश्वासों की स्वतंत्रता सर्वोपरि है। एक ही परिवार में अलग-अलग सदस्य राम, कृष्ण, शिव, दुर्गा, हनुमान और गणेश आदि देवताओं की पूजा-पाठ करते हैं परंतु उनमें कोई मतभेद नहीं होता और न ही ऐसा कोई आग्रह होता कि तुम मेरे इष्ट देवता को ही पूजो, तब मैं तुम्हें स्वीकार करूंगा। दुनिया के किसी भी धर्म और संस्कृति में इस तरह की उदारता नहीं है।

वेद, उपनिषद् और पुराण संस्कृत में लिखे गए परंतु इसके साथ-साथ विभिन्न जनपदीय क्षेत्रों में अनेक भाषाओं और बोलियों के रूप विकसित हो रहे थे। इन भाषा समूहों में कोई आपसी संघर्ष नहीं था। क्षेत्रीय भाषाओं और बोलियों वाले जनसमूहों में संस्कृत के प्रति बहुत आदर था और आज भी है। दक्षिण क्षेत्र में प्रचलित तमिल, तेलुगु, कन्नड़ और मलयालम जैसी भाषाएँ अति उन्नत और संपन्न भाषाएँ हैं। इसी प्रकार बंगला, उड़िया, गुजराती, मराठी और पंजाबी भाषाएँ भी काफी समृद्ध भाषाएँ हैं। अवधी, भोजपुरी, ब्रज, बुंदेली, मालवी, राजस्थानी, हरियाणवी और छत्तीसगढ़ी जैसे भाषा समूह बहुत मिलते-जुलते हैं। इनमें बहुत ज्यादा भिन्नता नहीं है, इसलिए सर्वप्रथम अवधी, भोजपुरी और ब्रज भाषा से मिलकर हिंदवी का एक व्यावहारिक स्वरूप सामने आता है। हिंदवी अत्यंत लचीली भाषा है, जिसने देश में प्रचलित सभी भाषा-बोलियों के शब्द आत्मसात् किए और विकसित होती चली गई। अरबी-फारसी और अवधी के सम्मिश्रण से एक रेखता की भाषा आई जिसे उर्दू कहा गया। मुगलकाल में काफी दिनों तक यह कामकाज की

भाषा बनी रही। अंग्रेजों के आने के पश्चात् प्रशासन की भाषा अंग्रेजी हुई।

बाबर से शाहजहाँ काल तक ब्रज और अवधी में महत्त्वपूर्ण साहित्य लिखा गया, इसे भक्तिकालीन साहित्य कहते हैं। पूरे देश में भक्तिकालीन साहित्य की महत्ता को स्वीकार किया गया। यह कहा जाने लगा कि यदि आपने संस्कृत में वेद, उपनिषद् एवं पुराण आदि नहीं पढ़े तो भक्ति साहित्य को पढ़ लें आपको कोई अफसोस नहीं होगा।

भारतेंदु हरिश्चंद (1850-1885 ई.) के समय हिंदवी को एक परिष्कृत स्वरूप प्रदान किया गया और इसे हिंदी के रूप में मान्यता मिली। इस प्रकार हिंदी एक संपर्क भाषा के रूप में पूरे देश में फैलने लगी। छुटपुट विरोध के उपरांत पूरे देश में हिंदी एक संपर्क भाषा के रूप में प्रचलित है। देश की बहुसंख्य आबादी हिंदी में ही अपना कार्य-व्यवहार करती है। 1947 में आजादी के पश्चात् सर्वसम्मति से हिंदी को इस देश की राष्ट्र भाषा स्वीकार कर लिया गया था परंतु प्रशासन में अंग्रेजी के वर्चस्व के कारण यह संकल्प लगातार टलता जा रहा है। सांस्कृतिक रूप से हिंदी एक सर्वमान्य संपर्क भाषा के रूप में स्वीकृत है।

भारत एक कृषि प्रधान देश है इसलिए यहाँ की संस्कृति भी कृषि प्रधान है। यहाँ के पर्व, उत्सव, व्रत, त्योहार, मेले और खेलकूद आदि किसी न किसी रूप में कृषि से जुड़े हुए हैं। खेतों में जुताई से लेकर फसल कटने तक भारतीय संस्कृति में त्योहार मनाए जाते हैं। राम और कृष्ण भारतीय संस्कृति के आधार स्तंभ हैं, इसलिए इनके जीवन की प्रमुख घटनाओं को आधार मानकर यहाँ त्योहार मनाए जाते हैं, जिनमें और भी कई प्रसंग आकर जुड़ते हैं। इस प्रकार दीपावली होली, दशहरा और रक्षाबंधन भारत के प्रमुख त्योहार माने जाते हैं। दीपावली, लंकाविजय के पश्चात् राम का अयोध्या लौटने पर उनके स्वागत का पर्व है। होली, कृष्ण की रसमय लीलाओं का प्रतीक है, जिसमें समाज के सभी वर्गों के लोग समान रूप से मिलजुलकर एक-दूसरे पर रंग-गुलाल डालकर यह उत्सव मनाते हैं। दशहरा, असत्य पर सत्य की विजय अर्थात् राम द्वारा रावण के वध का स्मरण पर्व है। रक्षाबंधन, भाई-बहन के प्यार का प्रतीक पर्व है। कहते हैं कृष्ण की उंगली में घाव हो जाने पर द्रोपदी ने अपनी साड़ी की किनारी काटकर उनकी उंगली पर बाँध दी थी, जिससे प्रसन्न होकर कृष्ण ने उन्हें हर विपत्ति में उनकी रक्षा करने

का वचन दिया था। यही विश्वास रक्षाबंधन के रक्षा सूक्त के साथ जुड़ा हुआ है। इन त्योहारों के साथ और भी कई पौराणिक और धार्मिक दृष्टांत जुड़ जाते हैं। इस प्रकार पूरे भारत में ये प्रमुख त्योहार बहुत धूमधाम के साथ मनाए जाते हैं।

भारतीय संस्कृति मुख्य रूप से शाकाहार की पक्षधर है। हालाँकि वैदिक युग में मांसाहार का प्रचलन था परंतु उपनिषद् काल और पौराणिक काल में शाकाहार को ही स्वीकृति प्रदान की गई। तत्पश्चात् जैन और बौद्धों के प्रभाव के कारण यहाँ शाकाहार को बहुत बल मिला। भारत में मांसाहार प्रचलित है परंतु सांस्कृतिक रूप से शाकाहार को यहाँ ज्यादा महत्त्व प्रदान किया गया है। अनाज, वनस्पतियाँ और दूध इनसे बनने वाले विभिन्न पकवान भारतीय संस्कृति में मुख्य खाद्य पदार्थ माने जाते हैं। मुगलों के आगमन के पूर्व यहाँ स्त्री और पुरुषों में वस्त्र लपेटने और ओढ़ने की परंपरा रही है। मुगलों के आगमन के पश्चात् सिले हुए वस्त्रों का चलन लोकप्रिय हुआ। अंग्रेजों के आने के पश्चात् उनका वस्त्रविन्यास (पतलून, बुश्शर्ट, कोट आदि) भारतीयों ने सहर्ष अपना लिया। परंतु स्त्रियों में साड़ी लपेटने का चलन आज भी लोकप्रिय है। सलवार-कुर्ते का पहनावा भी स्त्रियों में आम हो गया है।

जैसा कि मैंने प्रारंभ में ही कहा कि संस्कृति अर्थात् जीवन शैली। भारत एक बहुत विशाल देश है, इसके विभिन्न क्षेत्रों की जलवायु अलग-अलग है। भौगोलिक विविधता भी बहुत है। कृषि उत्पादन भी जगह-जगह अलग तरह का है। इन सब कारणों से विभिन्न क्षेत्रों में सांस्कृतिक विविधता भी दिखाई देती है, इन सबको समाहित कर विशाल भारतीय संस्कृति का परिदृश्य बनता है।

आजादी के पश्चात् देश में एक नए तरह के प्रबंधन की शुरुआत हुई। सदियों से यहाँ सामंतवादी व्यवस्था रही है, जिसमें राजा ही प्रमुख होता आया था। अब देश में लोकतंत्र है। जनता का राज जनता के लिए। इस नई व्यवस्था के अंतर्गत संपूर्ण देश को 30 राज्यों में विभाजित किया गया। इन सभी राज्यों की राजनीतिक पहचान के साथ ही अपनी सांस्कृतिक पहचान भी है। संपूर्ण भारत की संस्कृति को समझने के लिए हमें इन तीस राज्यों की अलग-अलग संस्कृति को भी समझना पड़ेगा, जिनसे मिलकर एक वृहद भारतीय संस्कृति का स्वरूप सामने आता है। सबसे पहले हम भारत के शिखर क्षेत्र अर्थात् कश्मीर से शुरू करते हैं।

कश्मीर

कश्मीर शुरू से भारत का अभिन्न अंग रहा है। मुगल बादशाह शाहजहाँ ने अपने कश्मीर प्रवास के पश्चात् कहा था कि धरती पर यदि स्वर्ग कहीं है तो वह कश्मीर में है। सन् 1947 के पश्चात् पाकिस्तान की सेनाओं ने कश्मीर पर हमला करके एक भाग पाकिस्तान में शामिल कर लिया था परंतु एक बड़ा भूभाग भारत का अंग है। इसे जम्मू-कश्मीर नाम से केंद्र शासित राज्य का दर्जा प्राप्त है। यहाँ अधिकांश हिंदू राजा राज्य करते आए हैं। 1947 में आजादी के समय यहाँ राजा हरिसिंह राज करते थे।

पौराणिक कथाओं के आधार पर कश्मीर महर्षि कश्यप का क्षेत्र कहलाता है। मुगलों के लगातार आक्रमणों के पश्चात् यहाँ जबरदस्ती धर्मांतरण कराया जाता रहा। फलस्वरूप मुस्लिम आबादी बढ़ती चली गई। कर्मठ और बहादुर लोग बड़ी कठिनाइयों के पश्चात् अपना धर्म और जाति बचा पाए। इस प्रकार कश्मीरी पंडितों का एक बड़ा समुदाय यहाँ बचा रह गया। थोड़े से जैन, बौद्ध, सिख एवं अन्य धर्मावलंबी भी बचे रह गए, परंतु वे संख्या में कम हैं। मुस्लिम बहुल आबादी होने के उपरांत यहाँ हिंदू धर्म के रीति-रिवाजों की प्रधानता है। यहाँ अमरनाथ मंदिर, हरि पर्वत, कालिका मंदिर, रघुनाथ मंदिर, शंकराचार्य मंदिर, मार्तण्ड मंदिर और शांति स्तूप आदि प्रसिद्ध हिंदू तीर्थस्थल हैं। इसी तरह हजरत बल मस्जिद भी यहाँ की प्रसिद्ध मस्जिद के रूप में विख्यात है। मुस्लिम बहुल क्षेत्र होने के बावजूद यहाँ पाकिस्तान बनने के पूर्व कभी सांप्रदायिक दंगे नहीं हुए। यहाँ का आवाम धर्मनिरपेक्षता में विश्वास रखता है। इसी विश्वास के आधार पर यहाँ के राजा हरिसिंह और मुस्लिम कॉन्फ्रेंस (बाद में नेशनल कॉन्फ्रेंस) के नेता शेख अब्दुल्ला ने भारत में कश्मीर का विलय करना पसंद किया और अपनी कुछ शर्तों के साथ उन्होंने ऐसा किया था। मुस्लिम बहुल क्षेत्र होने के कारण स्वाभाविक रूप से यहाँ इस्लामिक संस्कृति का अनुसरण दिखाई देता है परंतु यहाँ के मुस्लिम समुदाय के लोग हिंदू मंदिरों की सुरक्षा के प्रति सचेत हैं और जो हिंदू समुदाय यहाँ है, उनके साथ मिलकर लोग सभा, उत्सव और त्योहार आदि मनाते रहते हैं। भले ही यहाँ की आधिकारिक भाषा उर्दू है परंतु सामान्य जन में डोगरी बोली का इस्तेमाल होता है। हिंदी भी लोग जानते-समझते हैं। कश्मीर में कल्हण द्वारा रचित 'राजतरंगिणी' नामक

ग्रंथ बहुत प्रसिद्ध है। यह कश्मीर का प्रसिद्ध काव्य ग्रंथ है, जिसमें वहाँ का इतिहास वर्णित है। इसका रचना काल 1147 से 1149 के मध्य माना गया है। 'संतूर' कश्मीर का प्रसिद्ध वाद्य है। यहाँ के लोकनृत्य और लोकगीत अपनी विशिष्टता लिए हुए है। शेष सभी पर्व, त्योहार, परंपराएँ, मान्यताएँ और विश्वास मूल भारतीय संस्कृति के अनुसार हैं।

लद्दाख

लद्दाख की सीमाएँ चीन और तिब्बत से मिलती हैं। लद्दाख को पहले जम्मू-कश्मीर राज्य के अंतर्गत लिया जाता था। अब यह केंद्र शासित स्वतंत्र राज्य है। यहाँ कृषि योग्य भूमि बहुत कम है। पहाड़ी क्षेत्र ज्यादा हैं। यहाँ की जलवायु बहुत शुष्क एवं कठोर है। नदी-नाले प्रायः बर्फ से ढके रहते हैं। सिंधु नदी यहाँ की प्रमुख नदी है। अधिकांश लोग बौद्ध धर्म को मानते हैं। यहाँ 'हेमिस गोंपा' बौद्धों का प्रसिद्ध धार्मिक स्थान है। पश्चिमी भाग में थोड़ी मुसलमानों की भी आबादी है। इस प्रकार यहाँ हिंदू-मुसलमानों की मिली-जुली आबादी है। अधिकांश लोग मेहनत-मजदूरी करके जीवन बसर करते हैं। घुमक्कड़ स्वभाव के लोग हैं। इनका रहन-सहन नेपाल और तिब्बत से प्रभावित है। लद्दाख की अपनी पहाड़ी बोली है, जो उर्दू मिश्रित है। सहज और सरल जीवन है। लद्दाख के लोग बहादुर और ईमानदार माने जाते हैं।

हिमाचल प्रदेश

सिंधु घाटी सभ्यता के पश्चात् जहाँ-जहाँ आर्यों की सभ्यता विकसित हुई, उनमें हिमाचल प्रदेश एक प्रमुख स्थान है। ऋग्वेद के कई सूक्तों में इस भूभाग का वर्णन मिलता है। हिमालय के निकट बसा हुआ प्रदेश अर्थात् हिमाचल प्रदेश। यह बेहद खूबसूरत प्रदेश है, जहाँ की सभी नदियाँ बारहों महीने तेज गति से बहती हैं। इनसे इतनी अधिक मात्रा में पनबिजली पैदा होती है कि हिमाचल प्रदेश पड़ोसी राज्यों को बिजली निर्यात करता है। पर्यटन यहाँ का प्रमुख उद्योग है और कृषि उत्पादन अर्थव्यवस्था का प्रमुख आधार है। यहाँ की पंचानबे प्रतिशत आबादी हिंदुओं की है। मुख्य रूप से सिख, राजपूत, ब्राह्मण, चौधरी, कन्नेर, राठी और कोली समुदाय के लोग यहाँ निवास करते हैं। हिंदू, बौद्ध और सिख यहाँ के प्रमुख धर्म हैं। हिंदी, काँगड़ी, पहाड़ी,

पंजाबी और मंडियाली भाषाएँ यहाँ बोली जाती है। सारे लोग हिंदी अच्छी तरह जानते और समझते हैं। भारतीय संस्कृति के सभी पर्व और त्योहार यहाँ उत्साहपूर्वक मनाए जाते हैं। यहाँ की चित्रकला पूरे देश में बहुत प्रसिद्ध है। मैटकॉफ पहले व्यक्ति थे, जिन्होंने काँगड़ा के पुराने महलों में इन चित्रों की खोज की। गुलेर, सुजानपुर टीहरा और काँगड़ा वे स्थान हैं जहाँ इन चित्रों की धरोहर सुरक्षित है। यहाँ के लोग बेहद ईमानदार और मेहनती हैं। प्रति व्यक्ति आय का औसत अच्छा है और एक सर्वेक्षण के अनुसार हिमाचल प्रदेश में केरल के बाद सबसे कम भ्रष्टाचार है। यहाँ के लोग उत्सवप्रेमी हैं। संगीत, नृत्यकला और चित्रकारी में लोगों की बहुत दिलचस्पी है। सभी त्योहार यहाँ बहुत उल्लासपूर्वक मनाए जाते हैं।

पंजाब

पंजाब अपनी कृषि संपदा, उद्योग, व्यापार, साहित्य, संगीत और सिख धर्म के लिए विशेष रूप से जाना जाता है। यहाँ सत्तर प्रतिशत से ज्यादा लोग सिख धर्म के अनुयायी हैं। मुसलमानों के जबरदस्ती धर्मांतरण से हिंदू धर्म को बचाने के लिए सिख धर्म का उदय हुआ था। उस समय सिखों ने धर्म और युद्ध को बहुत समझदारी से साधा था। इनका मानना था कि एक हाथ में माला और दूसरे हाथ में भाला। इस प्रकार सिख एक हाथ से माला जपकर प्रभु का स्मरण करते हैं और दूसरे हाथ से भाला फेंकते हुए दुश्मनों को खदेड़कर अपने राष्ट्र और धर्म की रक्षा करते हैं। ये आज भी बेहद धार्मिक और बहादुर कौम मानी जाती है। यहाँ के मेले, त्योहार और उत्सव देखने लायक होते हैं। पंजाब का लोक संगीत और साहित्य बहुत समृद्ध है। सिख समुदाय के लोग अत्यंत जीवट के लोग होते हैं। इनके यहाँ भीख माँगना वर्जित है। सुदूर जंगलों में, बीहड़ों और दुर्गम स्थानों पर ये लोग अपना व्यापार-व्यवसाय अच्छी तरह जमा लेते हैं। आर्मस्ट्रांग और एल्डरिन जब चाँद पर उतरे तब नवभारत टाइम्स में एक कार्टून छपा था, जिसमें चाँद पर पंजाबी ढाबा दिखाई देता है और आर्मस्ट्राँग एवं एल्डरिन वहाँ भोजन करते हैं।

1947 में बंटवारे के पश्चात् पंजाब का एक बड़ा क्षेत्र पाकिस्तान में चला गया। जहाँ गुरु नानक देव की जन्मस्थली ननकाना साहब है। भारतीय

पंजाब में सिक्खों का सबसे बड़ा धार्मिक स्थल अमृतसर में हरिमंदिर साहेब के रूप में प्रतिष्ठित है। अमृतसर में कुछ जैन समुदाय के लोग भी रहते हैं। पंजाब का खान-पान दुनिया भर में प्रसिद्ध है। मक्के की रोटी और सरसों का साग भला कौन नहीं जानता। छोले-भठूरे। तंदूरी रोटियाँ। गिलास भर लस्सी। दूध, दही, घी, मक्खन और पनीर का सेवन यहाँ बहुलता से किया जाता है।

अधिकांश लोग पंजाबी बोलते और गुरुमुखी में लिखते हैं। हिंदी हर कोई अच्छी तरह जानता-समझता है। गुरुग्रंथ में उस समय के सभी गुरुओं और संतों की वाणियाँ संग्रहीत हैं इसलिए सभी संतों, गुरुओं, संप्रदायों और धर्मों के प्रति यहाँ सौहार्दपूर्ण भाव देखा जा सकता है। सलवार-कुर्ता यहाँ का प्रमुख परिधान है। स्त्रियाँ सलवार-कुर्ता एवं चुन्नी धारण करती हैं। पुरुष अपनी दाढ़ी, मूंछ और सिर पर पगड़ी में घने केशों के साथ मर्दाना कुर्ता-पाजामा धारण करते हैं। कुछ बिना दाढ़ी-मूंछ वाले सिख भी हैं, जो समाज में सहज स्वीकार हैं। कहीं-कहीं तो एक ही परिवार में कुछ लोग दाढ़ी-मूंछ और सिर पर केश रखते हैं, कुछ लोग नहीं रखते।

पंजाब के कुछ इलाकों में आर्यों ने अपनी सभ्यता विकसित की थी। यह क्षेत्र ऐतिहासिक, पौराणिक और सांस्कृतिक दृष्टि से महत्त्वपूर्ण माना जाता है।

हरियाणा

सिंधु घाटी सभ्यता और वैदिक सभ्यता के अधिकांश स्थल हरियाणा में ही पाए गए हैं। हरियाणा भारत की प्राचीन सभ्यता और संस्कृति का प्रतीक है। महाभारत काल के भी प्रमुख प्रसंग हरियाणा से जुड़ते हैं। महाभारत का युद्ध कुरुक्षेत्र में लड़ा गया, यह कुरुक्षेत्र हरियाणा में ही है। यहीं श्रीकृष्ण ने अर्जुन को गीता का उपदेश दिया था। आगे पानीपत की तीन प्रसिद्ध लड़ाइयाँ यहीं लड़ी गईं। इस प्रकार हरियाणा भारत की संस्कृति और इतिहास में महत्त्वपूर्ण स्थान रखता है। यह मैदानी क्षेत्र है, इसलिए यहाँ जबरदस्त पैदावार होती है। यहाँ की भूमि बेहद उपजाऊ है। 1960 के दशक में भारत की हरित क्रांति में हरियाणा का सर्वाधिक योगदान रहा है। यहाँ के लोग लंबे, चौड़े, मजबूत और जाँबाज होते हैं। प्रति व्यक्ति आय के हिसाब से यह देश का दूसरा बड़ा राज्य है। पैदावार बहुत अच्छी होती है, इसलिए यहाँ का खान-पान बहुत अच्छा है। दूध, दही, घी, मक्खन की यहाँ बहुतायत है। मुख्य रूप से

यहाँ हिंदुओं की आबादी ज्यादा है। पंजाब के बाद यह सिख आबादी वाला बड़ा क्षेत्र है। मुसलमान यहाँ अल्पसंख्यक हैं। हिंदुओं के सभी त्योहार यहाँ बड़ी धूमधाम से मनाए जाते हैं। खेलों में यहाँ विशेष दिलचस्पी है। अधिकांश राष्ट्रीय और अंतर्राष्ट्रीय स्तर के खिलाड़ी यहीं से निकले हैं। पूरे प्रदेश में हिंदी अच्छी तरह बोली और लिखी जाती है। पंजाबी और उर्दू भाषा का भी कहीं-कहीं इस्तेमाल होता है। ग्रामीण अंचलों में स्थानीय हरियाणवी, बागड़ी और मेवाती बोलियों का भी प्रयोग किया जाता है। पुरुषों में मर्दाना कुर्ता-पाजामा लोकप्रिय है और स्त्रियों में साड़ी के साथ सलवार-कुर्ता-चुन्नी लोकप्रिय हैं। कुश्ती और दौड़ यहाँ के प्रिय खेल हैं।

राजस्थान

राजस्थानी भाषा का साहित्यिक रूप डिंगल है, यह प्राचीन आर्य भाषाओं में से एक है। इस प्रकार राजस्थान की सभ्यता और संस्कृति वैदिक काल से अब तक सतत विकासमान है। विश्व प्रसिद्ध पुरातन अरावली पर्वत श्रेणियाँ राजस्थान में ही हैं। माउंट आबू और दिलवाड़ा मंदिर यहाँ के प्रसिद्ध दर्शनीय स्थल हैं। राजस्थान अपने अभयारण्य के लिए भी प्रसिद्ध है। रणथंभौर, सरिस्का और केवलादेव राष्ट्रीय उद्यानों में हर वर्ष मौसम परिवर्तन के साथ हजारों विदेशी पक्षी आते हैं और कुछ समय यहाँ रुककर वापस अपने देश के लिए उड़ जाते हैं।

यहाँ की अधिकांश आबादी हिंदुओं की है। राजपूत, ब्राह्मण, वैश्य, जैन एवं अन्य जातियों के समूह यहाँ निवास करते हैं। मुस्लिम यहाँ अल्पसंख्यक हैं। राजपूत राजाओं का यहाँ गौरवशाली इतिहास है। वे अपनी आन-बान-शान और वीरता के लिए इतिहास प्रसिद्ध हैं। स्त्रियाँ अपने पतिव्रत धर्म के लिए समर्पित हैं। इस धर्म के पालन में पति की युद्ध में मृत्यु के पश्चात् जौहर करने की प्रथा यहाँ बहुत चर्चित रही है।

पुरुष अपने सामान्य परिधान में रहते हैं परंतु स्त्रियों के परिधान और उनका राजस्थानी शृंगार यहाँ बहुत प्रसिद्ध है। कहते हैं कि स्त्रियों को अपने संपूर्ण शृंगार के लिए यहाँ कई किलो स्वर्णाभूषण लगते हैं। सोलह शृंगार की परंपरा राजस्थान में बहुत लोकप्रिय है। पैदावार सामान्य है परंतु यहाँ का भोजन विविध प्रकार का है। शाकाहारी व्यंजनों में कई राजस्थानी व्यंजन

अपनी विशिष्टता के कारण अत्यंत लोकप्रिय हैं। घी का यहाँ के व्यंजनों में विशेष रूप से प्रयोग किया जाता है। यहाँ का लोक संगीत, लोकनृत्य और लोक साहित्य बहुत समृद्ध है। ब्रजभाषा, मेवाती, मारवाड़ी, शेखावटी, हाडौती और राजस्थानी बोलियाँ यहाँ बहुप्रचलित हैं। पूरे प्रदेश में हिंदी भाषा सभी लोग जानते, बोलते, लिखते और भलीभांति समझते हैं। हिंदुओं के सभी त्योहार यहाँ उत्साहपूर्वक मनाए जाते हैं। वीरता और बलिदान के संदर्भ में राजस्थान को हमेशा याद किया जाता है।

उत्तर प्रदेश

उत्तर प्रदेश भारत का एक बड़ा हिंदीभाषी क्षेत्र है। गंगा और यमुना जैसी प्रसिद्ध नदियाँ उत्तर प्रदेश की पहचान हैं। प्रदेश के प्रमुख बड़े शहर इन्हीं नदियों के किनारे बसे हुए हैं। इसी आधार पर हम भारत की संस्कृति को नदी संस्कृति भी कहते हैं। भारतीय संस्कृति के कई प्रमुख प्रतिमान पवित्र नदियों से जुड़े हुए हैं। वैसे तो पूरे देश में नदियों को 'माई' कहकर पुकारा जाता है परंतु गंगा मैया और यमुना माई ये नाम यहाँ बहुत लोक व्याप्त हैं। विश्वनाथ बाबा (शंकर जी) गंगा किनारे काशी में विराजमान हैं। कृष्ण की नगरी मथुरा-वृंदावन यमुना किनारे और राम की नगरी अयोध्या सरयू किनारे स्थित है। इस प्रकार पूरे प्रदेश की सभी नदियाँ यहाँ की संस्कृति में अपना महत्त्वपूर्ण स्थान रखती है।

हिंदी साहित्य के क्षेत्र में उत्तर प्रदेश का महत्त्वपूर्ण योगदान है। अवधी के महान कवि तुलसीदास और ब्रजभाषा के अद्वितीय कवि सूरदास यहीं हुए। इन्हें हम हिंदी के सर्वाधिक महत्त्वपूर्ण कवियों के रूप में जानते हैं। गंगा के किनारे विभिन्न पुरातन धार्मिक स्थलियाँ और आश्रम आदि हैं, जहाँ पौराणिक साहित्य रचा गया। कालांतर में हिंदी के कई बड़े कवि और गद्यकार उत्तर प्रदेश ने ही दिए। इनमें प्रमुख; भारतेंदु हरिश्चंद्र, मुंशी प्रेमचंद, जयशंकर प्रसाद, निराला, महादेवी और पंत आदि हैं। इसी प्रकार उर्दू साहित्य में अपने योगदान के लिए भी उत्तर प्रदेश को विशेष रूप से याद किया जाता है। अवधी, ब्रज और अन्य स्थानीय बोलियों को मिलाकर हिंदी का वर्तमान स्वरूप उभरकर आया, जिसे स्थापित करने में भी उत्तर प्रदेश अग्रणी रहा है। वैसे तो उत्तर प्रदेश हिंदीभाषी क्षेत्र कहलाता है परंतु उर्दू भी यहाँ लोकप्रिय

है। पूरे प्रदेश में अवधी, ब्रज और हिंदी अच्छी तरह बोली और देवनागरी लिपि में लिखी जाती है।

शास्त्रीय संगीत और नृत्य के विकास में उत्तर प्रदेश का महत्त्वपूर्ण योगदान है। गायन एवं वादन में बनारस घराना एवं नृत्य में (विशेषकर कथक) लखनऊ घराना बहुत प्रसिद्ध है। लोक साहित्य, संगीत और नृत्य की यहाँ अत्यंत समृद्ध परंपरा है। कोई तीस से भी ज्यादा तरह के लोक नृत्य यहाँ के ग्रामीण अंचलों में खासे लोकप्रिय हैं। हिंदू धर्म के कई महत्त्वपूर्ण तीर्थस्थान उत्तर प्रदेश में हैं। काशी, प्रयाग, अयोध्या, मथुरा-वृंदावन और गोरखपुर जैसे प्रसिद्ध धार्मिक स्थल उत्तर प्रदेश में ही स्थित हैं। हिंदुओं के कई धार्मिक अनुष्ठान, पारंपरिक पर्व और कर्मकांड आदि यहीं संपन्न होते हैं।

पुरुषों में धोती-कुर्ता, पायजामा और बंडी एवं स्त्रियों में साड़ी का परिधान यहाँ बहुप्रचलित है। अधिकांश लोग शाकाहारी हैं। पैदावार अच्छी होती है। विशेष रूप से गन्ने का उत्पादन ज्यादा होने के कारण यहाँ के भोजन में गुड़ और शक्कर का प्रयोग बहुतायत से होता है। ग्रामीण अंचलों में नाश्ते (कलेवा) में सत्तू का बहुत उपयोग होता है।

गंगा और यमुना नदियों का उल्लेख ऋग्वेद के नदी सूक्त में मिलता है। पौराणिक साहित्य में तो बहुत विस्तारपूर्वक इन नदियों की महत्ता और इनके तट पर बसने वाले ऋषि-मुनियों एवं साधकों का वर्णन मिलता है। सिंधु घाटी सभ्यता के पश्चात् आर्यों की वैदिक सभ्यता इन्हीं नदियों के किनारे विकसित हुई। इस प्रकार उत्तर प्रदेश ऐतिहासिक, भौगोलिक और सांस्कृतिक दृष्टि से बहुत महत्त्वपूर्ण प्रदेश है।

उत्तराखंड

उत्तराखंड या उत्तरांचल नामक भूभाग पहले उत्तर प्रदेश में ही सम्मिलित था। बाद में इसे अलग प्रदेश का दर्जा प्रदान कर उत्तराखंड राज्य घोषित कर दिया गया। यहाँ के लोग प्रकृति से बहुत प्रेम करते हैं। इन्हें अपनी नदियों, पहाड़ों और पेड़ों से बहुत प्रेम है। व्यावसायिक प्रवृत्ति के कारण पेड़ जब ज्यादा काटे जाने लगे, तब यहाँ 'चिपको आंदोलन' का जन्म हुआ था। पेड़ों से चिपककर यहाँ के लोगों ने अपने जंगल बचाए। टिहरी बाँध परियोजना के अंतर्गत जब प्रकृति का निर्दयतापूर्वक विनाश शुरू हुआ तो यहाँ के लोगों ने

सामूहिक विरोध प्रदर्शन कर अपनी शर्तों पर बाँध बनाए जाने की स्वीकृति दी। यहाँ भी जगह-जगह धार्मिक स्थल और तीर्थस्थान हैं। यहाँ मुख्य रूप से हिंदी, संस्कृत, ब्रजभाषा, गढ़वाली और कुमाऊँनी भाषा बोली जाती है। पूरे देश में उत्तराखंड अपने शैक्षणिक संस्थानों के लिए जाना जाता है। इनमें भारतीय प्रौद्योगिकी संस्थान रुड़की, गोविंद वल्लभ पंत कृषि एवं प्रौद्योगिकी

वि.वि., भारतीय सैन्य अकादमी देहरादून, भारतीय वानिकी संस्थान आदि प्रमुख हैं। देहरादून, नैनीताल और रानीखेत में दर्जनों स्कूल एवं कॉलेज अपनी शैक्षणिक विशेषताओं के कारण बहुत प्रसिद्ध हैं। इनसे देश के नामी राजनेता, खिलाड़ी, वैज्ञानिक और अभिनेता शिक्षा प्राप्त कर निकले हैं।

लोक कला, लोक संगीत और लोक नृत्यों की यहाँ बहुलता है। गाँव-गाँव में लोक संगीत और लोक नृत्यों के आयोजन होते रहते हैं। त्योहारों पर विभिन्न लोक कलाओं की छटा भी देखते बनती है। हिंदुओं का प्रसिद्ध तीर्थस्थल हरिद्वार यहीं है। श्रीराम शर्मा आचार्य ने यहाँ गायत्री पीठ स्थापित किया था, जिसे 'शांतिकुंज' के नाम से जाना जाता है। इसी प्रकार बाबा रामदेव जी ने हरिद्वार में एक बड़ा योग संस्थान स्थापित किया एवं उनके साथी श्री बालकृष्ण ने स्वदेशी आंदोलन के तहत आयुर्वेदिक दवाओं और स्वदेशी खाद्य पदार्थों के निर्यात का एक बड़ा केंद्र 'पतंजलि' खोला। उत्तराखंड के मेले और उत्सव बहुत प्रसिद्ध हैं। गढ़वाली, कुमाऊनी और हिंदी यहाँ की प्रमुख भाषाएँ हैं। यह हिंदीभाषी क्षेत्र के रूप में जाना जाता हैं क्योंकि पहले यह राज्य उत्तर प्रदेश में शामिल था इसलिए वहाँ की संस्कृति यहाँ भी प्रचलित है। पहनावा और खान-पान उत्तर प्रदेश जैसा ही है। हाँ, गंगा नदी के किनारे यहाँ साधु-संतों के बहुत सारे आश्रम बने हुए हैं। यहाँ के निवासियों में गहन धार्मिक विश्वास देखा जाता है। इस पूरे प्रदेश को देवभूमि के रूप में भी जाना जाता है।

बिहार

भारतीय संस्कृति के दो महानायक भगवान महावीर और भगवान बुद्ध की यह कर्मस्थली है। बोध गया में वह पीपल का वृक्ष बचाकर रखा गया, जिसके नीचे बुद्ध ने साधना की थी। उनका महाबौद्ध मंदिर भी यहाँ स्थित है। इसी प्रकार बिहार में भगवान महावीर से जुड़े कई धार्मिक स्थल हैं। उनका परिनिर्वाण

स्थल भी बिहार में है। बौद्ध एवं जैन दर्शन यहीं से सारी दुनिया में फैला।

बिहार शुरू से अपने शिक्षा संस्थानों के नाम से जाना जाता है। अतीत में नालंदा और उदांतपुरी वि.वि. यहाँ के गौरवशाली शिक्षा केंद्र रहे हैं। वर्तमान में पटना वि.वि. बिहार का प्रमुख शिक्षा केंद्र है, जिसने कुछ हद तक अपनी पुरातन परंपरा को कायम रखा है। पटना के कई इंजीनियरिंग और मेडिकल कॉलेज बहुत प्रसिद्ध हैं।

पटना सिखों के दसवें गुरु श्री गोविंद सिंह की जन्मस्थली है। अतः उनका जन्मदिवस 'प्रकाश पर्व' के रूप में यहाँ बड़ी धूमधाम से मनाया जाता है।

बिहार पहला राज्य है, जिसने हिंदी को सबसे पहले अपने यहाँ आधिकारिक भाषा के रूप में मान्यता दी। वैसे यहाँ हिंदी के अलावा भोजपुरी, अंगिका, मगही, मैथिली और उर्दू भाषाएँ बोली जाती हैं।

बिहार के पुनौरा क्षेत्र में सीता माता की जन्मस्थली है। यहाँ आसपास जानकी मंदिर, जानकी कुंड और यहाँ से निकट नेपाल में जनकपुर जाकर सीता का स्वयंवर स्थल भी देखा जा सकता है। हिंदुओं के सभी त्योहार यहाँ उत्साहपूर्वक मनाए जाते हैं। पुरुष धोती-कुर्ता, पैंट-शर्ट, कोट, पतलून आदि पहनते हैं और महिलाओं में साड़ी का परिधान लोकप्रिय है। नाश्ते में यहाँ सत्तू बहुत पसंद किया जाता है। मुख्य रूप से लोग शाकाहार पसंद करते हैं। लोक साहित्य, लोक संगीत और लोक नृत्य यहाँ बहुत समृद्ध हैं। भोजपुरी गीतों की प्रायः बहुत चर्चा होती है एवं कार्तिक पूर्णिमा पर लगने वाला सोनपुर मेला भी बहुत प्रसिद्ध है।

झारखंड

बिहार के दक्षिणी हिस्से को विभाजित कर झारखंड राज्य बनाया गया, इसलिए यहाँ बिहार की संस्कृति ही पूरे राज्य में व्याप्त है। झारखंड अपनी वनसंपदा के लिए विख्यात है। पाषाण युग के अवशेष झारखंड प्रदेश में ही पाए गए हैं अर्थात् मानव सभ्यता का यहाँ इतिहास बहुत पुराना है। झारखंड एक जनजातीय प्रदेश है। यहाँ के सुदूर जंगलों में कई आदिवासी बस्तियाँ हैं, जिनमें विभिन्न प्रकार के आदिवासी अपनी-अपनी परंपराओं के साथ निवास करते हैं। झारखंड अपने लोक संगीत और लोक नृत्यों में बहुत संपन्न है।

डमकच, ओरजापी, झुमइर, फगुआ, वीर सेरेन, झीका, फिलसंझा, असदी और धुरिया शैली के यहाँ सैकड़ों लोकगीत प्रचलित हैं। इसी प्रकार मतहा घटवारी, जामदा, चौकारा, अगनी, नटुआ, जदुर, पाइका और डमकच शैली के बहुत से लोकनृत्य यहाँ अत्यंत लोकप्रिय हैं। चित्रकला के क्षेत्र में भी झारखंड अग्रणी है। कोहबर और सोहराई शैली के चित्र यहाँ प्रायः महिलाओं द्वारा बनाए जाते हैं। काष्ठ शिल्प के क्षेत्र में भी झारखंड को याद किया जाता है। यहाँ ढक, धमसा, दमना, मदन धेवरी, अनंद लहरी, तुइला, व्यंग, शंख, करहा, तसा, थाल, घंटा और कदरी जैसे विशेष उपकरण भी बनाए जाते हैं। शहरों में अधिकतर हिंदू आबादी है और ग्रामीण अंचलों में आदिवासी जनजातियाँ निवास करती हैं। यहाँ के प्रमुख त्योहारों में दीपावली, होली, मागे पर्व, टुसू पर्व, जितिया, करमा-कारमा और बाहा-बाहा है। शेष सभी पर्व-त्योहार हिंदू रीति-रिवाजों के अनुसार मनाए जाते हैं। शिक्षा के क्षेत्र में रांची विश्वविद्यालय और बिनोवा भावे विश्वविद्यालय हजारीबाग प्रसिद्ध हैं। राष्ट्रीय धातुकर्म प्रयोगशाला जमशेदपुर और राष्ट्रीय खनन शोध संस्थान धनबाद की भी राष्ट्रीय स्तर पर पहचान है।

झारखंड में रहन-सहन, पहनावा और खान-पान बिहार की तरह ही हैं। यहाँ के आदिवासी अंचलों में पुरुष धोती लपेटते हैं और महिलाएँ धोती-पोलका पहनती हैं। वनोपज का जीवन में बहुत उपयोग है। मछलियाँ और मुर्गे अधिकतर मांसाहार के रूप में प्रयुक्त किए जाते हैं। ग्रामीण क्षेत्रों में ईसाई मिशनरियों ने शिक्षा और स्वास्थ्य सुधारों के साथ धर्मांतरण का कार्य भी तेजी से किया है।

गुजरात

समुद्री मार्ग से जुड़ा हुआ गुजरात प्रदेश अपने व्यापार के लिए प्रसिद्ध है। गुजराती और हिंदी राज्य की अधिकृत भाषाएँ हैं परंतु यहाँ मराठी और अंग्रेजी भाषा का भी पर्याप्त चलन है। अधिकांश जनसंख्या हिंदू धर्मावलंबी है। मुस्लिम समुदाय के लोग भी व्यापार में संलग्न हैं। गुजरात अपनी लोक संस्कृति, मेले और त्योहारों के लिए प्रसिद्ध है। भगवान श्रीकृष्ण की राज्य नगरी द्वारिका यहीं पर है इसलिए कृष्ण भक्ति परंपरा के सभी त्योहार यहाँ बड़ी धूमधाम से मनाए जाते हैं। राज्य के सबसे बड़े मेले कृष्ण जन्माष्टमी

पर द्वारिका एवं डाकोर में भरते हैं। हजारों की संख्या में श्रद्धालुजन इन मेलों में इकट्ठे होते हैं। कृष्ण-रुक्मणि विवाह के उपलक्ष्य में पोरबंदर के पास माधवपुर में भी चैत्र शुक्ल पक्ष नवमी पर बहुत बड़ा मेला लगता है। कृष्ण की रासलीला का प्रमुख गरबा नृत्य यहाँ बहुत लोकप्रिय है। नवरात्रि के समय गरबा नृत्य की बड़ी धूम रहती है। पूरे गुजरात में इस समय जगह-जगह गरबा नृत्य के पंडाल सजाए जाते हैं। विभिन्न गरबा मंडलियाँ रंगीन पोशाकों में सज-धजकर देर रात तक अपना प्रदर्शन करती हैं और लोग बड़े ध्यान से देखते हैं। पूरे देश में गुजरात के गरबा नृत्य बहुत प्रसिद्ध हैं, जिन्हें देखकर अन्य प्रदेशों में गरबा नृत्यों का चलन बढ़ा है। प्रदेश का भवई लोकनाट्य भी काफी लोकप्रिय है।

पंद्रहवीं शताब्दी में यहाँ कृष्ण भक्ति परंपरा के एक बड़े भक्त कवि हुए नरसी मेहता, जिनके पद जन-जन में लोकप्रिय हैं। सोलहवीं शताब्दी में जामनगर से निकलकर आए निजानंद संप्रदाय के प्रणेता महामति प्राणनाथ ने पूरे देश में राष्ट्रीय एकता की अलख जगाई और हिंदी को संपर्क भाषा बनाने का शंखनाद किया। आधुनिक युग में महात्मा गांधी ने उनके आदर्शों को आगे बढ़ाया। गुजरात से ही निकलकर आए भारत के राष्ट्रपिता महात्मा गांधी, जिन्हें आदरपूर्वक लोग बापू कहते हैं, उनके आश्रम में नरसी मेहता का प्रसिद्ध भजन वैष्णव जन तो तेणे कहिये, पीर पराई जाणे रे... बहुधा गाया जाता था। हिंदू धर्म के अलावा यहाँ जैन धर्म की जड़ें गहरी हैं। जैन धर्म के कई तीर्थस्थान गुजरात में स्थित हैं। इस प्रकार यहाँ अहिंसा और शाकाहार का बहुत प्रचार-प्रसार है। भोजन में गुजरातियों को मिष्टान प्रिय है। यहाँ बनने वाले रोज के भोजन, सब्जी और दाल आदि में भी थोड़ा गुड़ डालकर उसे मीठा बना दिया जाता है। इसके साथ गुजरात के नमकीन भी बहुत प्रसिद्ध हैं। खमन, ढेपला, ढोकला आदि नमकीन पकवान हैं, जो यहाँ के जनजीवन में खासे लोकप्रिय हैं। गुजराती अपने पहनावे में बहुत शौकीन माने जाते हैं। पुरुष प्रायः झक सफेद पोशाक में रहते हैं और स्त्रियाँ रंग-बिरंगे परिधानों में सजी रहती हैं। मैले-कुचैले कपड़ों में शायद ही कहीं कोई गुजराती दिखाई दे। यहाँ के लोग साफ-सफाई पसंद हैं। सार्वजनिक क्षेत्रों में महिलाएँ खूब काम करती हैं। गुजरात में घरेलू उद्योग महिलाएँ ही संभालती हैं, जो वहाँ की अर्थव्यवस्था में महत्त्वपूर्ण हैं। गुजरात प्रदेश में लगभग अट्ठाइस आदिवासी जातियाँ रहती हैं। छोटे-छोटे उद्योगों का

यहाँ बड़ा महत्त्व है। लोग सरकारी नौकरियों पर ज्यादा निर्भर नहीं रहते। छोटे-छोटे गाँव भी उद्योग-धंधों में आगे हैं।

मूर्तिकला और काष्ठ शिल्प कला में गुजरात अग्रणी है। यहाँ मंदिरों, देवालयों और मंडपों में विभिन्न देवी-देवताओं की सुंदर मूर्तियाँ देखने को मिलती हैं। महलों, बड़े भवनों और आवासीय घरों में काष्ठ शिल्प का काम देखते ही बनता है। सूरत में हीरा उद्योग और अहमदाबाद आदि बड़े शहरों में कपड़ा उद्योग का बोलबाला है। ग्रामीण क्षेत्रों में लघु उद्योग फैले हुए हैं। उच्च शिक्षा के लिए भी यहाँ बड़े शिक्षण संस्थान हैं।

मध्य प्रदेश

यह भारत का हृदय प्रदेश है। इसकी सीमाएँ देश के पाँच राज्यों से मिलती है। नर्मदा और सोन, ये दो महत्त्वपूर्ण नदियाँ इस प्रदेश के अमरकंटक नामक स्थान से निकली हैं। नर्मदा के किनारे शिवभक्ति परंपरा के अनेक मंदिर हैं। कहा जाता है, नर्मदा का हर पत्थर शिव का रूप है। प्रदेश का सर्वाधिक प्रसिद्ध धार्मिक स्थल उज्जैन है, जहाँ शिप्रा नदी के किनारे एक निश्चित अवधि (बारह वर्षों में) के पश्चात् प्रसिद्ध सिंहस्थ मेला लगता है। चित्रकूट, पन्ना, मैहर एवं ओंकारेश्वर यहाँ के प्रसिद्ध धार्मिक स्थल हैं। खजुराहो के भव्य मंदिर अपनी शिल्प कला के लिए जगप्रसिद्ध हैं। मध्य प्रदेश अपने वनों के लिए जाना जाता है। पन्ना टाइगर रिजर्व एवं बाँधवगढ़ राष्ट्रीय उद्यान शेरों के संरक्षण और संवर्धन के लिए प्रसिद्ध है। पन्ना में शेरों के प्रजनन के लिए पर्याप्त पहाड़ी गुफाएँ हैं। सफेद प्रजाति के शेर सबसे पहले बाँधवगढ़ नेशनल पार्क में पाए गए थे।

संपूर्ण क्षेत्र हिंदीभाषी क्षेत्र कहलाता है परंतु यहाँ बुंदेली, बघेली, मालवी, निमाड़ी बोलियों का खूब चलन है। यहाँ बुंदेलखंड, बघेलखंड और मालवा ये तीन प्रमुख अंचल हैं, जिनकी अपनी परंपराएँ और संस्कृतियाँ हैं।

बुंदेलखंड अपनी वीरता के लिए प्रसिद्ध है। बुंदेले-हरबोलो के मुंह से हमने सुनी कहानी थी... बुंदेलखंड का कुछ भाग उत्तर प्रदेश में है परंतु अधिकांश भाग मध्य प्रदेश में है। महारानी लक्ष्मीबाई बुंदेलखंड के प्रसिद्ध शहर झाँसी (उत्तर प्रदेश) की रानी थी परंतु उनके राज्य की सीमाएँ मध्य प्रदेश के बुंदेलखंड तक फैली हुई थीं। बुंदेलखंड का प्रसिद्ध शहर ग्वालियर

है। शास्त्रीय संगीत के प्रसिद्ध गायक बैजू बावरा और तानसेन की स्मृतियाँ ग्वालियर से जुड़ती हैं। शास्त्रीय संगीत के क्षेत्र में आज भी ग्वालियर घराने का बहुत नाम है। इसके साथ ही संगीत में प्रदेश के मैहर और इंदौर घराने का भी बड़ा नाम है। उस्ताद अमीर खाँ के नाम से शास्त्रीय संगीत में इंदौर घराना विख्यात है। बुंदेलखंड छत्रसाल, मधुकर शाह और महारानी लक्ष्मीबाई की वीर गाथाएँ अपने आँचल में संजोए हुए है। जागनिक रचित 'आल्हा' काव्य यहाँ बहुत लोकप्रिय है। महाकवि केशव और जनकवि ईश्वरी की यह जन्मभूमि है।

बघेलखंड में बड़ा शहर रीवा है और प्रसिद्ध धार्मिक स्थल अमरकंटक है। यहाँ बघेली भाषा बोली जाती है। रीवा नरेश बड़े ही कलाप्रेमी और संगीतकारों को प्रश्रय देने वाले रहे हैं, कहते हैं विश्वप्रसिद्ध गायक तानसेन, अकबर के दरबार में जाने के पूर्व रीवा राज्य में आश्रय पाते थे।

मालवा और निवाड़ क्षेत्र नर्मदा के किनारे का अंचल कहलाता है। यहाँ कुछ भाग में मालवी और शेष भाग में निवाड़ी बोली जाती है। यह क्षेत्र अपनी धार्मिक मान्यताओं और परंपराओं के लिए प्रसिद्ध हैं। कहते हैं इंदौर राज्य की महारानी अहिल्याबाई प्रतिदिन एक नए शिवलिंग की पूजा किया करती थीं। महेश्वर, ओंकारेश्वर और उज्जैन यहाँ के प्रमुख तीर्थस्थल हैं।

इन तीन प्रमुख क्षेत्रों से मिलकर बना मध्य प्रदेश, जिसका एक बड़ा क्षेत्र आदिवासी जनजातियों का निवास स्थल भी है। इन आदिवासी क्षेत्रों में भिलोडी, गोंडी, कोरकू, नहली और निहाली बोलियों का चलन है।

विदिशा और सागर के आसपास जैन समुदाय के बहुत लोग रहते हैं। अब तो पूरे प्रदेश में कई प्रमुख जैन मंदिर स्थापित हैं। मुस्लिम समुदाय की एक बड़ी आबादी भोपाल में है। यहाँ की ताज-उल-मस्जिद भारत की बड़ी मस्जिदों में से एक है। भोपाल के निकट सांची में प्रसिद्ध सांची का स्तूप है, जो बौद्ध मत का प्रसिद्ध केंद्र है। यहाँ बौद्ध मतावलंबी लोग रहते हैं। यह एक प्रसिद्ध धार्मिक स्थल है। इस प्रकार मध्य प्रदेश में बुंदेली, बघेली, मालवी और निवाड़ी संस्कृति का संगम है। सामान्यतः पुरुष कुर्ता-पाजामा, पैंट-शर्ट और सूट आदि पहनते हैं और स्त्रियों में साड़ी का पहनावा लोकप्रिय है। बुंदेलखंड के गक्कड़, बघेलखंड में चावल और चावल के विविध व्यंजन, मालवा का पोहा और निमाड़ की दाल-बाटी, पकवानों के रूप में बहुत पसंद की जाती है।

संगीत और कला के क्षेत्र में मध्य प्रदेश का बहुत योगदान है। खजुराहो का शिल्प और ग्वालियर, मैहर एवं इंदौर के गायक-संगीतकार दुनिया भर में जाने जाते हैं। मध्य प्रदेश का इंदौर एक औद्योगिक नगर के रूप में जाना जाता है। यह शहर उच्च शिक्षा और चिकित्सकीय सुविधाओं के लिए विशेष रूप से विख्यात है।

इस प्रकार मध्य प्रदेश एक मिली-जुली संस्कृति का हिंदीभाषी प्रदेश है। हिंदू धर्म में विश्वास रखने वालों की संख्या ज्यादा है परंतु मुस्लिम और जैन समुदाय के लोग भी यहाँ बहुत रहते हैं। यहाँ के जनमानस में सांप्रदायिक सौहार्द का वातावरण बना रहता है।

छत्तीसगढ़

छत्तीसगढ़ राज्य पहले म.प्र. के अंतर्गत आता था। उस समय भी इस क्षेत्र को छत्तीसगढ़ ही कहा जाता था। कभी यहाँ 36 गढ़ हुआ करते थे इसलिए इसका नाम छत्तीसगढ़ पड़ा। यहाँ के लोग बहुत सीधे, सरल और मृदु स्वभाव के हैं। यहाँ एक लोकोक्ति प्रचलित है 'सबले बढ़िया, छत्तीसगढ़िया'। पूरे हिंदुस्तान में यहाँ से मजदूर काम करने जाते हैं। वहाँ भी वे अपनी पहचान कायम रखते हैं और छत्तीसगढ़िया के नाम से जाने जाते हैं। छत्तीसगढ़ धान का कटोरा कहलाता है। धान वर्षा पर आधारित फसल है। जिस वर्ष भी मानसून कमजोर हुआ, उस वर्ष यहाँ अकाल पड़ता है। इधर बड़े बाँध बन जाने से इस स्थिति में सुधार हुआ है। यहाँ कोयले और लोहे के भंडार हैं। साथ ही अपार वन संपदा भी। अकेला बस्तर (जगदलपुर) जिला केरल राज्य के बराबर है। बस्तर के ग्रामीण अंचलों में आदिवासियों का निवास है, जो बहुत कम कपड़े पहनते हैं, अपनी गरीबी के कारण। धीरे-धीरे स्थिति में सुधार आ रहा है। यहाँ के आदिवासी क्षेत्रों में घोटुल परंपरा की बड़ी चर्चा होती है, जहाँ आदिवासी युवक अपने जीवनसाथी का चुनाव करते हैं। आदिवासियों का 'करमा' नृत्य भी यहाँ बहुत प्रसिद्ध है। बस्तर में दशहरा बहुत धूमधाम से मनाया जाता है।

वैसे तो यह हिंदीभाषी क्षेत्र कहलाता है परंतु यहाँ हिंदी की उप भाषा छत्तीसगढ़ी बोली जाती है। नवरात्रि पर्व पूरे प्रदेश में उल्लासपूर्वक मनाए जाते हैं। मुख्य रूप से शिव और दुर्गा की आराधना करने वाले लोग ज्यादा हैं।

कबीर पंथ को मानने वाले लोग भी यहाँ हैं। इसी परंपरा में गुरु घासीदास ने 'सतनाम' नाम से एक पंथ की स्थापना की, जिसके अनुयायी यहाँ बहुत हैं। दलित वर्ग में इस पंथ को मानने वाले लोग ज्यादा हैं, जिन्हें 'सतनामी' कहा जाता है। ये सारी धाराएँ हिंदू धर्म के अंतर्गत आती हैं। इस प्रकार यहाँ का समाज हिंदू धर्म को मानने वाला समाज है। मुस्लिम समुदाय के लोग भी हैं, लेकिन बहुत कम। आदिवासियों की संख्या ज्यादा है।

छत्तीसगढ़ की संस्कृति में गीत और नृत्य का बहुत महत्त्व है। छत्तीसगढ़ी में बहुत लोक साहित्य उपलब्ध है। हर त्योहार पर यहाँ छत्तीसगढ़ी लोकगीत बड़े चाव से गाए जाते हैं। लोकनृत्यों में सुआ, करमा और डंडा बहुत लोकप्रिय हैं। 'पंडवानी' एकल अभिनय और गायन की प्रसिद्ध शैली है, जिसमें महाभारत की घटनाओं का वर्णन किया जाता है। इसी प्रकार भरथरी लोककथा गायन भी यहाँ की एक विशिष्ट गायन शैली है। शास्त्रीय नृत्य एवं संगीत में रायगढ़ घराना और खैरागढ़ संगीत विश्वविद्यालय का बड़ा नाम है। पुरुषों में कुर्ता-पाजामा, पैंट-बुश्शर्ट और कोट आदि पहना जाता है। स्त्रियाँ मुख्य रूप से साड़ी-ब्लाउज पहनती हैं। चावल से बने हुए पकवान यहाँ बहुत पसंद किए जाते हैं। मुख्य रूप से चावल आटे से बनने वाली अंगाकर रोटी और चीले यहाँ के लोगों को बहुत पसंद हैं। शादी-ब्याह में प्रायः लड़की देने और उस परिवार से लड़की लेने की परंपरा है। अर्थात् आपने जिस परिवार में अपनी बेटी ब्याही है, उस परिवार की बेटी आप अपने लड़के के लिए ब्याह कर ले आते हैं, यह एक अच्छी परंपरा छत्तीसगढ़ में ही देखी जाती है। पूरा समाज हिंदू समाज कहलाता है, इसलिए हिंदू धर्म के सभी त्योहार यहाँ उल्लासपूर्वक मनाए जाते हैं। छत्तीसगढ़ी के साथ ही हिंदी पूरे प्रदेश की भाषा है। हिंदी साहित्य में 'छायावाद' के प्रवर्तक कवि श्री मुकुटधर पांडेय छत्तीसगढ़ में रायगढ़ जिले के रहने वाले थे।

महाराष्ट्र

महाराष्ट्र में वीरों और संतों की परंपरा है। एक ओर यहाँ छत्रपति शिवाजी और बाजीराव पेशवा जैसे वीर योद्धा हुए वहीं संत ज्ञानेश्वर और नामदेव जैसे महान संत भी यहीं हुए। मराठी भाषा बहुत समृद्ध है। इसमें उच्च कोटि का साहित्य लिखा गया है। मुंबई यहाँ की औद्योगिक राजधानी है और

पुणे यहाँ की संस्कारधानी है। पूरे महाराष्ट्र में गणेश उत्सव बड़ी धूमधाम से मनाया जाता है। यहाँ के लोग कला और संगीतप्रेमी होते हैं। वे अपने रीति-रिवाज और धार्मिक परंपराओं के लिए जाने जाते हैं। महाराष्ट्र ने हिंदी को संपर्क भाषा के रूप में अपनाया है। हिंदी फिल्म उद्योग का केंद्र मुंबई पूरे देश में जाना जाता है। यहाँ बनने वाली हिंदी फिल्मों ने जितना हिंदी का प्रचार-प्रसार किया, उतना देश की किसी और संस्था या परिषद् द्वारा नहीं किया गया। आज पूरे देश में हिंदी फिल्मों के डायलॉग लोग समझते हैं और हिंदी गाने देश भर में बड़े चाव से गाए और सुने जाते हैं।

महाराष्ट्र में मराठी, गुजराती, बंगाली, बिहारी और उत्तर प्रदेश के लोग तो रहते ही हैं, देश का बड़ा व्यापारिक क्षेत्र होने के कारण विभिन्न प्रांतों से लोग आकर यहाँ बस गए हैं। अधिकांश लोग हिंदू धर्म को मानने वाले हैं। मुस्लिम समुदाय के लोग भी यहाँ बड़ी संख्या में रहते हैं। मुंबई में हाजी अली की दरगाह बहुत प्रसिद्ध है। हिंदुओं के कई तीर्थ और धार्मिक स्थल यहाँ मौजूद हैं। नासिक इनमें प्रमुख है, जहाँ निश्चित अवधि के पश्चात् कुंभ मेला भरता है। यहाँ की सांस्कृतिक झलक त्योहारों पर देखी जा सकती है। दीवाली, होली, दशहरा, गणेश उत्सव और नवरात्रि के त्योहार यहाँ उत्साहपूर्वक मनाए जाते हैं। जन्माष्टमी के अवसर पर यहाँ चौराहों पर दही की हाँडी ऊँचाई पर टाँग दी जाती है, जिसे युवकों का समूह पिरामिड बनाकर उसके ऊपर कोई एक युवक चढ़कर तोड़ता है, उसके बाद गोविंदा आला रे... जैसे कृष्ण भक्ति के गीत गाए जाते हैं।

संगीत और नृत्य के क्षेत्र में महाराष्ट्र अपनी विशिष्ट पहचान रखता है यहाँ गोंडल, लावणी, भरुड़ और पौवाड़ा जैसी लोकसंगीत की शैलियाँ प्रचलित हैं। 'लावणी' में लोक संगीत के साथ लोकनृत्य भी समाहित है, यह यहाँ का सर्वाधिक लोकप्रिय लोकनृत्य है। शास्त्रीय संगीत के क्षेत्र में महाराष्ट्र का बहुत बड़ा योगदान है। नाट्य कला का भी यहाँ बहुत विकास हुआ। इस प्रकार साहित्य, संगीत, नाट्य कला, सिनेमा और खेलों में महाराष्ट्र बहुत धनी राज्य है। इन क्षेत्रों की दिग्गज प्रतिभाएँ यहाँ हुईं, जिन्होंने देश का नाम रोशन किया।

महाराष्ट्र में प्रचलित बोलियों में देशी और वरहदी उल्लेखनीय हैं। दक्षिण कोंकण में 'कोंकणी' बोली का प्रयोग होता है। मराठी आधिकारिक

राज्य भाषा है। हिंदी को संपर्क भाषा के रूप में पूरे प्रदेश में लोकप्रियता प्राप्त है। उद्योग प्रधान राज्य होने के कारण अंग्रेजी भी खूब इस्तेमाल होती है।

प्रायः मराठी जन शाकाहारी होते हैं। तटीय क्षेत्र होने के कारण यहाँ मत्स्य उद्योग काफी विकसित है इसलिए अधिकांश क्षेत्रों में भोजन के रूप में मछली का इस्तेमाल भी होता है। 'कोकम' एक प्रकार की बेरी है, जिसे महाराष्ट्रीय भोजन में बहुत पसंद किया जाता है। मराठी स्त्रियाँ लंबी साड़ी पहनना और मोटी बिंदी लगाना पसंद करती हैं। पुरुष कुर्ता-पाजामा से लेकर पतलून-शर्ट और कोट आदि पहनना पसंद करते हैं। इस प्रकार महाराष्ट्र आर्थिक और सांस्कृतिक रूप से संपन्न राज्य है।

ओडिशा

ओडिशा वह राज्य है, जहाँ 261 ईसा पूर्व मगध सम्राट अशोक ने ऐतिहासिक कलिंग युद्ध में विजय प्राप्त की थी। इस युद्ध में भीषण नरसंहार हुआ, जिसे देखकर अशोक का हृदय परिवर्तन हो गया था। उसने महात्मा बुद्ध के अहिंसक मार्ग का अनुसरण किया और अपने पुत्र-पुत्री को विदेशों में बौद्ध धर्म के प्रचार-प्रसार के लिए भेजा। इस क्षेत्र को ओडिशा, उड़िया और ओरिश भी कहते हैं।

अधिकांशतः समतल तटीय क्षेत्र है, इसमें महानदी का डेल्टा भी शामिल है। दक्षिण में महानदी, ब्राह्मणी, सालंदी और वैतरणी नदियों के उपजाऊ मैदान हैं। पूरा क्षेत्रा मुख्य रूप से धान उत्पादक क्षेत्र है। यहाँ वर्षा आधारित फसल है इसलिए जरा भी मानसून गड़बड़ाता है तो यहाँ का उत्पादन प्रभावित हो जाता है। पंचानबे प्रतिशत आबादी उड़िया भाषा इस्तेमाल करती है। इस प्रकार उड़िया इस राज्य की आधिकारिक भाषा है। हिंदी लोग बोल लेते हैं और समझ भी लेते हैं। एक अप्रैल को उत्कल दिवस (ओडिशा दिवस) पूरे राज्य में बड़ी धूमधाम से मनाया जाता है।

जनजातीय इलाकों में लोकनृत्यों के साथ मादल की थाप और बाँसुरी की धुन यहाँ के जनजीवन में रची-बसी है। ग्रामीण अंचलों में कई तरह के लोकनृत्य यहाँ प्रचलित हैं। ओडिशा का शास्त्रीय नृत्य 'ओडशी नृत्य' कोई सात सौ साल पुराना है, यह नृत्य मंदिरों के आँगन में ईश्वर आराधना के लिए किया जाता है। इसमें गति, मुद्राएँ और भाव-भंगिमाएँ बहुत प्रभावशाली

हैं। अब इसे देश के सभी बड़े नृत्योत्सवों में मंच पर भी प्रस्तुत किया जाता है। इस नृत्य की विभिन्न मुद्राएँ कोणार्क मंदिर की दीवारों पर शिल्प में उकेरी गई हैं। इसके अलावा 'छऊ नृत्य' (मुखौटे लगाकर किया जाने वाला नृत्य) भी यहाँ बहुत लोकप्रिय है। कटक में शास्त्रीय नृत्य और संगीत प्रशिक्षण की कई महत्त्वपूर्ण संस्थाएँ हैं, जो शास्त्रीय संगीत और नृत्य के विकास के लिए काम कर रही हैं।

पुरी में जगन्नाथ स्वामी का विश्वप्रसिद्ध मंदिर है, यहाँ निकलने वाली रथ यात्रा का बड़ा महत्त्व है, इसमें लाखों लोग इकट्ठे होते हैं। यहाँ से कुछ ही किलोमीटर दूर पर ओडिशा का प्रसिद्ध कोणार्क मंदिर है। यह भगवान सूर्य का मंदिर कहलाता है। यहाँ की नक्काशी, शिल्पकला देखने लायक है। यह मैत्रेय ऋषि की तपोस्थली है। इसलिए इसे मैत्रेय वन भी कहते हैं। जन विश्वास है कि यहाँ आकर सूर्य की आराधना करने से सभी प्रकार के शारीरिक कष्ट दूर हो जाते हैं।

भुवनेश्वर में प्रसिद्ध श्रीलिंगराज मंदिर है, यह प्राचीन कला एवं स्थापत्य से परिपूर्ण है। यह प्रसिद्ध मंदिर प्रलयंकारी शिव की आराधना के लिए जाना जाता है। ओडिशा अपने परंपरागत त्योहारों के लिए प्रसिद्ध है। सर्दी के दिनों में पूर्णिमा के पूर्व यहाँ नौकाओं को सजा-धजाकर उन्हें पूजने का रिवाज है। यह त्योहार बोइता वंदना कहलाता है। आषाढ़ के प्रारंभ में ही पुरी में रथयात्रा का भव्य और विशाल आयोजन होता है, यह यहाँ का सर्वाधिक लोकप्रिय त्योहार है। अधिकांश जनता हिंदू धर्म की अनुयायी है इसलिए होली, दशहरा और दीपावली के त्योहार यहाँ पारंपरिक तरीके से मनाए जाते हैं।

मुख्य उत्पादन चावल का है इसलिए चावल से बनने वाले विभिन्न प्रकार के पकवान यहाँ पसंद किए जाते हैं। अधिकांश आबादी शाकाहार में विश्वास करती है। जगन्नाथ जी के प्रसाद में खिचड़ी का वितरण होता है, जिसे बिना किसी भेदभाव के सभी लोग ग्रहण करते हैं। स्त्रियाँ लंबी साड़ी पहनना पसंद करती हैं और पुरुषों में कुर्ता-पाजामा, पैंट एवं शर्ट आदि का पहनावा चलन में है। शिक्षण के क्षेत्र में 'उड़ीसा कृषि एवं प्रौद्योगिकी विश्वविद्यालय' बहुत प्रसिद्ध है।

तेलंगाना

तेलंगाना, तेलुगु अथवा तेलंगाणा इन नामों से जाना जाने वाला यह क्षेत्र जहाँ अधिकतर तेलुगु भाषी लोग रहते हैं, कभी आंध्र प्रदेश का हिस्सा था, बाद में एक अलग राज्य के रूप में स्थापित हुआ। हैदराबाद शहर को इस राज्य की राजधानी बनाया गया। इस क्षेत्र का लगभग पाँच हजार साल पुराना सांस्कृतिक इतिहास है। यहाँ हिंदू काकातिया और मुस्लिम कुतुबशाही एवं आसफ जाही राजवंशों का शासन रहा है। यहाँ प्रतिवर्ष काकातिया महोत्सव, दक्कन महोत्सव एवं अन्य धार्मिक त्योहारों में बोनालू, बाथुकम्मा, उगादी, दशहरा आदि धूमधाम से मनाए जाते हैं। 'तेलुगु' राज्य की आधिकारिक भाषा है। कई वर्षों तक मुस्लिम शासन होने के कारण यहाँ मुस्लिम समुदाय की जनसंख्या भी ज्यादा है। बहुत समय तक उर्दू यहाँ राज भाषा रही है। अब तेलुगु एवं उर्दू दोनों भाषाएँ यहाँ समाना रूप से बोली जाती हैं। अधिकांश लोग हिंदू धर्म को मानते हैं। शेष मुस्लिम और ईसाई धर्मानुयायी लोग भी यहाँ निवास करते हैं। जिस प्रकार शिव, विष्णु, हनुमान और गणपति आदि देवी-देवताओं के यहाँ बहुत मंदिर हैं, उसी प्रकार मस्जिदों और गिरजाघरों की कमी नहीं है। यह राज्य अपने सांप्रदायिक सौहार्द के लिए भी जाना जाता है। यहाँ के प्रमुख मंदिरों में भद्राचल मंदिर, याददरी में भगवान विष्णु का मंदिर, जमाल पुरम मंदिर, श्री राज राजेश्वर मंदिर आदि हैं। इसी प्रकार हैदराबाद में मक्का मस्जिद यहाँ की सबसे पुरानी मस्जिद है। मेदक चर्च तेलंगाना का सबसे बड़ा चर्च है। सभी समुदाय के लोग अपने-अपने त्योहार यहाँ मिलजुलकर मनाते हैं।

यहाँ विवाहित महिलाएँ ज्यादातर साड़ी पहनती हैं। अविवाहित युवतियों में लहंगा-चोली, सलवार-कमीज लोकप्रिय परिधान हैं। तेलंगाना अपने साड़ी उद्योग के लिए प्रसिद्ध है। पोचमपल्ली, हीचपल्ली और गढ़वाली साड़ियाँ यहाँ बनती हैं और दुनिया भर में बिकती हैं। पुरुषों में हैदराबादी शेरवानी बहुत लोकप्रिय है, यह यहाँ के रईसों की पसंद है। पारंपरिक ढोटी भी यहाँ पंच के रूप में पहना जाता है।

यहाँ के खानपान में विशेष रूप से ज्वार और बाजरे से बनने वाले व्यंजन पसंद किए जाते हैं। टूटे हुए चावल से बनने वाली अपपुड़ी पिंडी भी यहाँ बहुत पसंद की जाती है। तेलंगाना अपनी लोक परंपराओं और लोकनृत्यों

के लिए जाना जाता है। यहाँ का प्राचीन नृत्य है 'परिन ठंडाव' इसे योद्धाओं का नृत्य भी कहा जाता है। कहते हैं कि युद्ध में जाने के पूर्व भगवान शिव के सामने योद्धाओं द्वारा यह नृत्य प्रस्तुत किया जाता था। शास्त्रीय नृत्य भी तेलंगाना में बहुत लोकप्रिय है। हस्तशिल्प के क्षेत्र में तेलंगाना बहुत अग्रणी है।

पूरे प्रदेश में हिंदी जानने वाले लोग कम हैं परंतु उर्दू के जानकार होने के कारण हिंदी से कोई ज्यादा दूरी नहीं है। हिंदी-अंग्रेजी-उर्दू मिश्रित भाषा से काम चल जाता है। अपनी भाषा 'तेलुगु' के प्रति लोग बहुत सजग हैं। तेलुगु में महत्त्वपूर्ण साहित्य रचा गया है। हिंदी अभी यहाँ शैशव काल में है परंतु लोग सीख रहे हैं और हिंदी को यहाँ संपर्क भाषा बनाए जाने के प्रयास हो रहे हैं।

ज्यादातर लोग शाकाहार पसंद करते हैं। धार्मिक अनुष्ठानों में लोगों की पर्याप्त रुचि है। साहित्य, संगीत और नृत्यों में लोगों की दिलचस्पी है। हिंदू धर्म से संबंधित रीति-रिवाजों और परंपराओं में लोगों का विश्वास है।

कर्नाटक

कर्नाटक राज्य के निर्माण में यहाँ की भाषा का महत्त्वपूर्ण हाथ रहा है। यहाँ पैंसठ प्रतिशत लोग कन्नड़ भाषा का प्रयोग करते हैं। इस प्रकार इस राज्य की आधिकारिक भाषा कन्नड़ है। वैसे यहाँ कोंकणी और कोडव टक बोलियों का भी चलन है। राज्य की मुस्लिम आबादी स्थानीय बोलियों के साथ उर्दू भाषा का भी इस्तेमाल करती है।

कर्नाटक अपने गौरवशाली धार्मिक इतिहास के कारण जाना जाता है। आदिशंकराचार्य ने अपने प्रसिद्ध चार मठों में शृंगेरी मठ की स्थापना यहाँ की थी। विशिष्ट अद्वैत दर्शन के प्रणेता श्री रामानुजाचार्य यहाँ आए थे और उन्होंने यहाँ प्रसिद्ध चेल्लुव नारायण मंदिर की स्थापना की थी। बारहवीं शताब्दी में वसव, अक्क महादेवी और अलाम प्रभु ने यहाँ अनुभव मंडप की स्थापना की। यहीं से शक्ति विशिष्टाद्वैत दर्शन का उदय हुआ। आगे चलकर यही लिंगायत मत कहलाया, जिसके लाखों अनुयायी कर्नाटक में हैं। जैन धर्म-दर्शन का भी यहाँ बहुत प्रचार-प्रसार है। इस प्रकार शृंगेरी मठ, चेल्लुव नारायण मंदिर और जैन धर्म के अनुयायियों के साथ हम कर्नाटक को एक महत्त्वपूर्ण राज्य के रूप में जानते हैं।

शास्त्रीय संगीत के क्षेत्र में कर्नाटक का विशिष्ट स्थान है। कर्नाटक संगीत के नाम से एक विशिष्ट शास्त्रीय शैली की पहचान स्थापित है, जिसमें कई राष्ट्रीय स्तर के संगीतकार कर्नाटक की देन हैं। श्री पुरंदर दास यहाँ एक महान संगीतज्ञ हुए जो कर्नाटक संगीत के पितामह कहे जाते हैं। इसी प्रकार मैसूर चित्रकला शैली ने कई महान चित्रकार दिए हैं। राजा रवि वर्मा के चित्र पूरे देश में बहुत प्रसिद्ध हैं। कन्नड़ भाषा में बहुत उच्च कोटि का साहित्य लिखा गया है। देश में साहित्य का सर्वोच्च सम्मान 'ज्ञानपीठ पुरस्कार' सबसे ज्यादा कन्नड़ साहित्यकारों को मिला है। साहित्य, संगीत और कला की सेवा के लिए राज्य में कई महत्त्वपूर्ण संस्थान हैं।

कन्नड़ियों के अलावा यहाँ तुलुव, कोडव और कोंकड़ी जातियाँ भी रहती हैं। अल्पसंख्यकों में मुस्लिम, तिब्बती और बौद्ध समुदाय के लोग भी यहाँ रहते हैं। सोलिग, येरवा, टोडा और सिद्ध नामक जनजातियों के लोग यहाँ निवास करते हैं। पारंपरिक लोककलाएँ, लोकनृत्य और लोक संगीत के क्षेत्र में कर्नाटक राज्य बहुत समृद्ध है। विभिन्न शैलियों के नृत्य और रंगमंच के क्षेत्र में भी कर्नाटक अग्रणी राज्य है। वीरागेस, कमसेत, कोलाट और डोलुकुनिता यहाँ की प्रचलित नृत्य शैलियाँ हैं। मैसूर शैली का भरत नाट्य पूरे देश में बहुत प्रसिद्ध है।

कर्नाटक में पुरुषों की पारंपरिक पोशाक लुंगी है। यहाँ के लोग कमर में लुंगी लपेटकर ऊपर से शर्ट पहनते हैं। प्रायः पुरुष कंधे पर अंगवस्त्रम (गमछा) भी रखते हैं। विशेष अवसरों पर पुरुष पेचा भी पहनते हैं, जो धोती जैसा दिखता है। महिलाओं में साड़ी बहुत लोकप्रिय है। कर्नाटक में बनने वाली रेशम की साड़ियाँ पूरे देश में प्रसिद्ध हैं। मैसूर और बैंगलोर (कर्नाटक की राजधानी) भारत में सबसे बड़े रेशम उद्योग केंद्र हैं। कर्नाटक में बनने वाली कांचीपुरम, कांजीवरम की साड़ियाँ बहुत प्रसिद्ध हैं, जिन्हें यहाँ की महिलाएँ बड़े शौक से पहनती हैं।

रागी और चावल यहाँ मुख्य रूप से भोजन के लिए उपयोग में लाया जाता है। तटीय क्षेत्र के लोग मछली खाना पसंद करते हैं और मैदानी एवं पर्वतीय क्षेत्र के लोग प्रायः शाकाहारी भोजन पसंद करते हैं। उडुपी, मालनाडु और मंगलोरी व्यंजन यहाँ पसंद किए जाते हैं। यहाँ के लोग अपने भोजन में दही का प्रयोग अधिक करते हैं। अपनी परंपरा के अनुसार प्रायः यहाँ केले के पत्तों पर भोजन परोसकर खाने का चलन है।

अधिकांश आबादी हिंदुओं की है इसलिए हिंदू धर्म के तीज-त्योहार यहाँ अपने पारंपरिक ढंग से मनाए जाते हैं। राजवंशों के प्रभाव के कारण यहाँ के जनजीवन में उत्सवों और त्योहारों की धूम रहती है। मुख्य रूप से हम्पी महोत्सव, तुला संक्रमण, गौरी उत्सव, उगादी, दुर्ग महोत्सव, वैरामुडी महोत्सव, होयलसा महोत्सव आदि यहाँ के प्रमुख महोत्सव हैं, जो पूरे राज्य में उत्साहपूर्वक मनाए जाते हैं। दशहरा यहाँ का एक प्रमुख त्योहार है।

इस प्रकार कर्नाटक अपने इतिहास, परंपरा, धर्म-दर्शन, शास्त्रीय संगीत और कलाओं के लिए बहुत प्रसिद्ध राज्य है।

आंध्र प्रदेश

भारत के सबसे प्रसिद्ध तीर्थस्थल के रूप में आंध्र प्रदेश के चित्तूर जिले में स्थित तिरुपति वेंकटेश्वर मंदिर को माना जाता है। प्रति वर्ष लाखों की संख्या में तीर्थयात्री यहाँ आते हैं। तिरुमला की पहाड़ियों में स्थित यह मंदिर प्रदेश का सबसे प्राचीन और प्रतिष्ठित मंदिर है। यह नगर, जहाँ यह मंदिर स्थित है दुनिया के सर्वाधिक संपन्न धार्मिक नगरों में से एक है। यह मंदिर दक्षिण भारतीय वास्तुकला और शिल्प का अद्भुत उदाहरण है।

क्षेत्रफल की दृष्टि से आंध्र प्रदेश भारत का चौथा बड़ा राज्य है एवं गुजरात के बाद सबसे बड़ा समुद्र तट यहीं है। कृष्णा और गोदावरी दो बड़ी नदियाँ पूरे प्रदेश को सिंचित करती है। यहाँ की मुख्य फसल धान है, इसलिए इस प्रदेश को धान का कटोरा कहा जाता है। महाभारत में आंध्र शासन का उल्लेख मिलता है।

मुख्य रूप से यहाँ हिंदू आबादी निवास करती है। मुस्लिम, ईसाई एवं अन्य समुदाय के लोग कम हैं। तेलुगु इस प्रदेश की आधिकारिक भाषा है। मुस्लिम समुदाय के लोग स्थानीय भाषा के साथ उर्दू का भी इस्तेमाल करते हैं। आंध्र प्रदेश में विभिन्न जातियों के अंतर्गत पहुँचे हुए संत हुए जिन्होंने यहाँ कुरीतियों के खिलाफ संघर्ष किया और एक समतामूलक समाज की स्थापना की। महान संत योगी श्री पोतुलूरी वीरब्रह्माम पिछड़ी जातियों से थे परंतु इनकी ख्याति पूरे प्रदेश में व्याप्त थी। इसी प्रकार संत काकय्या एवं संत रघु दलित वर्ग से थे परंतु इनकी ख्याति इतनी ज्यादा थी कि इनके शिष्यों में ब्राह्मण, क्षत्रिय जैसे उच्च वर्ग के लोग भी आते थे। इसके अलावा कई

महत्त्वपूर्ण संत आंध्र प्रदेश में हुए जिनमें निम्बार्क, जिन्होंने द्वैताद्वैत दर्शन की स्थापना की थी। स्वामी सुंदर चैतन्यानंद जी एवं श्री सत्य साईं बाबा यहीं आंध्र प्रदेश में हुए।

आंध्र प्रदेश अपने तीर्थस्थलों और प्रसिद्ध मंदिरों के लिए जाना जाता है। अन्नवरम में सत्यनारायण स्वामी का मंदिर और विजयवाड़ा में कनक दुर्गा का मंदिर बहुत प्रसिद्ध है। यहाँ एक प्रसिद्ध तीर्थस्थल है सिंहाचलम जो भगवान नरसिंह का निवास माना जाता है। यहाँ का मंदिर प्रदेश का सबसे प्राचीन मंदिर है, जहाँ तेलुगु भाषा में लिखे हुए शिलालेख उपलब्ध हैं।

आंध्र प्रदेश के नागरिकों का मुख्य व्यवसाय खेती है। क्योंकि यहाँ का प्रमुख कृषि उत्पादन चावल है इसलिए यहाँ भोजन में भी चावल की प्रमुखता है। वैसे यहाँ ज्वार, तंबाकू, कपास और गन्ने का भी अच्छा उत्पादन होता है। आंध्र प्रदेश के लोग चटक मसालेदार भोजन पसंद करते हैं। अचार और चटनी, जिसे तेलुगु में पच्चड़ी कहा जाता है, आंध्र प्रदेश में बहुत लोकप्रिय है। चावल प्रधान भोजन होने के कारण यहाँ चावल को कई तरह से पकाया जाता है। तरकारियाँ, साग और विभिन्न मसालों के साथ उसे पकाकर स्वादिष्ट बनाया जाता है। अधिकांश लोग शाकाहारी हैं। मुस्लिम बाहुल्य क्षेत्र में हैदराबादी भोजन, जिसमें मांस-मछली को विभिन्न तरीकों से बनाते हैं, विशेष लोकप्रिय हैं।

आंध्र प्रदेश का पारंपरिक पहनावा शेष दक्षिणी राज्यों जैसा ही है। आम तौर पर लोग यहाँ धोती और कुर्ता पहनते हैं। महिलाएँ लंबी साड़ियाँ पहनना पसंद करती हैं। अविवाहित लड़कियाँ प्रायः लहंगा-चोली पहनती हैं।

आंध्र प्रदेश की अधिकांश आबादी हिंदू धर्मावलंबियों की है इसलिए हिंदुओं के सभी त्योहार होली, दशहरा, दीपावली आदि यहाँ बड़े उत्साहपूर्वक मनाए जाते हैं। विशेष रूप से 14 जनवरी को पड़ने वाला मकर संक्रांति का त्योहार यहाँ बहुत धूमधाम से मनाया जाता है।

संगीत और नृत्य कला के क्षेत्र में आंध्र प्रदेश एक महत्त्वपूर्ण राज्य है। यहाँ कर्नाटक संगीत का प्रभाव देखा जा सकता है। शास्त्रीय संगीत के क्षेत्र में कई बड़े आचार्य आंध्र प्रदेश ने दिए हैं। लोकनृत्यों और शास्त्रीय नृत्य शैलियों के लिए भी आंध्र प्रदेश विशेष रूप से जाना जाता है। लोकनृत्यों में यहाँ पेरनी, प्रेरंखना, रासका, दंड रासका, शिवप्रिया और कंदुम नर्तन विशेष

रूप से लोकप्रिय हैं 'कुचिपूडी' आंध्र प्रदेश की प्रसिद्ध शास्त्रीय नृत्य शैली है, जो पूरे देश में विख्यात है।

आंध्र प्रदेश अपने साहित्य के लिए भी प्रसिद्ध है। यहाँ तेलुगु भाषा में कई महान ग्रंथ रचे गए। कुंदुकूरी वीरेशलिंगम तेलुगु भाषा के प्रसिद्ध विद्वान माने जाते हैं।

तमिलनाडु

तमिल सभ्यता दुनिया की पुरातन सभ्यताओं में से एक है। 580 ई. के आसपास पांड्य शासक जो कि मंदिर निर्माण में प्रमुख माने जाते थे, वे सत्ता में आए और लगभग एक सौ पचास वर्षों तक यहाँ उनका शासन रहा। नवीं सदी में यहाँ चोलों का उदय हुआ। राजेन्द्र चोल के नेतृत्व में यहाँ एक बड़ा साम्राज्य स्थापित हुआ था। तमिलनाडु के निवासी अत्यंत धार्मिक प्रवृत्ति के हैं। यहाँ शुरू से मंदिर निर्माण में लोगों की निपुणता रही है। आज भी यहाँ के विशाल मंदिर देखते ही बनते हैं।

श्री आगास्थेश्वर मंदिर, कमलेश्वर मंदिर, जंबुकेश्वर मंदिर, शिव सुब्रह्मण्यम स्वामी मंदिर, रंगनाथ स्वामी मंदिर, रामानाथ स्वामी मंदिर, बाला मुरुगन मंदिर, मीनाक्षी उम्मान मंदिर और तिरुवन्ना मलई नामक तीर्थस्थल में भगवान शिव का प्रसिद्ध मंदिर। यहीं अरुणाचल पर्वत के पास इस युग के महान संत महर्षि रमण का आश्रम है, जहाँ देश-विदेश से लोग आकर शांति प्राप्त करते हैं। कन्याकुमारी में विवेकानंद का स्मारक भी एक पवित्र स्थल है।

तमिलनाडु की आधिकारिक भाषा तमिल है, जिसे जनक भाषा का दर्जा प्राप्त है। यह विश्व की प्राचीनतम भाषाओं में से एक है। अधिकांश हिंदू आबादी है, जो तमिल बोलती है। कुछ मुस्लिम और ईसाई समुदाय के भी लोग रहते हैं, जो स्थानीय भाषाओं के साथ उर्दू और अंग्रेजी का प्रयोग करते हैं। कर्नाटक संगीत की यहाँ प्रधानता है। भरत नाट्यम सर्वाधिक लोकप्रिय नृत्य है। मुख्य रूप से चावल का ज्यादा उत्पादन होता है। पुरुषों में धोती-कुर्ता और महिलाओं में साड़ी का परिधान लोकप्रिय है। पोंगल, कर्थिगई द्वीपम, चित्राथि महोत्सव, तमिल नव वर्ष, महाशिव रात्रि, थिपुसुम, विनायक चतुर्थी और बैकुंठ एकादशी यहाँ के प्रमुख त्योहार हैं।

संत कवि तिरुवल्लुर का तिरुक्कुरल (तमिल) प्राचीन तमिल साहित्य का सर्वाधिक प्रसिद्ध ग्रंथ है। तमिल में उच्च कोटि का साहित्य रचा गया है।

अपनी प्राचीन संस्कृति, सभ्यता और विशिष्ट वास्तुकला के लिए तमिलनाडु भारत का एक प्रसिद्ध राज्य है। हिंदू रीति-रिवाज और रहन-सहन की यहाँ प्रधानता है।

केरल

केरल भारतवर्ष का एक खूबसूरत राज्य है। चारों ओर फैली हुई हरीतिमा यहाँ की अपनी विशेषता है। यहाँ के लोग अपने राज्य की चप्पा-चप्पा भूमि का उपयोग भलीभांति जानते हैं। कृषि क्षेत्र में लोगों की ज्यादा दिलचस्पी है। साक्षरता के क्षेत्र में यह भारत का अग्रणी राज्य है। स्वास्थ्य के लिए यहाँ उत्तम सुविधाएँ हैं। शिशु मृत्यु दर देश में सबसे कम यहीं की है। यहाँ हिंदू-मुस्लिम और ईसाई धर्म को मानने वाले लोग निवास करते हैं। सामाजिक समरसता, स्त्री शिक्षा, राजनीतिक जागरूकता आदि यहाँ के समाज की विशेषताएँ हैं। केरल की आधिकारिक भाषा मलयालम है। उर्दू और अंग्रेजी भाषा का भी यहाँ पर्याप्त चलन है। ओणम केरल का राज्योत्सव है। हिंदू, मुसलमान और ईसाई अपने-अपने धर्म के त्योहार उत्साहपूर्वक मनाते हैं। अपनी संस्कृति और भाषा वैशिष्ट्र्य के कारण केरल की अपनी पहचान है। विज्ञान, साहित्य एवं कला की समृद्ध परंपरा केरल में दिखाई देती है। उत्तम जलवायु, चारों ओर हरीतिमा, अच्छे यातायात के साधनों के कारण केरल पर्यटन की दृष्टि से अति महत्त्वपूर्ण राज्य है। वैसे तो शास्त्रीय संगीत की परंपरा में यहाँ कर्नाटक शैली का संगीत लोकप्रिय है परंतु गायन के क्षेत्र में केरल की अपनी सोपान शैली का यहाँ विकास हुआ है। कथकली यहाँ की विशिष्ट शास्त्रीय नृत्य शौली है। केरल के लोकनृत्य और यहाँ की लोक कथाएँ बहुत प्रसिद्ध हैं।

केरल राज्य के इतिहास को भगवान परशुराम और पौराणिक पात्र महाबली से जोड़ा जाता है। केरल के मंदिरों में प्रायः स्थल पुराण पाए जाते हैं, जो मंदिर से जुड़े हुए धार्मिक विश्वासों और परंपराओं पर पर्याप्त प्रकाश डालते हैं। यहाँ लोकगीतों की विशिष्ट परंपरा है। अलग-अलग समुदाय के भिन्न लोकगीत हैं। नाव चलाने वाले, मजदूर और किसान इनके द्वारा गाए

जाने वाले सामूहिक गीतों का यहाँ भंडार है। सामाजिक सौहार्द यहाँ की बड़ी विशेषता है। अन्य दक्षिण के राज्यों की तरह यहाँ का रहन-सहन और पहनावा एक जैसा है। शिक्षा, संस्कृति और परंपराओं के प्रति लोग बहुत जागरूक हैं। यहाँ की सामाजिक परंपराएँ बहुत पुरानी हैं, जिनका यहाँ के सांस्कृतिक जीवन में महत्त्वपूर्ण स्थान है।

पश्चिम बंगाल

भारत के पूर्वी भाग में स्थित यह राज्य कई कारणों से बहुत महत्त्वपूर्ण है। साहित्य, संगीत, कला, खेल, शिक्षा और विज्ञान के क्षेत्र में पश्चिम बंगाल का अप्रतिम योगदान है। अपने धार्मिक उत्सवों के लिए भी पश्चिम बंगाल की खास पहचान है। पश्चिम बंगाल का दुर्गा उत्सव बहुत प्रसिद्ध है। पूरे प्रदेश में नौ दिनों तक इन उत्सवों की बड़ी धूम रहती है। इस प्रदेश की आधिकारिक भाषा बाँग्ला है, जो पूरे प्रदेश में बोली जाती है। हिंदू-मुस्लिम और ईसाई समुदाय के लोग यहाँ रहते हैं परंतु सभी लोग यहाँ बंगाली कहे जाते हैं। बिहार और उत्तर प्रदेश से भी बहुत लोग यहाँ आकर बस गए हैं परंतु वे सब बाँग्ला संस्कृति में मिलजुल गए हैं। पूरे पश्चिम बंगाल में श्री रामकृष्ण परमहंस का बहुत आदर है। लगभग हर घर में उनका चित्र देखने को मिल जाएगा। हिंदू धर्म से संबंधित सभी त्योहार यहाँ उत्साहपूर्वक मनाए जाते हैं। पुरुषों में कुर्ता-पाजामा और महिलाओं में साड़ी का परिधान लोकप्रिय है परंतु इसे भी बंगाली कुर्ता और बंगाली साड़ी कहते हैं। बाँग्ला साहित्य बहुत समृद्ध है। बंकिमचंद्र, रवीन्द्रनाथ ठाकुर और शरत्‌चंद्र का विपुल साहित्य बाँग्ला साहित्य की धरोहर है। इसी प्रकार रवीन्द्र संगीत का यहाँ खासा महत्त्व है। नोबेल पुरस्कार विजयी कवि रवीन्द्रनाथ ठाकुर ने शांतिनिकेतन में विश्वभारती विश्वविद्यालय की स्थापना की, यह पश्चिम बंगाल का गौरव है। लोक संगीत, लोक कला और लोक साहित्य के क्षेत्र में भी पश्चिम बंगाल बहुत समृद्ध प्रांत है। शिक्षा (ईश्वरचंद्र विद्यासागर) और विज्ञान (जगदीश चंद्र बसु) के क्षेत्र में पश्चिम बंगाल का महत्त्वपूर्ण योगदान है। सिनेमा, साहित्य और खेलों के क्षेत्र में पश्चिम बंगाल की अपनी पहचान है। तटीय क्षेत्र होने के कारण मछली यहाँ के भोजन का प्रमुख आधार है। लगभग सारे बंगाली भोजन में मछली बहुत पसंद करते हैं। चावल का उत्पादन बहुत होता है, इसलिए चावल का

उपयोग भोजन के रूप में ज्यादा किया जाता है। पश्चिम बंगाल के गीत, संगीत, कला, उत्सव, नृत्य और आंदोलन सभी प्रमुख हैं। यहाँ सामाजिक जागरूकता है। शिक्षा के प्रति लोगों का अत्यधिक रुझान है। लोग कलाप्रेमी हैं। अपनी भाषा और संस्कृति से लोगों को बहुत प्रेम है। हिंदी का चलन कम है परंतु लोग हिंदी में बातचीत करते हैं और उसे समझ लेते हैं। कोलकाता यहीं की राजधानी है, जो देश का एक बड़ा व्यापारिक केंद्र है। गंगा यहाँ आकर सागर में मिलती है इसलिए 'गंगा-सागर' यहाँ एक बड़ा तीर्थस्थल है।

अरुणाचल प्रदेश

अरुणाचल का अर्थ है, उगते हुए सूर्य का पर्वत। सचमुच यह पहाड़ी राज्य उगते हुए सूर्य का पर्वत ही है। इसकी सीमाएँ असम, नागालैंड, बर्मा, भूटान, तिब्बत और चीन से मिलती हैं। तिब्बत सहित भारत के उत्तरी राज्य कभी मुगलों और अंग्रेजों के अधीन नहीं रहे। ये भारत के अभिन्न अंग हैं, इस बात को सीमारेखा बनाकर पूर्व में प्रमाणित नहीं किया गया।

सर्वप्रथम सन् 1914 में तिब्बत, चीन और तत्कालीन ब्रिटिश सरकार के प्रतिनिधियों के साथ शिमला में एक बैठक हुई। ब्रिटिश शासकों ने उस समय तिब्बत के दक्षिणी हिस्से को तवांग सहित भारत का हिस्सा माना। तिब्बत वालों ने इसे स्वीकार किया परंतु चीन ने इसे मानने से साफ इनकार कर दिया और उनके प्रतिनिधियों ने बैठक का बहिष्कार किया, तब से चीन के साथ उत्तर-पूर्व में भारत का सीमा विवाद है। मैकमोहन रेखा द्वारा इस क्षेत्र में सीमा निर्धारण किया गया है परंतु चीन उसे अस्वीकार करता है और हमेशा इस क्षेत्र में भारतीय नेताओं के दौरों पर आपत्ति दर्ज कराता है।

सन् 1950 में चीन ने तिब्बत को पूरी तरह अपने कब्जे में ले लिया। तवांग और तिब्बत का दक्षिणी हिस्सा जिसे हम अरुणाचल प्रदेश कहते हैं, यहाँ तक चीन अपने अधिकार का दावा करता है परंतु सन् 1935 से यह पूरा इलाका भारत के मानचित्र में है और आज तक भारत के मानचित्र में ही दर्शाया जाता है। सन् 1962 में सीमा विवाद को लेकर चीन ने भारत के साथ युद्ध किया। युद्ध में विजयी होने के पश्चात् भी वह तवांग और इस क्षेत्र (अरुणाचल) को अपने अधीन नहीं कर सका। यहाँ की भौगोलिक और सांस्कृतिक स्थिति पूरी तरह भारत के पक्ष में है। 15 अगस्त, 1975 को

यहाँ चयनित विधानसभा का गठन किया गया और 20 फरवरी, 1987 से इसे पूर्ण राज्य का दर्जा प्राप्त है। परंतु चीन का असंतोष बना हुआ है और समय-समय पर चीनी सैनिकों की यहाँ घुसपैठ होती रहती है, जिसे भारतीय फौजें नाकाम करती हैं। भौगोलिक और सांस्कृतिक दृष्टि से अरुणाचल प्रदेश पुरातन काल से भारत का अभिन्न अंग है। कल्कि पुराण और महाभारत में अरुणाचल प्रदेश को 'प्रभु पर्वत' नाम से कहा गया है। परशुराम ने यहाँ अपने पापों का प्रायश्चित्त किया था। व्यास मुनि ने यहाँ आराधना की। कृष्ण ने रुक्मिणी से यहीं विवाह किया और राजा भीष्मक ने यहाँ अपना राज्य स्थापित किया था। कालांतर में यहाँ बौद्ध धर्म का काफी प्रचार-प्रसार हुआ। यहाँ एक प्रसिद्ध विशाल बौद्ध मंदिर है, जो बौद्ध समुदाय का बड़ा तीर्थस्थल कहलाता है। बौद्ध गुरु दलाईलामा भी यहाँ जा चुके हैं।

अरुणाचल प्रदेश में जीवनयापन का प्रमुख आधार कृषि है, जिसे झूम खेती कहा जाता है। सेब, संतरे और अनन्नास की अच्छी पैदावार होती है। यहाँ विभिन्न जाति समूहों के लोग निवास करते हैं जिनके त्योहार, अदीसों का मोपिन सोलुंग, मोनापा लोगों का लोस्सार, तागिनो का सी-दोन्याई, इदू-मिशामी समुदाय का रेह और निशिंग लोगों का न्योकुम जैसे त्योहार यहाँ बड़े उत्साह के साथ मनाए जाते हैं।

भाषा की दृष्टि से यह बहुभाषी क्षेत्र है। यहाँ लगभग पचास तरह की बोलियाँ प्रचलित हैं, जो तिब्बती और बर्मी भाषा समूह से प्रभावित है। हिंदी और अंग्रेजी का भी सामान्य चलन है। लोकनृत्य, लोक संगीत और लोकगीतों में विविधता है, इससे संपन्न सांस्कृतिक परंपरा का बोध होता है। कुल आबादी के बीस प्रतिशत लोग ईसाई अधिकांश बौद्ध और शेष हिंदू हैं।

अरुणाचल प्रदेश में चावल और बाजरे से बनने वाली बीयर बहुत लोकप्रिय है। तीखे और मसालेदार व्यंजन यहाँ बहुत पसंद किए जाते हैं। ईसाई समुदाय के लोग ज्यादा हैं इसलिए वे सफेद परिधान पहनना पसंद करते हैं। शेष लोग सामान्य भारतीय परिधान (धोती, कुर्ता, साड़ी आदि) पहनना पसंद करते हैं।

यहाँ के लोग सीधे, सरल एवं शांत स्वभाव के हैं। पूरा प्रदेश प्राकृतिक संपदा से भरपूर है। पहाड़ों, नदियों और जंगलों से भरा-पूरा प्रदेश पर्यटन की दृष्टि से अति महत्त्वपूर्ण है। विभिन्न जातियों, समूहों, परंपराओं, विश्वासों

और बोलियों का धनी अरुणाचल प्रदेश भारत का सीमावर्ती राज्य है, जिसकी राजधानी ईटानगर एक सुंदर और सुसज्जित शहर है।

असम

असम उत्तरी-पूर्वी भारत का एक महत्त्वपूर्ण राज्य है। यहाँ हिंदू, मुसलमान, ईसाई, सिख, जैन और बौद्ध समुदाय के लोग मिलजुलकर रहते हैं। जीवनयापन का प्रमुख आधार कृषि है। चावल का उत्पादन बहुत होता है इसलिए यहाँ के भोजन में चावल, दाल, मछली और तीखी चीजों का प्रयोग ज्यादा होता है। यहाँ की मुख्य भाषा असमिया है परंतु बोडो, नेपाली, बंगाली, हिंदी और अंग्रेजी का चलन भी है। असमिया साहित्य बहुत समृद्ध है। सन् 1819 में असमिया भाषा में बाइबिल का अनुवाद प्रकाशित हो चुका था। माधव देव, भूपेन हजारिका, माधव कंदिल, भट्टदेव, अंबिका गिरि, इंदिरा गोस्वामी, महेश्वर नियांग एवं तलनीधर भट्टाचार्य जैसे प्रसिद्ध लोग असम में हुए हैं। असम अपने शिल्प, चित्रकारी और रेशम उद्योग के लिए भी जाना जाता है। मुखौटे बनाने की कला यहाँ बहुत लोकप्रिय है। 'बिहू' असम का प्रमुख त्योहार है। यह कृषि आधारित त्योहार है। इसे साल में तीन बार मनाया जाता है, जिसे सभी समुदाय के लोग मिलजुलकर उत्साहपूर्वक मनाते हैं। हिंदुओं के सभी त्योहार यहाँ पारंपरिक रूप से मनाए जाते हैं। मुस्लिम, ईसाई, सिख एवं अन्य समुदाय के लोग भी अपने सभी पर्व उत्साहपूर्वक मनाते हैं।

असम लोक साहित्य, लोक संगीत और लोकनृत्यों का धनी प्रदेश है। 'बिहू' नामक त्योहार जो कि साल में तीन बार क्रमशः रोंगाली बिहू, कोगाली बिहू और भोगली बिहू के रूप में मनाया जाता है, इन अवसरों पर यहाँ के लोक गीतों और लोकनृत्यों की छटा देखते ही बनती है। अवरोही पैमाने और पिरामिड संरचना असम संगीत की अपनी विशेषताएँ हैं। विभिन्न तरह के लोकवाद्य यहाँ उत्सवों में बजाए जाते हैं, जिससे यहाँ की समृद्ध संगीत परंपरा का पता चलता है। विशेषकर झूमर गीत यहाँ के उत्सवों में बहुत पसंद किए जाते हैं। कामरुपिया, गोलपोरिया एवं ओजपाली असम के लोक संगीत की विभिन्न शैलियाँ हैं। यहाँ की राजधानी दिसपुर के पास गुवाहाटी से थोड़ी दूर कामाख्या देवी का प्रसिद्ध मंदिर है जो कि शक्तिपीठ के रूप में

विख्यात है। इसके अलावा यहाँ उमानंद भैरव मंदिर, महाभैरव मंदिर, नवग्रह मंदिर, शुक्रेश्वर मंदिर, मदन-कामदेव मंदिर और हयग्रीव मंदिर बहुत प्रसिद्ध स्थान हैं। इस प्रकार असम अपनी सांस्कृतिक और धार्मिक पहचान के रूप में बहुत प्रसिद्ध है।

मेघालय

मेघालय अर्थात् मेघों का घर। सचमुच यह स्थान बादलों का घर ही है। यहाँ बहुत अधिक वर्षा होती है। यह पहाड़ों और वनों से घिरा हुआ एक सुंदर प्रदेश है, जिसकी राजधानी शिलांग है। यहाँ विभिन्न जनजातियों के लोग रहते हैं। यहाँ के समाज में प्रमुख बात है, यहाँ की मातृसत्तात्मक प्रणाली। यहाँ के परिवारों में बेटियों का बड़ा सम्मान है। वंश परंपरा यहाँ बेटियों से ही मानी जाती है। परिवार की सबसे छोटी बेटी अपने वृद्ध माता-पिता की सेवा करती है और पैतृक संपत्ति पर उसी का अधिकार माना जाता है। जिन परिवारों में बेटियाँ न हों, वहाँ पुत्र वधुओं को यह अधिकार प्राप्त है। इस प्रकार संपत्ति पर बेटियों का ही उत्तराधिकार माना जाता है। यहाँ खासी, जयंतिया, गारो, हैजोंग सहित कई जनजातियाँ निवास करती हैं। यहाँ ईसाई धर्म को मानने वाले लोग बहुत हैं। हिंदू धर्मावलंबी यहाँ अल्पसंख्यक हैं परंतु हिंदुओं की परंपराएँ और पर्व यहाँ के समाज में सहज स्वीकृत हैं। वैसे तो इस राज्य में आधिकारिक भाषा अंग्रेजी है परंतु यह बहुभाषी क्षेत्र है। नेपाली, बंगाली, असमिया भाषाओं के अलावा जनजातीय क्षेत्रों में खासी, गारो, प्नार, तीवा, वियाटा जैसी अनेक भाषाएँ यहाँ प्रचलित हैं। भोजन में यहाँ के लोग रोटी कम इस्तेमाल करते हैं। चावल का ज्यादा उपयोग किया जाता है। वनस्पतियाँ, साग-सब्जी और तीखे पदार्थों का उपयोग खूब किया जाता है। अधिकांश लोग यहाँ मांसाहारी हैं। जाडो, डोह खलीह, डोह तियांग, नाखमबीची, गलडा नाखम आदि यहाँ के प्रमुख पकवान हैं। नृत्य और संगीत यहाँ के जीवन में रचा-बसा है। यहाँ जीविकोपार्जन का प्रमुख साधन कृषि है इसलिए मेघालय के त्योहार कृषि उत्सव के रूप में मनाए जाते हैं। इनमें प्रमुख हैं शाद सुक, मायन सीम, वेगाला, उमसन नोंगखराई, शाद बे सियर इत्यादि।

मेघालय राज्य अपनी परंपराओं, वेशभूषा, नृत्यों और उत्सवों के लिए बहुत प्रसिद्ध है। पहाड़ों, नदियों, झरनों और वनों से आच्छादित यह राज्य

एक महत्त्वपूर्ण पर्यटन स्थल के रूप में विख्यात है। पशुओं, पक्षियों तथा वनस्पतियों की जैव विविधता के लिए भी मेघालय एक प्रसिद्ध राज्य है। यह विभिन्न जनजातियों का आश्रय स्थल है।

मणिपुर

मणिपुर राज्य के मूल निवासी मेइली जनजाति के लोग हैं। इनकी भाषा मेइतिलोन है, इसे ही मणिपुरी भाषा कहते हैं। इसे राष्ट्रीय भाषा होने का दर्जा प्राप्त है। यहाँ नागा और कुकी जनजाति के लोग भी रहते हैं। मणिपुर में सबसे ज्यादा हिंदू फिर ईसाई और शेष मुस्लिम एवं अन्य धर्मों के लोग रहते हैं।

यहाँ का जनजीवन मुख्य रूप से कृषि आधारित है। यहाँ कृषि के लिए अनुकूल परिस्थितियाँ हैं और विभिन्न फसलों का अच्छा उत्पादन होता है। राज्य में प्रचुर मात्रा में गेहूं, धान, मक्का और दलहन आदि की पैदावार होती है। फलोत्पादन के क्षेत्र में भी मणिपुर आगे है। यहाँ अनन्नास, नीबू, केला, नारंगी आदि का पर्याप्त उत्पादन होता है। बागबानी और पशुपालन क्षेत्र में भी मणिपुर अग्रणी राज्य है।

यहाँ पहाड़ों पर रहने वाले ईसाई धर्म के अनुयायी हैं और घाटी में हिंदू वैष्णवों की संख्या ज्यादा है। यहाँ नागा जनजाति समूह की लगभग 32 जनजातियाँ निवास करती हैं। इम्फाल यहाँ की राजधानी है। मणिपुरी यहाँ की मातृभाषा है। इसकी कई उपभाषाएँ भी यहाँ प्रचलित हैं जो मेइलेइ मायेक लिपि में तथा पूर्व नागरी लिपि में लिखी जाती हैं।

मणिपुरी नृत्य पूरे भारत में शास्त्रीय नृत्य के रूप में प्रतिष्ठित हैं। इसमें राधा-कृष्ण के प्रेम प्रसंगों को नृत्य रूप में प्रस्तुत किया जाता है। यह शैली यहाँ वैष्णव संप्रदाय के साथ विकसित हुई। इसमें गीत गोविंद और भागवत पुराण के प्रसंगों की नृत्य प्रस्तुतियाँ की जाती हैं। मणिपुर में वैष्णव संप्रदाय का प्रभाव जगह-जगह देखने को मिलता है। यहाँ एक खास तरह की थाली, जिसमें सौ प्रकार के शाकाहारी व्यंजन बनाकर केले के पत्तों की कटोरियों में सजाए जाते हैं, जिसका भगवान को भोग लगाकर फिर प्रसाद रूप में सब लोग ग्रहण करते हैं। जनजातीय समूह में मांसाहार और मछली से बने हुए व्यंजन पसंद किए जाते हैं। जगह-जगह वैष्णवी परंपरा के मंदिर, चर्च और मस्जिदें हैं। सभी धर्मों के लोग अपने-अपने त्योहार उत्साहपूर्वक मनाते हैं।

मणिपुर में लोक साहित्य और लोक संगीत की परंपरा अति प्राचीन है। कालांतर में वैष्णव मत के प्रभाव में यहाँ का संगीत और साहित्य विकसित हुआ है।

मिजोरम

मिजोरम भारत का एक उत्तर-पूर्वी राज्य है, जहाँ के निवासी मूलतः किसान हैं इसलिए यहाँ की सारी सांस्कृतिक गतिविधियाँ कृषि कार्य से जुड़ी हुई हैं। यहाँ के तीन प्रमुख त्योहार हैं : चपचार, मिमकुट और थालफवांग कुट। यहाँ की अधिकांश जनसंख्या ईसाई धर्म को मानती है इसलिए क्रिसमस का त्योहार यहाँ बड़ी धूमधाम से मनाया जाता है। हिंदू यहाँ अल्पसंख्यक हैं।

समुद्र तल से लगभग चार हजार फुट की ऊँचाई पर स्थित यहाँ की राजधानी आइजोल नगर यहाँ का प्रमुख धार्मिक और सांस्कृतिक स्थल है। मिजोरम में बड़ी संख्या में सुंदर जल प्रपात हैं। मिजोरम में साक्षरता दर 91 प्रतिशत है। मिजोरम अपने सुहावने मौसम के लिए विशेष रूप से जाना जाता है। इसे पहाड़ों की धरती के रूप में जाना जाता है। चारों ओर सुंदर पहाड़ियों से घिरा हुआ भूभाग अत्यंत मनोरम है। यहाँ लोग उत्सवप्रेमी हैं। यहाँ की जनजातियाँ वर्ष भर विभिन्न पर्व और सांस्कृतिक उत्सवों में संलग्न रहती हैं। मिजोरम की संस्कृति जनजातीय संस्कृति है, जो विविध और बहुआयामी है। मिजोरम में जाति और लिंग के आधार पर कोई विभेद नहीं है। सामाजिक समरसता और समानता में मिजोरम समाज अग्रणी समाज है। यहाँ की मातृभाषा मिजो है परंतु अंग्रेजी का चलन भी पर्याप्त है। मिजो भाषा की कोई लिपि न होने के कारण यहाँ का पूर्व इतिहास लिखित रूप से नहीं मिलता। आदिवासी रीति-रिवाज के अनुसार यहाँ विवाह संपन्न कराए जाते हैं। अधिकांश लोग प्रेम विवाह पसंद करते हैं। इसलिए स्त्री-पुरुष अपनी रजामंदी से विवाह कर साथ-साथ रहने लगते हैं। मिजोरम के लोग अपने लोक संगीत और लोकनृत्यों से बहुत लगाव रखते हैं। फूंककर बजाए जाने वाले वाद्य और ढोल, तासे आदि यहाँ ज्यादा उपयोग में लाए जाते हैं। गिटार का प्रयोग भी लोग ज्यादा करते हैं। लोकनृत्यों में बाँसों के साथ नृत्य करना, जिसमें स्त्री-पुरुष मिलकर नृत्य करते हैं, यहाँ लोकप्रिय है। इस प्रकार मिजोरम अपनी प्राकृतिक सुंदरता और जनजातीय बहुलता वाली संस्कृति के लिए प्रसिद्ध है।

त्रिपुरा

त्रिपुरा राज्य अपने त्रिपुर सुंदरी मंदिर के कारण विशेष रूप से जाना जाता है। यहाँ त्रिपुर सुंदरी नाम से एक अत्यंत प्राचीन मंदिर है, जिसमें सिंह पर सवार अष्टभुजा दुर्गा की मूर्ति स्थापित है। मूर्ति की आठों भुजाओं में अठारह प्रकार के आयुध दिखाए गए हैं। यह मंदिर और भगवती की यह मूर्ति अत्यंत महत्त्वपूर्ण हैं। इस मंदिर की गिनती प्राचीन शक्तिपीठों में होती है। देश भर से लाखों श्रद्धालु यहाँ भगवती के दर्शनार्थ आते हैं। यह जाग्रत पीठ कहलाता है। नवरात्रि के समय यहाँ विशाल मेला लगता है।

त्रिपुरा में अधिकांश आबादी हिंदू धर्मावलंबियों की है। मुस्लिम और ईसाई यहाँ अल्पसंख्यक हैं। दुर्गा पूजा यहाँ का प्रमुख त्योहार है। अगरतला, कमल सागर, सेफाजाल, नील महल, पिलक और जामपुई हिल यहाँ के प्रमुख पर्यटन स्थल हैं। अगरतला यहाँ की राजधानी है। त्रिपुरी (कोक बोरोक) और बंगाली यहाँ की प्रमुख भाषाएँ हैं। वैसे हिंदी और अंग्रेजी का भी यहाँ चलन है।

जनजातीय रीति-रिवाज, लोक साहित्य और लोक संगीत यहाँ की सांस्कृतिक पहचान है। लोकनृत्यों की यहाँ समृद्ध परंपरा है। कई प्रकार की नृत्य शैलियाँ यहाँ के जनजीवन में व्याप्त हैं। पर्व, उत्सव और त्योहारों की उत्कृष्ट परंपरा है। दो प्रमुख वार्षिक उत्सव 'गडिया' और 'कास' यहाँ उल्लासपूर्वक मनाए जाते हैं। बाँसुरी और फूंककर बजाए जाने वाले वाद्य यहाँ खूब पसंद किए जाते हैं। इस प्रकार लोक संगीत की यहाँ समृद्ध परंपरा है। प्रसिद्ध सिने संगीतकार एस.डी. बर्मन त्रिपुरा राज्य की देन हैं।

त्रिपुरा कुशल बुनकरों का राज्य है इसलिए यहाँ पुरुषों और स्त्रियों में हाथ के बुने कपड़े पहनने का चलन है। त्रिपुरी भोजन में एक महत्त्वपूर्ण घटक है, जिसे बरमा कहा जाता है। यहाँ बाँगुई चावल, मछली और विभिन्न प्रकार की साक-सब्जियों वाला भोजन पसंद किया जाता है।

त्रिपुरा की संस्कृति अन्य पूर्वोत्तर राज्यों की जनजातीय संस्कृति की तरह है, यहाँ दुर्गा पूजा का बड़ा महत्त्व है अतः यह माना जाता है कि बंगला की संस्कृति का यहाँ प्रभाव विशेष रूप से है।

नागालैंड

नागालैंड एक छोटा उत्तर-पूर्वी राज्य है। इसकी राजधानी कोहिमा है। यहाँ सोलह जनजातियाँ निवास करती हैं। ये सभी जनजातियाँ अपने रीति-रिवाजों, बोलियों और पहनावे में एक-दूसरे से भिन्न हैं। अंग्रेजी नागालैंड की आधिकारिक भाषा है। यहाँ ईसाई धर्म के अनुयायी सबसे ज्यादा हैं। मुस्लिम और हिंदू इस राज्य में अल्पसंख्यक हैं।

यहाँ रहने वाली जनजातियों में, अंगामी, आओ, चखेसंग, चांग, दिपासा, कचारी, खियमनिंगान, कोनयाक, लोथा, फोम, पोंचुरी, रैंगमा, संगतम, सूपी, इंचुगेर, कुकी और जेलियाँग प्रमुख हैं। यहाँ के समाज में ईसाई धर्म का पर्याप्त प्रचार-प्रसार है इसलिए क्रिसमस यहाँ का प्रमुख त्योहार है। इसके अलावा विभिन्न जनजातियों के अपने ग्रामीण जनविश्वास हैं। अपनी पृथक्-पृथक् परंपराएँ और रीति-रिवाज हैं। हिंदुओं के और मुस्लिम समुदाय के त्योहार भी यहाँ धूमधाम से मनाए जाते हैं।

नागालैंड के समाज में स्त्रियों का सम्मानजनक स्थान है। जनजातीय परिषदों में उनका अच्छा-खासा प्रभाव देखा जाता है। नागा समाज के लोग अपने पारंपरिक नृत्य, गायन और वादन में अत्यंत निपुण हैं। राज्य के कुछ प्रमुख त्योहार हैं सेकरेन्यी, मोआत्सु, तोक्कू एमोंगा और तुलनी। वीरता, प्रेम और उदारता यहाँ के लोगों के विशेष गुण हैं। चावल और भूसी को अलग करने का एक पारंपरिक तरीका यहाँ बहुत चलन में है। नागालैंड एक पर्वतीय राज्य है। यहाँ समतल भूमि बहुत कम है। यहाँ का पहनावा, खानपान और उत्सवधर्मिता इसे एक खास पहचान प्रदान करती है, जिससे प्रभावित होकर पर्यटन के लिए यहाँ आने वालों की संख्या बहुत ज्यादा है। प्राकृतिक रूप से नागालैंड एक खूबसूरत राज्य है।

नागालैंड में अंग्रेजी के अलावा आओ, कोयक, आंगामी, सेमा और लोथा भाषाएँ बोली जाती हैं। यहाँ के लोग बहुत बहादुर होते हैं। हाथ में भाला रखने का चलन यहाँ के पुरुषों में आम है। साग-सब्जियों के साथ यहाँ मांसाहार का चलन ज्यादा है। नागालैंड की राजधानी कोहिमा में एशिया का सबसे बड़ा चर्च स्थित है।

सिक्किम

सिक्किम, ग्याल राजतंत्र द्वारा शासित एक स्वतंत्र राज्य था। जनमत संग्रह के आधार पर इसका भारत में विलय हुआ। सांस्कृतिक और धार्मिक रूप से यह पहले से ही भारत का भाग रहा है। राजशाही की समाप्ति के पश्चात् राजनीतिक रूप में यह भारत का एक प्रमुख राज्य बना। यहाँ हिंदू धर्म और बौद्ध धर्म के अनुयायी ज्यादा हैं। दीपावली, दशहरा, होली आदि हिंदू धर्म के त्योहार यहाँ धूमधाम से मनाए जाते हैं। बौद्ध धर्म के त्योहार, लूसोंग, सागादावा और भूमचू जैसे पर्व भी यहाँ उत्साहपूर्वक मनाए जाते हैं।

सिक्किम में भूटिया, लिंबू, गोर्खा, लेप्चा, हिंदी और अंग्रेजी भाषाएँ चलन में हैं। व्यवहार में अंग्रेजी का ज्यादा उपयोग होता है। गंगटोक यहाँ की राजधानी है, जो पर्यटन का एक बड़ा केंद्र है। यहाँ से कंचनजंगा का नजारा देखने लायक है।

नेपाल की सीमा से लगे होने के कारण यहाँ नेपाली संस्कृति का प्रभाव देखने को मिलता है। नेपाली काव्य और नेपाली संगीत का प्रभाव भी यहाँ जगह-जगह देखने को मिलता है। पाश्चात्य संगीत भी यहाँ लोग बहुत पसंद करते हैं। जनजातियों के अपने पारंपरिक लोकनृत्यों के प्रदर्शन यहाँ प्रायः होते रहते हैं। हिंदी गीत-संगीत ने भी यहाँ अपनी जगह बनाई है, जिसके प्रदर्शन भी यदा-कदा देखने को मिल जाते हैं। फुटबाल और क्रिकेट यहाँ के लोकप्रिय खेल हैं।

मुख्य रूप से यहाँ के समाज में तीन जातीय समूह हैं : लेपचा, भूटिया और नेपाली। वैसे तो यहाँ कृषि आधारित जीवनयापन है परंतु चाय उत्पादन क्षेत्र में सिक्किम का बड़ा नाम है, यहाँ की हर्बल चाय बहुत प्रसिद्ध है। हथकरघा क्षेत्र में भी सिक्किम का बड़ा योगदान है।

वैसे तो यहाँ पश्चिमी शैली का संगीत लोकप्रिय है परंतु बौद्ध मठों में लामाओं द्वारा मास्क नृत्य किया जाता है, जो सिक्किम का प्रसिद्ध नृत्य कहलाता है। सिक्किम में एक समृद्ध सांस्कृतिक विरासत है जो हिंदू धर्म और बौद्ध धर्म की परंपराओं से ओतप्रोत है। अधिकांश लोग शाकाहारी हैं परंतु जनजातीय समाज में मांसाहार स्वीकृत है। ज्यादातर लोग चावल, दाल, सब्जी खाना पसंद करते हैं। सिक्किम छोटा परंतु बहुत सुंदर प्रदेश है।

गोवा

सारी दुनिया में गोवा अपने समुद्री किनारों के कारण आकर्षण का केंद्र है। यह भारत ही नहीं दुनिया का एक प्रसिद्ध पर्यटन स्थल है। गोवा में स्थापत्य कला उच्च कोटि की है। यहाँ के खूबसूरत मंदिर, मस्जिद, चर्च और अन्य बड़े भवन देखने लायक हैं। चार सौ पचास सालों तक यहाँ पुर्तगालियों का शासन रहा। उन्होंने यहाँ की संस्कृति नष्ट करने का भरसक प्रयास किया परंतु यहाँ की सांस्कृतिक जड़ें इतनी गहरी हैं कि पुर्तगाली शासन की उपेक्षा और दमन के बावजूद वह अक्षुण्ण है।

गोवा की साठ प्रतिशत आबादी हिंदुओं की है, शेष ईसाई एवं अन्य समुदाय के लोग यहाँ निवास करते हैं। यहाँ के ईसाई समाज की विशेषता है कि उनकी परंपराएँ पूरी तरह हिंदुओं की तरह हैं। जाति व्यवस्था भी लगभग वैसी ही है जैसी हिंदू समाज में होती है। गोवा में हिंदुओं के अति प्राचीन मंदिर हैं। यहाँ के वास्तुशास्त्र में हिंदुओं का स्पष्ट प्रभाव दिखाई देता है।

कोंकणी गोवा की राजभाषा है। यह भाषा यहाँ सर्वाधिक बोली जाती है। इसके बाद मराठी, कन्नड़, हिंदी, उर्दू और अंग्रेजी भाषा का चलन है। गोवा का फादो संगीत, यहाँ शास्त्रीय संगीत की तरह प्रतिष्ठित है। कहते हैं कि यह नाविकों का संगीत है। गोवा में इसकी विशिष्ट पहचान है। गोवा राज्य के लोकनृत्यों में यहाँ की पुरातन सांस्कृति परंपरा झलकती है। इनमें दशावतार, घोड़े मोदनी और गोफ नृत्य शैलियाँ बहुत लोकप्रिय हैं। लोककथाओं का यहाँ भंडार है। कार्निवल, गोवा का लोकप्रिय त्योहार है। यह फरवरी माह में तीन दिन और तीन रातों में बड़ी धूमधाम से मनाया जाता है। इसके अलावा यहाँ नए साल का स्वागत उत्सव और क्रिसमस का त्योहार भी बहुत उत्साह और उल्लासपूर्वक मनाया जाता है। शेष हिंदुओं के सभी पारंपरिक त्योहार भी उत्साहपूर्वक मनाए जाते हैं।

गोवा सुप्रसिद्ध पर्यटन स्थल है। यह अपने प्राचीन मंदिरों, मस्जिदों और चर्चों के लिए जाना जाता है। यह हर्षोल्लास मनाने की जगह है। समुद्री किनारों के कारण यहाँ तटीय भोजन (मछली, केकड़े आदि) पसंद किया जाता है। यहाँ के गीत, संगीत और नृत्य, प्राचीन सांस्कृतिक धरोहर का परिचय देते हैं।

इन तीस राज्यों के अलावा सात केंद्र शासित राज्य हैं : अंडमान निकोबार, चंडीगढ़, दादर एवं नागर हवेली, दमन एवं दीव, दिल्ली, लक्षद्वीप और पांडिचेरी। ये केंद्र शासित राज्य जिस बड़े राज्य की सीमाओं से लगे हुए हैं, वहाँ उन्हीं राज्यों की संस्कृति का प्रभाव है इसलिए अलग से केंद्रशासित राज्यों की संस्कृति पर विचार नहीं किया जा रहा है। तीस राज्य एवं सात केंद्र शासित राज्य मिलाकर ही भारतीय संस्कृति को समझा जा सकता है।

सन् 1947 में पाकिस्तान पृथक् देश बना और सन् 1971 में उससे बाँग्लादेश अलग होकर अस्तित्व में आया। नेपाल, भूटान, तिब्बत, म्यांमार और श्रीलंका भी भारत से अलग होकर स्वतंत्र देश के रूप में उभरकर आए। इस प्रकार जब हम भारतीय संस्कृति पर विचार करते हैं तो इन पृथक् हुए देशों को भी भारतीय संस्कृति में शामिल करके देखते हैं। बहरहाल तीस राज्यों और सात केंद्र शासित राज्यों को मिलाकर जो भारतवर्ष की तस्वीर उभरती है, उसमें संस्कृति समानता पर हम विचार करेंगे, उसे ही भारतीय संस्कृति के नाम से जाना जाता है।

संस्कृति से तात्पर्य है, जीवन शैली यह क्षेत्र बहुत विस्तृत है। इसमें धार्मिक विश्वास, रहन-सहन, परंपराएँ, परिवार, रिश्ते, खान-पान, पहनावा, कलाएँ और जीवनयापन से संबंधित अन्य बातें आती हैं।

आज हम देखते हैं कि पूरे देश में ऐसा कोई गाँव, कस्बा और शहर नहीं है, जहाँ कोई मंदिर न हो। पूर्वोत्तर के सुदूर प्रांतों में जनजातीय क्षेत्रों में भी कोई न कोई मंदिर जरूर मिल जाएगा। वहीं पौराणिक देवी-देवता पूरे देश में एक छोर से दूसरे छोर तक पूजे जाते हैं। ये सब अलग-अलग गुणों के देवता हैं जो पूरे देश में कहीं ज्यादा कहीं कम परंतु पूजे जरूर जाते हैं। यहाँ पूजा से तात्पर्य है, गुण देवता का गुणगान करना, उनकी शौर्य गाथाएँ स्मरण करना, ताकि उनके वे गुण हमारे भीतर भी आ सकें। अब तो आधुनिक मनोविज्ञान भी कहता है कि जैसा हम सोचते हैं, वैसे होते चले जाते हैं। अतः अपने आराध्य के गुणगान करते हुए (जिसे पूजा कहते हैं) हम उन गुणों का अपने भीतर आह्वान करते हैं। और जितनी गहराई से, अभीप्सा से आप उन गुणों का आह्वान करते हैं कोई आश्चर्य नहीं कि वे गुण शनैः-शनैः आप में आने लगते हैं। और आते हैं। इस प्रकार भारतीय संस्कृति के अंतर्गत पूरे देश में देवी-देवताओं के मंदिर बने और उनमें

पूजा-पाठ होने लगा। इन देवी-देवताओं के जन्मदिवस, विवाह दिवस और विजय दिवस को लोगों ने त्योहारों के रूप में स्वीकार किया। रामनवमी, कृष्ण जन्माष्टमी, विजयदशमी, दीपावली, शिवरात्रि, गणेश चतुर्थी और नवरात्र के पर्व सामने आए, उन्हें पूरे देश में उत्साहपूर्वक मनाया जाता है। हाँ, भारतीय संस्कृति में मृत्यु तिथि (पुण्य तिथि) मनाने की परंपरा नहीं है। वैदिक दर्शन मृत्यु में विश्वास नहीं करता, उसके अनुसार जीवन निरंतर है, सतत है। गीता में यह बात और स्पष्ट होती है कि शरीर का मरना वैसा ही है, जैसे पुराने जीर्ण-शीर्ण कपड़े बदलना। अर्थात् इस शरीर के भीतर जो जीवन का तत्त्व है, जिसे आत्मा कहा गया है, वह अविनाशी है। माना गया कि जीवन का अवतरण तो होता है, नए शरीरों में परंतु शरीर के साथ उसकी कोई मृत्यु नहीं है। इसलिए भारतीय संस्कृति में मृत्यु तिथि मनाने की परंपरा नहीं है। यहाँ किसी देवी-देवता की पुण्य तिथि नहीं मनाई जाती। व्यावहारिक जीवन में भी यहाँ मृत्यु तिथि मनाने की परंपरा नहीं है। हाँ, साल भर में एक श्राद्ध पक्ष पंद्रह दिनों का होता है, जिसमें तिथि के अनुसार अपने पूर्वजों को स्मरण किया जाता है, वह भी उस रूप में कि वे कहीं हैं जिन्हें हमारे द्वारा अर्पित जल और भोजन भाव रूप में प्राप्त होता है। श्राद्ध पक्ष दुख का पर्व नहीं है। यह अपने दिवंगत बुजुर्गों के स्मरण करने का, उन्हें श्रद्धा अर्पित करने का पर्व है।

भारतीय संस्कृति में धार्मिक विश्वासों को लेकर जैसी स्वतंत्रता है, वैसी दुनिया में कहीं नहीं है। देवी-देवताओं की लंबी फेहरिस्त है। सब अलग-अलग गुणों के स्वामी हैं। कोई भी अपनी रुचि के अनुसार पूजा-अर्चना के लिए किसी भी देवी-देवता का चुनाव कर सकता है। इस प्रकार अलग-अलग समाजों ने और विभिन्न व्यक्तियों ने अपने लिए पृथक् देवी-देवताओं का चुनाव किया।

बंगाली समाज दुर्गा पूजा में आनंदित होता है। महाराष्ट्र में गणेश चतुर्थी का बड़ा महत्त्व है। उत्तर भारत में रामनवमी और जन्माष्टमी का। पूरे दक्षिण भारत में शिव एवं शिव परिवार की बड़ी प्रतिष्ठा है। इन तमाम अलग-अलग विश्वासों को लेकर समाज में कोई विभेद नहीं है। कहीं-कहीं तो एक ही परिवार के सदस्यों में पृथक् देवी-देवताओं की उपासना का चलन है परंतु इस बात को लेकर किसी के मन में जरा भी भेदभाव नहीं है। सब अपने-अपने लिए अपेक्षित गुणों वाले देवता की आराधना कर रहे हैं।

उपनिषद् ने इस एकता के सूक्त की व्याख्या की है। उपनिषद् सर्वशक्तिमान ब्रह्म को निराकार मानते हैं, जो एक और एकमात्र है, परंतु उसके प्रकट रूप अनेक हैं, ये हैं विभिन्न देवी-देवता। अर्थात् समस्त देवी-देवता एकमात्र निराकार ब्रह्म के प्रगट रूप हैं, इसलिए उनमें कोई भेद नहीं है। दुर्गा उत्सव और गणेश उत्सवों के पश्चात् मूर्ति विसर्जन के पीछे यही भाव है। अर्थात् आकार तो एक दिन मिटना ही है, वह मिटकर जो शाश्वत है, वह निराकार में स्थित हो जाता है। आकार जगत कल्याण के लिए है परंतु केंद्रीय सत्व की मूल स्थिति निराकार में है। इसलिए आकारों की उपासना को लेकर भारतीय संस्कृति में कोई विभेद नहीं है। वह अलग-अलग गुणों की पूजा-उपासना है। इस प्रकार पूरे देश में जगह-जगह मंदिर हैं। तीर्थ हैं। उपासना स्थल हैं, जहाँ विभिन्न देवी-देवताओं की पूजा-अर्चना होती है परंतु आंतरिक रूप से कहीं कोई भेदभाव नहीं है।

भारतीय संस्कृति का अगला पक्ष है परंपराएँ। जन्म से लेकर मृत्यु तक कुछ परंपराएँ हैं, जिनका भारतीय संस्कृति में अपना महत्त्व है। पहली बात तो यह कि जहाँ कहीं भी भारतीय समाज बना वहाँ एक मंदिर जरूर स्थापित हुआ, भले ही वह किसी भी देवी-देवता का हो। मंदिर के साथ भारतीय समाज ने गहरा तादात्म्य स्थापित किया। माना गया कि यह जीवन शक्ति का केंद्र है इसलिए सारी परंपराएँ भारतीय समाज ने मंदिर से जोड़ लीं। घर में बच्चा पैदा हुआ तो सबसे पहले मंदिर में भोग चढ़ाया गया, वहाँ पूजा की गई। बच्चा बड़ा हुआ उसे शिक्षा ग्रहण करने के लिए गुरुकुल (विद्यालय) जाना है तो पहले उसे मंदिर में देवता का आशीर्वाद लेने भेजा गया। खेतों में अच्छी फसल हुई तो मंदिर में पूजा की गई। विवाह हुआ तो पहले वर-वधू को मंदिर ले जाया गया, फिर गृह प्रवेश हुआ। इसी प्रकार जब शरीर का अंत हुआ तब मंदिर के सम्मुख अर्थी रोककर मानो देवता को अंतिम प्रणाम कर महायात्रा पर निकल पड़े।

भारतीय संस्कृति में स्त्री का बड़ा सम्मान है। बहुप्रचलित सूक्त है 'यत्र नार्यस्तु पूजते रमंते तत्र देवता' नारियों की जहाँ पूजा होती है, वहाँ देवता निवास करते हैं। आर्थिक दबावों एवं अन्य तात्कालिक कारणों से आज भले कन्या जन्म पर परिवार वाले दुखी हो जाते हैं परंतु पहले ऐसा नहीं था। भारतीय संस्कृति में कन्या को जन्म से ही पूजने की प्रथा है। आज भी भारतीय समाज के बड़े हिस्से में परिवार के बड़े-बुजुर्ग भी घर की बेटी के

चरण स्पर्श करते हैं। उसे आदर देते हैं। कन्या भोज कराकर उन्हें पूजने की प्रथा तो आज भी जगह-जगह देखी जा सकती है।

पौराणिक काल तक भारत में बहुविवाह करने की प्रथा रही है। रामायण काल में राम ने एक पत्नीव्रत होने का आदर्श स्थापित किया। राम द्वारा स्थापित एक पत्नीव्रत होना भारतीय संस्कृति में सम्मानजनक रूप से स्वीकृत है। पति-पत्नी का रिश्ता यहाँ जन्म-जन्मांतरों का रिश्ता माना जाता है इसलिए इसे स्थायित्व प्रदान करने के लिए विवाह नामक संस्कार को बहुत महत्त्व प्रदान किया। अग्नि को सर्वाधिक पवित्र देव के रूप में स्वीकार किया गया है। यज्ञों की अग्नि में आहुति देकर ही अन्य देवताओं को प्रसन्न किया जाता है। इस प्रकार अग्नि को साक्षी मानकर उसके चारों ओर सात परिक्रमा करते हुए पति-पत्नी सात अनुबंध करते हैं, जिन्हें जीवन भर निभाना होता है। तत्पश्चात् रात्रि में ध्रुव तारे को देखते हुए वैसा ही स्थिर और स्थायी दाम्पत्य जीवन की कामना की जाती है। पर स्त्री गमन भारतीय संस्कृति में सबसे बड़ा पाप माना गया है।

विवाह के पश्चात् परिवार बनता है। बच्चे पैदा होते हैं। भारतीय संस्कृति में पारिवारिक रिश्तों का बड़ा महत्त्व है। कुटुंब और संयुक्त परिवार की धारणा इसी विश्वास के कारण पल्लवित हुई। बच्चों के लिए माँ-बाप को ईश्वरतुल्य मानने का आदर्श स्थापित हुआ। भारतीय संस्कृति में माता-पिता बहुत पूज्य हैं। भारतीय परिवारों में अतिथि का भी बड़ा मान-सम्मान है। कोई यदि घर में मेहमान हुआ है तो उसकी अच्छी तरह सेवा-सुश्रूषा करना भारतीय जीवन शैली का एक अनिवार्य अंग है। अंत में जब शरीर छूटता है और परिवार के किसी सदस्य को अंतिम विदाई देते हैं। तब शोक जरूर होता है परंतु शोक मनाने की प्रथा नहीं है क्योंकि यह माना जाता कि व्यक्ति अब अगली यात्रा पर जा रहा है। मृत शरीर को अग्नि संस्कार कर समाप्त करते हैं। अस्थियाँ पवित्र नदियों में विसर्जित कर दी जाती हैं और परिवार के लोग कुछ दिनों तक गरुड़ पुराण या भागवत पुराण का पारायण करते हैं, जिसमें शरीर के नष्ट होने के पश्चात् जीवन का नए रूपों में गतिशील होने का वर्णन किया गया है। इस प्रकार ये परंपराएँ थोड़े-बहुत अंतर के साथ पूरे देश में स्वीकृत हैं।

वैदिक काल में मांस खाने का चलन था। उपनिषद् काल और पौराणिक काल तक आते-आते प्रचुर कृषि उत्पादन होने लगा था। दुधारू

जानवरों को पालने से पर्याप्त मात्रा में दुग्ध आहार प्राप्त हो रहा था। तब उपनिषद् के ऋषियों ने मांसाहार निषिद्ध किया। पतंजलि जैसे ऋषियों ने तर्क सहित यह प्रमाणित कर दिया कि मांसाहार मनुष्य के लिए अवैज्ञानिक आहार है। इसके बिना ही मनुष्य ज्यादा स्वस्थ और प्रसन्न रह सकता है। कालांतर में भारतीय संस्कृति के अंतर्गत अहिंसा का दर्शन आया और भक्तियोग के प्रणेताओं ने मांसाहार की भर्त्सना की। इस प्रकार भारतीय संस्कृति में शाकाहार बहुत प्रतिष्ठित हुआ।

भारतीय संस्कृति में जमीन पर बैठकर पूजा, पाठ और ध्यान करने की परंपरा रही। जमीन में बैठकर ही लिखने-पढ़ने और भोजन करने की परिपाटी भी रही इसलिए यहाँ के लोगों ने ढीले-ढाले कपड़े पहनने की शैली अपनाई, जिससे उठने-बैठने में परेशानी न हो। इस प्रकार भारतीय संस्कृति में पुरुषों ने कुर्ता-पाजामा, धोती और स्त्रियों ने साड़ी पहनने को वरीयता प्रदान की।

भारतीय संस्कृति में संगीत की उत्कृष्ट परंपरा है। संगीत का उद्गम वेदों से है। सरस्वती इसकी अधिष्ठात्री देवी हैं। शिव भी संगीत शास्त्र में पारंगत माने जाते हैं। गंधर्वों, किन्नरों और अप्सराओं ने इस विधा को आगे बढ़ाया। क्योंकि भारतीय जन के सारे संस्कार मंदिरों से जुड़े हुए हैं इसलिए संगीत को ईश्वरोपासना का सबसे अच्छा साधन माना गया। यों तो हर खुशी, उत्सव एवं पर्वों पर संगीत का महत्त्व रहा है परंतु मंदिरों में स्तुति गायन, वादन एवं कथाओं के प्रस्तुतीकरण में संगीत की महत्त्वपूर्ण भूमिका रही है और अभी भी है। इसे हवेली संगीत कहा गया। इस प्रकार हमारा उत्कृष्ट भारतीय शास्त्रीय संगीत एवं नृत्य, पौराणिक गाथाओं के प्रस्तुतीकरण मे अनिवार्य हो गया। दक्षिण भारत के मंदिरों में यह परंपरा आज भी अपने उन्नत रूप में है। अतः भारतीय संस्कृति में विभिन्न तरह की संगीत शैलियाँ प्रचलित हुईं, जो जनरंजन ही नहीं ईश्वरोपासना के रूप में अंगीकार की गई है। संपूर्ण भारत में आज भी शास्त्रीय संगीत इसी रूप में प्रतिष्ठित है। भारतीय संस्कृति में गुरु की बड़ी महिमा है। यहाँ गुरु को ईश्वर से भी बड़ा दर्जा दिया गया है। संगीत के क्षेत्र में आज भी आप देखते ही हैं कि कोई भी संगीतकार जब अपने गुरुओं का स्मरण करता है तो श्रद्धापूर्वक अपने कानों को जरूर स्पर्श करता है। यह अपने गुरुओं के प्रति आदर व्यक्त करने का तरीका है। पौराणिक साहित्य में गुरु महिमा की बहुत सारी कथाएँ हैं।

सिंधु घाटी की सभ्यता में भाषा और लिपि आ गई थी। सिंधु देश के विभिन्न क्षेत्रों में अलग-अलग बोलियाँ-भाषाएँ और लिपियों का चलन हो गया था। आर्यों ने वैदिक सभ्यता में प्रचलित बोलियों-भाषाओं और लिपियों को संवारकर एक सुसंस्कृत, व्याकरणसम्मत भाषा बनाई जिसे संस्कृत कहा गया। इस प्रकार संस्कृत शास्त्रों की भाषा बनी। दूसरे क्षेत्रों के भाषा समूह भी बहुत विकसित हुए और उनमें भी शास्त्रों की रचना हुई परंतु सिंधु देश की विभिन्न भाषाओं में बहनों की तरह आपसी प्रेम और आदर की भावना सदा विद्यमान रही। भाषाओं के पृथक् होने के बावजूद संस्कृति के सूत्र सब में समान रूप से प्रतिष्ठित थे और आज भी हैं।

वैदिक काल में वर्णव्यवस्था अपने शैशव काल में थी। आर्यों के अनुसार समाज में लोगों का विभाजन था परंतु वर्णों को लेकर ज्यादा भेदभाव नहीं था। पौराणिक काल में हमें वर्णव्यवस्था का विस्तृत रूप देखने को मिलता है। यहीं से जन्म के अनुसार जाति का विभाजन शुरू हुआ। मनुस्मृति नामक नीति-नियम की किताब पौराणिक काल की देन है। शायद उस समय देशकाल, परिस्थितियाँ और कार्यों की विविधता के कारण मनुस्मृति की रचना हुई हो। दुनिया के सभी समाजों में जाति व्यवस्था रही है। शायद इसके पीछे मनुष्यों में अलग-अलग प्रजातियों, नस्लों को संरक्षित करने की कोशिश रही हो। बहरहाल जो भी रहा हो परंतु भारतीय संस्कृति में ब्राह्मण उत्तम, क्षत्रिय मध्यम, वैश्य उसके बाद तथा शूद्र उसके भी बाद माने गए। यह वर्गीकरण कभी पूरी तरह स्वीकृत नहीं हुआ। उस काल में भी इसका विरोध हुआ और आज भी होता है। अब गुणों के आधार पर मनुष्य की श्रेष्ठता सर्वमान्य है। भारतीय संस्कृति में किन्हीं भी मान्यताओं को जड़तापूर्वक मानते रहने का आग्रह कभी नहीं रहा। सारे मूल्य और मान्यताएँ यहाँ मानव (ऋषि-मुनि) निर्मित ही माने गए, इनको मानते रहने का कोई ईश्वरीय आदेश जैसा आग्रह भारतीय संस्कृति में कभी नहीं रहा।

भारतीय संस्कृति दुनिया की सबसे ज्यादा ग्रहणशील संस्कृति है। शायद इसीलिए अपने पूरे वैभव के साथ वह आज भी जीवित है। जाने कितनी संस्कृतियाँ, कितने अल्प समय में काल-कवलित हो गईं, सिर्फ अपनी जड़ता के कारण। भारतीय संस्कृति में किसी प्रकार की जड़ता नहीं है। यह सतत विकासशील है। भारत में लगातार विभिन्न संस्कृतियों के लोग आते रहे। उन्होंने यहाँ शासन भी किया। भारतीय संस्कृति ने उनकी अच्छाइयों को

अपनाने में देर नहीं की और अपने विकासक्रम में वह अपनी रूढ़ियों से मुक्त होती चली गई। अपने इसी उदार दृष्टिकोण के कारण आज भी भारतीय संस्कृति पूरे भारत में प्रचलित और प्रतिष्ठित है।

उत्तर पौराणिक काल में ही बौद्ध और जैन विचारधाराओं का उदय हुआ। हालाँकि जैन दर्शन का उत्स हमें वेदों में मिलता है परंतु महावीर स्वामी (24वें तीर्थंकर) के आने के पश्चात् इस विचार दर्शन की पहचान बनी। इसी प्रकार राजकुमार सिद्धार्थ जीवन के सत्यों की खोज करने जंगलों में गए। वहाँ वे वर्षों साधनारत रहे, तब उन्हें बुद्धत्व प्राप्त हुआ। वे परम सत्य को उपलब्ध हुए। इन दोनों विचारकों ने सर्वप्रथम वैदिक काल की रूढ़ियों का विरोध किया। इन्होंने मानव जीवन में तर्क और विवेक को सम्मान दिया। अहिंसा परमो धर्मः का नारा बुलंद किया और तमाम संकीर्णताओं से निकालकर मानव को सिर्फ मानव के रूप में प्रतिष्ठित किया। इस प्रकार बौद्ध और जैन दर्शन आने के पश्चात् भारतीय संस्कृति और समृद्ध हुई।

मुगलों के शासनकाल में एक समय आया, जिसे हम भक्तिकाल कहते हैं। यहाँ से भारतीय संस्कृति में एक नया अध्याय जुड़ता है। इस दौर के महान कवियों सूर, तुलसी, मीरा, कबीर आदि ने अपनी काव्य रचनाओं में भारतीय संस्कृति की वृहद व्याख्या करते हुए प्रेम और भक्ति को प्रतिष्ठित किया। इन्होंने धनलोलुपता की निंदा की। उसे माया-मोह कहा। नैतिक आचरण पर इन्होंने बल दिया और सामाजिक सौहार्द को आगे बढ़ाया। इन कवियों की सबसे बड़ी उपलब्धि यह रही कि इन्होंने सारे शास्त्रों का सार जनभाषा में उपलब्ध करा दिया। एक प्रकार से संस्कृत के अभिजात से निकालकर इन्होंने पूरी सांस्कृतिक विरासत, आपको जनभाषा में प्रदान कर दी। इससे सांस्कृतिक एकता को बल मिला और पूरे देश में भारतीय संस्कृति की महत्ता स्थापित हुई। इस प्रकार पूरे देश में भारतीय जन की जीवन शैली ही भारतीय संस्कृति है।

भारतीय संस्कृति में गाय और गंगा का भी बहुत महत्त्व है। दोनों को माता का दर्जा प्रदान किया गया है। माँ अपने बालक को साल-दो साल अपना दूध पिलाकर पालती-पोसती है। माँ का दूध अमृत समान कहा गया है, जिसमें संपूर्ण पोषण तत्त्व होते हैं। गाय जीवन भर हमें अपना दूध प्रदान करती है, उसमें भी सभी पोषण तत्व होते हैं। गौ मूत्र और गोबर भी मानव

जीवन के लिए अत्यंत उपयोगी हैं। गौ-मूत्र के औषधीय प्रयोग सर्वविदित हैं। इसी प्रकार गोबर जो गाय का उच्छिष्ट है, उसके उपलों में हम रोटी सेंकते हैं और कहते हैं कि रोटी बहुत स्वादिष्ट बनी है। गोबर से चौके को लीपकर हम पवित्र करते हैं। इस प्रकार गाय की महिमा को स्वीकार कर भारतीय संस्कृति ने उसे गौ-माता का दर्जा प्रदान किया है।

वैदिक साहित्य में सिंधु देश की सभी नदियों को जीवनदायिनी मानकर उन्हें माता का दर्जा प्रदान किया गया है परंतु गंगा नदी को यहाँ अतिरिक्त सम्मान प्राप्त है। इसे पतित पावनी गंगा कहा गया है। वैदिक साहित्य से लेकर जैन दर्शन तक क्षमा की बड़ा महिमा है। अर्थात् मनुष्य को हर हालत में नवजीवन निर्माण के लिए अवसर मिलने चाहिए। अतीत में कुछ गलतियाँ हो गईं, कुछ पाप हो गए, उनकी स्मृति आदमी का पीछा नहीं छोड़ती। वह पाप बोध सिर पर सवार रहता है। ऋषि-मुनि आपको गले लगाकर पाप मुक्त कर देते थे। वे आपको क्षमा कर सारे पापों से मुक्त करते हुए फिर नए जीवन की प्रेरणा आप में भर देते थे। पश्चिम में ईसा मसीह के साथ भी यह भाव जोड़ा गया है कि वे अपने अनुयायियों को पिछले पापों से मुक्त कर नए जीवन की प्रेरणा प्रदान करते थे। भारतीय मनीषा ने यह भाव एक नदी के साथ जोड़ा क्योंकि नदी रहती दुनिया तक रहेगी। जबकि ऋषि-मुनि और मसीहा समय की धार में खो जाएँगे। अतः यह मान्यता स्थापित हुई कि गंगा पतित पावनी है। इसकी धार ने राजा सगर के साठ हजार पुत्रों के पाप हरकर उन्हें मुक्ति प्रदान की थी। इस प्रकार इस नदी के पास जाकर इसमें डुबकी लगाकर हम अपनी भूलों का, अपने पापों का प्रायश्चित्त कर सकते हैं। इसके जल में स्नान करके हम फिर से तरोताजा, पाप रहित होंगे और एक नए जीवन की शुरुआत करेंगे। इस प्रकार भारतीय संस्कृति ने गंगा को पतित पावनी मानते हुए मानव समाज को अपनी भूलों का प्रायश्चित्त करने के लिए एक स्थायी प्रतीक प्रदान किया।

वैदिक काल में आर्यों ने कुछ जीवन मूल्य स्थापित किए। उपनिषद् काल और पौराणिक काल में इन मूल्यों में नई शैलियाँ जुड़ीं। इस प्रकार एक भारतीय जीवन पद्धति विकसित हुई, जिसका प्रचार-प्रसार पूरे देश में हुआ और थोड़े-बहुत अंतर के साथ देश के पूरे जनमानस ने इसे अपनाया इसे ही भारतीय संस्कृति के रूप में हम जानते हैं। इस संस्कृति में जीते हुए जो भारतीय जन का मन और स्वभाव बना वह अपने किस्म का है, हम कह

सकते हैं कि भारतीय जन कोमल हृदय के धनी और अहिंसक प्रवृत्ति के होते हैं। अहिंसा, सौहार्द, आतिथ्य, उत्सवधर्मिता और स्वतंत्रता भारतीय संस्कृति के मूल आधार हैं। विभिन्न देवी-देवताओं को मानते हुए भी सारे भारतीय एक हैं। आर्यों ने अपने समय में बहुत यात्राएँ कीं। वे घुड़सवारी अच्छी तरह जानते थे। जगह-जगह उनका वहाँ की जनजातियों से संघर्ष हुआ, जिसमें आर्य विजयी हुए और इस प्रकार वहाँ वैदिक संस्कृति की स्थापना हुई। कालांतर में यह भारतीय संस्कृति कहलाई और पूरे देश में पुष्पित और पल्लवित हुई। रहन-सहन, खान-पान, पहनावा आदि भौगोलिक स्थिति, जलवायु, कृषि उत्पादन और स्थानीय परिस्थितियों पर निर्भर करता है। इन कारणों से जीवन शैली में कुछ भिन्नता हो सकती है परंतु मूल भारतीय संस्कृति के तत्त्व पूरे देश में समान हैं।

हजारों सालों से भारतीय संस्कृति सतत विकासमान है क्योंकि इसमें जड़ता का कोई स्थान नहीं है। जिन संस्कृतियों से, जो भी सार्थक बातें इसे मिलीं, उन्हें सहर्ष अपनाया गया और अपनी रूढ़ियों को तिलांजलि दी गई। भारतीय संस्कृति की परंपराएँ, विश्वास और रीति-रिवाज मानव निर्मित हैं कोई ईश्वरीय आदेश नहीं और न ही ये किसी विधाता के अकाट्य नियम हैं। यहाँ कोई एक किताब नहीं, कोई एक देवता नहीं, यहाँ विविध ऋषि-मुनियों के अनुभव संग्रहित किए गए हैं, जिनके परिपालन में तर्क और विवेक का अपना महत्त्व है, इसीलिए ये आज भी जीवंत बने हुए हैं। इतना ही नहीं, इसमें आज के प्रबुद्ध जनों के अनुभव भी जुड़ते चले जा रहे हैं। इसीलिए तो मैं भारतीय संस्कृति को एक सतत प्रवाहमान संस्कृति कहता हूं जो पूरे भारतवर्ष में मामूली भिन्नता के साथ सहज स्वीकार्य है।

धर्म

पाषाण युग में मनुष्य जंगलों में रहता था। पत्थर के औजार इस्तेमाल करता था। उस समय के मनुष्य का प्रमुख उद्यम खाद्य पदार्थों को इकट्ठा करना था, जिसके लिए वह शिकार करता था। पत्थरों को रगड़कर आग वह पैदा करता और उसमें मांस भूनकर खाया करता था। तेज हवाएँ। लगातार कई दिनों तक बारिश। बिजली का कड़कना। लहराता समुद्र। आसमान पर दिन में दमकता हुआ सूरज। रात में चमचमाते चाँद-तारे उसे विस्मृत कर रहे थे। प्रकृति के ये शक्तिशाली अवयव उसके लिए भय और कौतूहल के विषय थे। उस समय मनुष्य नामक प्राणी यह महसूस कर रहा था कि प्रकृति में बहुत कुछ है जो अत्यंत शक्तिशाली है, उससे उसका विनाश भी हो सकता है। आँधी, तूफान, तेज बारिश और जंगलों में लगने वाली आग उसे परेशान करती थी यह भय और कौतूहल उसे बहुत कुछ सोचने पर विवश करने लगा शायद यहीं से धर्म की शुरुआत हुई। धर्म अर्थात् धारणा, मतलब जनविश्वास। पाषाण युग के आदमी ने मान लिया कि प्रकृति में बहुत शक्तिशाली चीजें हैं, जिनसे मुझे तालमेल रखना चाहिए। वे चीजें यदि अनुकूल हैं तो सुखदायी हैं और विपरीत हैं तो विनाश कर सकती हैं।

सिंधु घाटी सभ्यता में यह भाव और घनीभूत होता गया। मानव अब घर बनाकर परिवार सहित रहने लग गया था। मनुष्य ने यहाँ जीवन को दो रूपों में देखा एक तो स्वयं मानव और दूसरा पशु रूप में। स्त्रियाँ संतानें पैदा करती थीं इसलिए यह सोचा गया कि सृष्टि भी स्त्री से ही पैदा हुई होगी। प्रारंभ में कोई शक्तिशाली स्त्री रही होगी, जिससे इस सृष्टि का जन्म हुआ। इस प्रकार सिंधु घाटी सभ्यता में मातृशक्ति की महिमा बढ़ी। उस समय की प्राप्त अधिकांश मुद्राओं में स्त्रियों को चित्रित करती हुई आकृतियाँ मिलती हैं। अर्थात् सिंधु घाटी सभ्यता में आदमी ने स्त्री को महत्ता प्रदान की। उसे आदिशक्ति माना और उसी से मानव जाति का प्रारंभ माना। पशु कहाँ से आए? इस पर भी विचार किया गया। पशुपालन की उस समय शुरुआत हो गई थी। घर का पुरुष मुखिया पशुओं का स्वामी हुआ करता

था। इस प्रकार यह सोचा गया कि प्रारंभ में भी कोई पशुपालक रहा होगा, जिसे पशुपतिनाथ के रूप में मुद्राओं पर चित्रित किया गया। कहीं यह पुरुष एक मुखी है तो कहीं त्रिमुखी, जिससे शिव के रूप में पशुपतिनाथ की धारणा को बल मिलता है।

सिंधु घाटी की सभ्यता में मनुष्य ने आदिशक्ति के रूप में स्त्री को प्रतिष्ठा प्रदान की और पशुपतिनाथ के रूप में एक शक्तिशाली त्रिमुखी नर की धारणा में अपना विश्वास व्यक्त किया। इस प्रकार हम कह सकते हैं कि सिंधु घाटी सभ्यता काल में आदिशक्ति और पशुपतिनाथ पर विश्वासों की स्थापना हो चुकी थी।

सिंधु घाटी सभ्यता के पतन के पश्चात् शेष बचे हुए लोगों ने जो आर्य कहलाए एक नई सभ्यता जिसे आर्य सभ्यता या वैदिक सभ्यता कहते हैं का सूत्रपात किया। इस युग की सबसे बड़ी उपलब्धि है, एक परिष्कृत भाषा संस्कृत का आविष्कार। अब आदमी संस्कृत में बोल सकता था और लिख भी सकता था। एक उन्नत भाषा और लिपि एक साथ अस्तित्व में आई। लोग अपने अनुभव लिपिबद्ध करने लगे। इस प्रकार वेदों का सृजन हुआ। आर्यों ने प्रकृति के जिन अवयवों को शक्तिसंपन्न देखा, उन्हें देवता की संज्ञा दी। इस प्रकार अग्नि, सोम, वरुण, जल, भूमि आदि देवता कहे गए। इनकी स्तुति में वेदों में कई सूक्त लिखे गए। वैदिक काल में अपना मुखिया अर्थात् राजा चुनने की प्रथा आ गई थी। तब सोचा गया कि देवताओं का भी कोई मुखिया, कोई राजा अवश्य होगा, जो ज्यादा शक्तिशाली होगा। इस प्रकार इंद्र को देवताओं का राजा माना गया, वह परम शक्तिशाली है। सारे देवता उसके अधीन हैं इसलिए इंद्र की स्तुति के लिए वेदों में सबसे ज्यादा सूक्त हैं। इस तरह जनविश्वासों का दायरा बढ़ता चला गया। वेदों में अग्नि, वरुण, इंद्र, जल, अश्विनीकुमार, त्वष्टा, सोम, पृथ्वी, धौः पूजा, सविता, उषा, आदित्य, यम, रुद्र, सूर्य, बृहस्पति, पर्वत, विश्वकर्मा, श्री सीता और सरस्वती आदि को देव कोटि में रखा गया है। इन सारे देवताओं की हमें कृपा चाहिए। ये अपनी शक्तियाँ हमारे ऊपर बरसाएँ और हमारे कार्य सिद्ध करें इसके लिए इनकी स्तुतियाँ रची गईं। यज्ञ अग्नि में इन देवताओं को प्रसन्न करने के लिए आहुति देने की पद्धति प्रचलित हुई। आहुति में इन देवताओं को अन्न, घी, दूध, फल और पशु बलि आदि प्रदाय कर इनका आह्वान किया जाने लगा। यह माना जाने लगा कि यज्ञ में आहुति पाकर देवता प्रकट होते हैं

और हमारे कार्य सिद्ध करने में अपनी शक्ति से हमारी सहायता करते हैं।

वैदिक ऋषियों ने उस समय धर्म को तीन भागों में बाँटकर प्रस्तुत किया। पहला कर्मकांड, दूसरा ज्ञानकांड और तीसरा उपासना कांड। पहले भाग कर्मकांड के अंतर्गत ही यज्ञ, हवन आदि का विधान है। यज्ञ वेदी बनाकर उसमें अग्नि प्रज्वलित की जाती है। एक ओर यज्ञ कराने वाले ऋषि या पुरोहित विराजमान होते हैं शेष तीनों ओर यज्ञ करने वाले जजमान एवं ऋषिगण बैठकर पुरोहित के निर्देशानुसार यज्ञ अग्नि में मंत्रोच्चार के साथ आहुति देते रहने का कार्य संपन्न करते हैं। तत्पश्चात् सामूहिक भोजन की व्यवस्था रहती है।

ज्ञानकांड के अंतर्गत ऋषि-मुनियों के पास नित्य बैठकर ज्ञान प्राप्त करना होता था। इसमें वेदपाठी ब्राह्मण वेदों के सूक्तों का सस्वर पाठ कर लोगों को सुनाते और उन शब्द समूहों की व्याख्या भी समझाते। इसमें विभिन्न देवी-देवताओं के विषय में बताया जाता और लोक-परलोक की बातें समझाई जातीं।

उपासना कांड के अंतर्गत नाम स्मरण की महिमा बताई गई है। उस समय प्रसिद्ध देवी-देवताओं के सौ-सौ नाम प्रचलन में आ चुके थे। जैसे विष्णु सहस्त्र नाम। शिव सहस्त्र नाम आदि। उपासना कांड में अपने मनपसंद देवता के नामों का लगातार स्मरण करना है। जो पढ़े-लिखे लोग थे वे शास्त्रों से नाम स्मरण करते थे। शेष लोग स्मृति कोष के सहारे मनपसंद देवता का नाम स्मरण किया करते थे। उपासना कांड के कारण आगे शास्त्रों के पारायण की परंपरा विकसित हुई। जैसे दैनिक, साप्ताहिक और मासिक पारायण परंपरा उपासना कांड के अंतर्गत आती है।

कर्मकांड के अंतर्गत एक आयोजन होता था। कई लोग एक साथ एकत्रित होकर यज्ञ-हवन आदि करते थे। जनविश्वास था कि यज्ञों में प्राप्त आहुति से प्रसन्न होकर देवता स्वयं प्रकट होते हैं और जातक की मनोकामना पूर्ण करते हैं। ऋषि-मुनि और जातक जन (यज्ञ कराने वाले लोग) मिलकर यज्ञ कार्य संपन्न करते थे। तत्पश्चात् सामूहिक भोजन होता था। इस पूरी प्रक्रिया में कुछ करने जैसा लगता था इसलिए लोगों की ज्ञानकांड और उपासना कांड की अपेक्षा कर्मकांड में ज्यादा दिलचस्पी थी। इस प्रकार वैदिक काल में कर्मकांड ही वैदिक धर्म या आर्य धर्म की पहचान बनकर सामने आता है।

उपनिषद् काल, रामायण, महाभारत काल और पौराणिक काल में धर्म पर बहुत चिंतन-मनन हुआ एवं वैदिक धर्म का एक परिष्कृत रूप उभरकर आया।

वेद जहाँ ऋषि-मुनियों के सम्मिलित अनुभव हैं, वहीं उपनिषद् अलग-अलग ऋषियों की आध्यात्मिक रचनाएँ हैं। कर्मकांड, ज्ञानकांड और उपासना कांड विरासत से आया था इसलिए इसके सम्मिलित रूप को धर्म के साथ कोई संज्ञा देने की आवश्यकता महसूस की गई। यह माना गया कि मनुष्य और प्रकृति के रहस्य जन्म से हैं अर्थात् सदा से हैं अतः इन रहस्यों को खोजने की, जानने की परंपरा भी सदा से है। अतः वैदिक धर्म को सनातन धर्म कहा जाने लगा।

अलग-अलग उपनिषदकार अपने-अपने आश्रमों में जीवन के रहस्य खोज रहे थे। उन्होंने अपने अनुभव विभिन्न उपनिषदों में लिखे। उपनिषद् सनातन धर्म में सर्वाधिक महत्त्वपूर्ण ग्रंथ है। उपनिषदों ने कर्मकांड को ज्यादा महत्त्व नहीं दिया। उपनिषद् का ज्ञान आत्मकेंद्रित है। सभी प्राणियों में जीवन के केंद्र को जीव या आत्मा माना गया। इस आत्मा के कारण ही प्राणी मात्र में जीवन है। जिस तरह शरीर के हर अवयव (क्षिति, जल, पावक, गगन, समीर) के बड़े रूप शरीर से बाहर विद्यमान हैं। इसी तरह जीव या आत्मा का बड़ा भाग कहीं होना चाहिए, जिसका अंश इस शरीर में आया हुआ है। शरीर में जीव/आत्मा कहाँ से आई? इसका बड़ा भाग कहाँ है? और शरीर के अंदर विद्यमान यह छोटा भाग उससे किस प्रकार मिल सकता है? इन प्रश्नों की खोज ही उपनिषद् का ज्ञान है। पुनर्जन्म की अवधारणा इसी काल से प्रचलित हुई। इस युग में एक महान ऋषि हुए पतंजलि जिन्होंने योग सूक्त की रचना की। यह ग्रंथ वैदिक धर्म का सर्वाधिक वैज्ञानिक ग्रंथ माना जाता है। इसमें पतंजलि ने शरीर, मन और आत्मा का विस्तृत विश्लेषण प्रस्तुत किया है।

उपनिषद् काल में ही षट्‍ दर्शन की परंपरा भी मिलती है। अलग-अलग ऋषियों ने अपने अनुभवों के आधार पर छह दर्शनों की व्याख्या की है, जो इस प्रकार हैं न्याय, वैशेषिक, सांख्य, योग, पूर्व मीमांसा और वेदांत। उपनिषद् काल में वैदिक काल के ज्ञानकांड और उपासना कांड को ज्यादा महत्त्व प्रदान किया गया। ये ज्ञान और उपासना की बातें बौद्धिक समाज में तो काफी

लोकप्रिय हुईं परंतु सामान्य जनों में गहरी पैठ नहीं बना पाईं। सामान्य जन में कर्मकांड पहले की तरह लोकप्रिय रहा।

इस बीच रामायण और महाभारत काल में धर्म के क्षेत्र में नए अध्याय जुड़े। राम ने अपने कर्तव्य को धर्म के रूप में स्थापित किया। कृष्ण अपनी गीता में कर्म, ज्ञान और भक्ति योग की नई व्याख्या लेकर आए। इस प्रकार वैदिक या सनातन धर्म इस युग में बहुत समृद्ध हुआ। राम का पूरा जोर अपने कर्तव्य पालन पर है। वे पुत्र, भाई, पति और राजा के रूप मे कर्तव्य परायणता की मिसाल रखते हैं और इसे ही सच्चा धर्म मानते हैं। वे एक आज्ञाकारी आदर्श पुत्र हैं। अपनी सगी माँ के साथ ही वे अपनी अन्य दोनों माताओं के साथ पूरी तरह पुत्रवत् व्यवहार करते हैं। अपनी अन्य दोनों माताओं को वे जरा भी शिकायत का मौका नहीं देते। वे कैकेयी और सुमित्रा के लिए भी उतने ही आज्ञाकारी, विनम्र और लाड़ले हैं, जितना अपनी जननी माँ कौशल्या के प्रति। अपने तीनों छोटे भाइयों के प्रति उनका अपार प्रेम है। यहाँ तक कि उन्हें प्रसन्न रखने के लिए वे कई खेल प्रतियोगिताओं में उन्हें जिताते हुए खुद हारकर आनंदित होते हैं। पत्नी सीता के प्रति वे एक पत्नीनिष्ठ हैं (जबकि उनके पिता की तीन रानियाँ हैं) सीता को वे कभी दुखी नहीं देख सकते। सीताहरण के पश्चात् वे उन्हें पाने के लिए अपने सीमित साधनों के साथ शक्तिशाली रावण से महायुद्ध लड़ते हैं और सीता को प्राप्त करते हैं। राजा के रूप में वे प्रजापालक हैं। इस प्रकार राम का संपूर्ण जीवन कर्तव्य, धर्म की स्थापना है।

कृष्ण पहले कर्म की बात करते हैं। वे परिणाम से निश्चिंत रहने के लिए कहते हैं। कठिन है यह बात स्वीकार कर लेना, परंतु अर्जुन में वे यही स्थापित कर दिखाते हैं। अर्जुन महाभारत नहीं लड़ना चाहता। युद्ध में सामने उसके प्रियजन हैं। परिवार वाले हैं। गुरुजन हैं, वह उनके विरुद्ध हथियार कैसे उठाए? तब कृष्ण महाभारत को धर्मयुद्ध की संज्ञा देते हैं। सत्य के लिए बिना परिणाम की चिंता किए, संघर्ष करना ही उनके अनुसार धर्म है। यही कर्मयोग है, जो जीवन में सर्वश्रेष्ठ है। आगे वे ज्ञानयोग और भक्तियोग को भी कर्म के पक्ष में खड़ा करते हैं। सत्य क्या है? जिसकी स्थापना करना है, जिसके लिए लड़ना है, इसे भलीभांति जानना-समझना और गहरे आत्मसात् करना ज्ञानयोग है। भक्तियोग परम योग है, सब अस्तित्व के भरोसे, परम सत्ता के भरोसे छोड़ देना है क्योंकि परिणाम वहीं से आएगा। इतना निस्पृह

हो जाना भक्तियोग है। रामायण और महाभारत काल में धर्म का वास्तविक स्वरूप उभरकर आता है इसलिए राम और कृष्ण को धर्म संस्थापक के रूप में माना जाता है।

पौराणिक युग बहुत लंबा है। यह दो भागों में विभक्त है। एक 1000 ईसा पूर्व से लेकर 300 ईसा पूर्व तक। दूसरा 200 ईस्वी से लेकर 300 ईस्वी तक। उत्तर वैदिक काल और उपनिषद् काल के प्रारंभ में भी पुराण लिखे गए, जिनका उल्लेख अथर्ववेद एवं छांदोग्य उपनिषद् आदि में मिलता है। ये प्राचीन पुराण वेदांग माने जाते हैं। नए पुराण ईसा के 200 वर्ष बाद से ईसा के पश्चात् 800 वर्षों तक लिखे गए। 'मनुस्मृति' ईसा से 200 वर्ष पूर्व और याज्ञवल्क्य स्मृति ईसा के सौ वर्ष पश्चात् लिखा गया। पौराणिक काल में ही दुष्यंत और शकुंतला की कथा कही गई, जिनके होनहार पुत्र भरत के नाम पर इस देश का नामकरण हुआ भारतवर्ष और यहाँ प्रचलित वैदिक धर्म, सनातन धर्म अब भारतीय धर्म भी कहा जाने लगा। प्रमुख पुराणों में मत्स्य पुराण, गरुड़ पुराण, विष्णु पुराण, देवी पुराण और ब्रह्म पुराण आदि माने जाते हैं। पुराणों की संख्या 18 और उप पुराणों की संख्या 24 है। यह बहुत समृद्ध कथा साहित्य है। इनमें लंबे-लंबे आख्यान हैं। विस्तृत वृत्तांत हैं। इन्हें पढ़ते हुए लिखने वालों की कल्पनाशीलता पर चमत्कृत हुआ जा सकता है। सहसा इन ब्योरों पर भरोसा नहीं होता। परंतु सारे आख्यान किन्हीं न किन्हीं मूल्यों की स्थापना करते हैं। असत्य पर सत्य की विजय इनमें प्रमुख आदर्श है। सारी कहानियों के अंत में अशुभ शक्तियाँ (राक्षस आदि) पराजित होती हैं। अत्यंत शक्तिशाली होने के बावजूद उनका नाश होता है। शुभ शक्तियाँ (देवता और आम जन) कमजोर होने के बावजूद अपने संगठन, विश्वास और आत्मबल के कारण विजयी होते हैं। इस प्रकार संपूर्ण पौराणिक साहित्य नितांत काल्पनिक प्रतीत होने के बावजूद सार्थक मूल्यों का पक्षधर है और जीवन की जटिलता को व्याख्यायित करता है। अपने अपरिमित कथा रस के कारण पुराण सामान्य जन में बहुत लोकप्रिय हुए और इनका प्रभाव भी यत्र-तत्र दिखाई देने लगा।

वैदिक काल में मंदिर नहीं बने थे। मंदिर, देवालय, मठ एवं तीर्थ आदि पुराणों की देन है। विभिन्न देवी-देवताओं की मूर्तियाँ बनाकर उनके मंदिर बनाए गए और वहाँ उनकी उपासना होने लगी। वैदिक काल में यज्ञ-हवन द्वारा देवताओं का आह्वान किया जाता था। पुराणों के प्रभाव से

मंदिरों में देवताओं की पूजा-उपासना का उपक्रम चल निकला। अब विभिन्न देवी-देवताओं के अलग-अलग मंदिर बनाए गए। मंदिरों में उन देवी-देवताओं की मूर्तियाँ स्थापित हुईं, उन्हें जीवंत रूप में स्थापित किया गया। मंदिरों में मूर्ति स्थापना के पश्चात् एक प्राण-प्रतिष्ठा की प्रक्रिया अपनाई गई, जिसके अंतर्गत देवताओं को उस मूर्ति में आने के लिए उनका आह्वान किया गया। प्राण-प्रतिष्ठा के उपरांत यह माना गया कि अब यह मूर्ति जीवंत है। इसमें देवता सजीव हो उठे हैं। तत्पश्चात् उस मूर्ति की पूजा के रूप में वैसी ही सेवा-सुश्रूषा की जाने लगी, जैसी किसी जीवित व्यक्ति की की जाती है। अर्थात् उसे स्नान कराना, नए वस्त्र पहनाना, भोजन कराना (भोग लगाना), आरती उतारना (नजर उतारने का उपक्रम) और अंत में पौढ़ाना अर्थात् सुलाना। इस प्रकार पूजा-पाठ के अंतर्गत मूर्ति की जीवित देवता की तरह सेवा करने का विधान लोकप्रिय हुआ और पाठ के लिए पुराणों में वर्णित देवता के गुणों का निरंतर गायन अपनाया गया। देवता मंदिर में साक्षात् विराजमान हैं इसलिए उनके सम्मुख उन्हें प्रसन्न करने के लिए उनकी स्तुति, गायन, वादन और नृत्य से की जाने लगी। इस प्रकार शास्त्रीय संगीत की पूरी विरासत मंदिरों से शुरू होती है। आज भी शास्त्रीय संगीत में यह माना जाता है कि सारा गायन, वादन और नृत्य प्रभु की सेवा में प्रभु के लिए ही है।

वेदों में त्रिदेव ब्रह्मा, विष्णु और महेश का उल्लेख मिलता है लेकिन पुराणों में त्रिदेवों को बहुत महत्त्व प्रदान किया गया। इन पर अलग-अलग पुराण लिखे गए और इनके कार्यों पर विस्तृत चर्चा की गई। ब्रह्मा, जन्म देने वाले प्रजापति कहलाए। विष्णु पालक के रूप में प्रतिष्ठित हुए और महेश को संहारकर्ता माना गया। पुराणों में इन तीनों देवताओं पर सर्वाधिक कथाएँ हैं। अवतारवाद का सिद्धांत भी पुराणों द्वारा प्रतिपादित हुआ। विष्णु क्योंकि जन-जन के पालक देवता हैं इसलिए उनका कार्यक्षेत्र बहुत बड़ा है। वे क्षीर सागर में अपनी भार्या लक्ष्मी के साथ निवास करते हैं। बैकुंठ धाम भी उनका निवास स्थान कहा गया है। जब-जब भी धरा पर अशुभ शक्तियों का आतंक बढ़ता है और सुधीजनों का जीना मुश्किल हो जाता है। तब-तब विष्णु किसी नए रूप में अवतार लेते हैं और दुष्टों का संहार कर धरती पर सुख और शांति स्थापित करते हैं। इस सिद्धांत के आधार पर पुराणकारों ने पूरे जीवन विकासक्रम को व्याख्यायित किया है। जीवन की शुरुआत जल से हुई। उसके बाद जल-थल दोनों में जीने वाले प्राणी आए।

तत्पश्चात् थल चर आए। थलचर अपने विकासक्रम में आदमी तक पहुंचे। विष्णु भी इसी तरह विकासक्रम की हर योनि में जन्म लेकर प्राणियों की रक्षा करते हैं। बाईसवें अवतार के रूप में वे मानव प्रतिनिधि 'राम' बनकर आते हैं और रावण का संहार कर एक आदर्श शासन व्यवस्था रामराज की स्थापना करते हैं। तेईसवें अवतार में वे सोलह कलाओं से संपूर्ण पूर्णावतार के रूप में कृष्ण बनकर आते हैं। कृष्ण जीवन के सभी क्षेत्रों में पूर्ण हैं। वे बालयोगेश्वर हैं। लीलाधारी हैं। संगीत और नृत्य में पूर्ण होकर नटवर नागर हैं। वंशी बजाते हुए कालिया नाग के फन पर नृत्य करते हैं। राधा के साथ परम प्रेम के प्रतीक हैं। सखियों के साथ रास खेलते हुए वे रसिक शिरोमणि हैं। कंस को पराजित करते हुए योद्धा हैं। महाभारत के युद्ध में वे एक कुशल राजनीतिज्ञ हैं। गीता में वे परम ज्ञानी हैं। इस प्रकार जीवन के विभिन्न क्षेत्रों में वे सर्वोपरि हैं। संपूर्ण हैं। अतः उनको पूर्णावतार कहा गया है। यह वैष्णवी परंपरा कही जाती है। देश के उत्तरी क्षेत्र में यह परंपरा अत्यंत लोकप्रिय है।

दूसरी परंपरा में शिव को देवाधिदेव कहा गया है। वे महादेव हैं। वे औघड़दानी हैं। हमेशा दूसरों के कल्याण के लिए तत्पर रहते हैं। उन्हें अपने लिए कभी कुछ नहीं चाहिए। परम अपरिग्रही हैं। दूसरों को कुछ भी दे सकते हैं। सृष्टि जब जर्जर हो जाती है, तब उसे नष्ट कर वे नई सृष्टि के सृजन का मार्ग प्रशस्त करते हैं। समुद्र मंथन में कितने सारे रत्न निकले, उन्होंने कोई नहीं लिया। विष लिया, उसका पान किया, सर्व कल्याण के लिए। खुद पहाड़ (कैलाश) पर रहते हैं। सुंदर वस्त्रों की जगह मृगछाल लपेटते हैं। गले में मणिमाल की जगह सर्प धारण करते हैं। और कुछ भी रूखा-सूखा मिल जाए खा लेते हैं। कोई एक लोटा जल से उन्हें स्नान करा दे तो प्रसन्न हो जाते हैं। शिव आराधना की इस परंपरा को शैव परंपरा कहा गया। देश के दक्षिणी भाग में यह दूसरी परंपरा बहुत लोकप्रिय हुई।

एक तीसरी परंपरा भी है, जिसे शाक्त परंपरा कहते हैं। इस परंपरा में आदिशक्ति (देवी) को सर्वोपरि माना गया है। इस परंपरा में भगवती दुर्गा ही परम शक्ति हैं, वे सर्वोच्च हैं। सारे देवताओं के आयुध और शक्तियाँ उनके पास हैं। वे सिंह की सवारी करती हैं और जिन दुष्टों को कभी कोई नहीं मार पाया, उनका सफलतापूर्वक संहार करती हैं। वे अपने भक्तों का हर तरह से कल्याण करती हैं। कष्टों को हरती हैं। अपने भक्तों को पूर्णतः अजातशत्रु बनाती हैं। शाक्त परंपरा में भगवती शक्ति की उपासना की

जाती है। इसमें तंत्र-मंत्र की साधना प्रमुख मानी गई है। देवी के कई रूप हैं वे दुर्गा, लक्ष्मी, सरस्वती और भयावह काली भी हैं। देवी उपनिषद्, देवी माहात्म्य और देवी पुराण इस परंपरा के प्रमुख ग्रंथ हैं। 'दुर्गा सप्तशती' का पाठ इस परंपरा का प्रमुख जाप है। पूरे बंगाल और उत्तर-पूर्वी राज्यों में शाक्त परंपरा का बहुत प्रभाव है।

इस प्रकार पौराणिक काल में हमें सनातन धर्म, आर्य धर्म, वैदिक धर्म या भारतीय धर्म का विस्तृत और व्यापक स्वरूप दिखाई देता है। अब जगह-जगह देवी-देवताओं के मंदिर स्थापित हो चुके थे। पौराणिक देवताओं से संबंधित जो भौगोलिक क्षेत्र थे, वे तीर्थ के रूप में प्रतिष्ठित हुए, वहाँ स्थित मंदिरों को विशेष महत्त्व प्रदान किया गया। धर्म के तीन प्रमुख आधार अभी भी स्थापित थे, कर्मकांड, ज्ञान कांड और उपासना कांड। पौराणिक काल में धर्म के इन तीनों आयामों में नए अध्याय जुड़े। सामाजिक आचार संहिता के रूप में 'मनुस्मृति' का प्रचार-प्रसार हो रहा था। कुछ इसी तरह की आचार संहिताएँ उस समय और प्रकाश में आईं, जिससे ब्राह्मणों और पुरोहितों का वर्चस्व बढ़ा। जातिगत बंधन कठोर हुए। कर्मकांड के अंतर्गत अब यज्ञ-हवन से इतर पूजा, पाठ, अनुष्ठान का चलन बढ़ा।

जीवन की कई अवस्थाओं को विभिन्न कर्मकांडों से जोड़ा गया। जन्म, विवाह और मृत्यु को लेकर तरह-तरह के कर्मकांड सामने आए। पौराणिक काल में ही कुंडलीशास्त्र का प्रादुर्भाव हुआ, इसमें आदमी (पुरुष-स्त्री दोनों) के जन्म से ही ग्रह दशाओं के आधार पर उसके जीवन की प्रमुख घटनाएँ निर्धारित मान ली जातीं। जीवन के उतार-चढ़ाव, दुख-सुख, उपलब्धियाँ और संघर्ष सब कुंडली में ग्रह-दशा के अनुसार व्याख्यायित किए जाने लगे। दुखों और परेशानियों को दूर करने के लिए ग्रहों के कुप्रभाव को दूर करने वाले पूजा-पाठ और कर्मकांड सामने आए। ग्रहों को प्रसन्न करने के लिए रत्नों को धारण करने की परिपाटी विकसित हुई। यह सब धर्म न होते हुए भी इसे धर्म के अंतर्गत माना जाने लगा, इससे कर्मकांडों का चलन समाज में ज्यादा बढ़ गया।

दुख और परेशानियाँ किसके जीवन में नहीं हैं? सबके जीवन में हैं। लोग इनसे तुरंत मुक्ति चाहते हैं। इस तुरत मुक्ति की चाहना से कर्मकांड बढ़ते चले गए और पंडित, पुरोहितों की पूछ-परख बढ़ गई। पंडितों-पुरोहितों

ने भी अपना वर्चस्व बढ़ाने के लिए इस प्रकार के कर्मकांडों को खूब आगे बढ़ाया। अतः धर्म के तीन आयामों में कर्मकांड प्रमुख होता चला गया। सामान्य लोग कर्मकांड को ही धर्म का वास्तविक स्वरूप समझने की भूल करते चले गए और बहुत हद तक आज भी कर रहे हैं।

प्रबुद्ध लोगों ने उस समय भी ज्ञानकांड को अपनाया था। बहुत लोग वेद, उपनिषद् और पुराणों के पठन-पाठन में रुचि ले रहे थे। वे सद्पुरुषों (ऋषि-मुनियों) के पास बैठते। उनके वचन सुनते। सद्ग्रंथों में बताए गए आदर्शों का जीवन में अनुसरण करते हुए धर्म की राह पर चल रहे थे। इस प्रकार ज्ञानकांड के अंतर्गत उस समय वेद, उपनिषद् और पुराणों का पारायण हो रहा था और इन पर नई-नई टीकाएँ लिखी जा रही थीं। लोग इन धार्मिक ग्रंथों पर खुलकर बातें करते थे। उनमें वर्णित सूक्तों पर विचार-विमर्श होता था। जिसे जो गलत लगता, वह उसकी आलोचना भी कर सकता था। यहाँ एक पक्ष में यह विश्वास प्रचारित था कि चारों वेद प्रजापति ब्रह्मा के मुख से निकले हैं। वे अपौरुषेय हैं। परंतु इस धारणा को पत्थर में लकीर की तरह कभी नहीं स्वीकारा गया। यहाँ किसी भी विचार को, धारणा को अंतिम कभी नहीं माना गया। भारतीय धर्म के ज्ञानकांड में हमेशा से परिवर्तन और विकास की संभावना स्वीकृत रही है। यहाँ कुछ भी ईश्वर के आदेश की तरह दृढ़ नहीं है। हर धार्मिक ग्रंथ पर यहाँ विचार-विमर्श होता है, उस पर आलोचनात्मक ग्रंथ लिखे जाते हैं, टीकाएँ लिखी जाती हैं और लोग अपने विवेकानुसार उनका अनुसरण करते हैं। इस प्रकार भारतीय धर्म के ज्ञानकांड की उस समय भी प्रतिष्ठा थी और आज भी है।

पौराणिक काल में उपासना कांड, कृष्ण द्वारा गीता में बताए गए भक्तियोग के रूप में सामने आता है। भक्तियोग की शुरुआत नाम स्मरण से होती है। लोग अपनी पसंद के देवता का निरंतर नाम स्मरण करते हैं। उसकी प्रशंसा में जो सूक्त शास्त्रों में लिखे गए हैं, उनका निरंतर पारायण होता है। पौराणिक काल में शास्त्रीय संगीत का भी बहुत विकास हुआ। संगीत का पूरा शास्त्र उपासना कांड के अंतर्गत भक्तियोग ही माना जाता है। गायन, वादन और नृत्य द्वारा भक्तियोग को साधने का प्रयास किया जाता है। आज भी यह परंपरा अक्षुण्ण है।

इस प्रकार पौराणिक काल में भारतीय धर्म हमें अपने तीनों आयामों में विकसित होता दिखाई देता है। यह सही है कि उस काल में हमें कर्मकांड का

प्रभाव ज्यादा दिखाई देता है। समाज में बहुसंख्यक लोग कर्मकांड में विश्वास कर रहे थे और उसी अनुरूप वे अपना आचरण कर रहे थे। फलस्वरूप पंडितों और पुरोहितों का समाज में वर्चस्व कायम हो गया था। ज्ञानकांड और उपासना कांड में थोड़े से प्रबुद्ध लोग ही रुचि ले रहे थे। परंतु वे यह अच्छी तरह जानते थे कि वैदिक धर्म का वास्तविक स्वरूप यही है। अपने स्तर पर वे इसका प्रचार-प्रसार भी कर रहे थे।

पौराणिक काल में ही धर्म के क्षेत्र में दो महत्त्वपूर्ण धाराएँ आकर मिलती हैं। जैन विचारधारा और बौद्ध विचारधारा। यह सर्वमान्य है कि जैन विचारधारा का स्त्रोत वेदों में है। वेदों और पुराणों में तीर्थंकरों का वर्णन मिलता है। जैन दर्शन के प्रारंभिक सिद्धांत वैदिक साहित्य में विस्तार से मिलते हैं इसलिए शुरू से ही यह मान्य है कि जैन विचारधारा वैदिक धर्म से ही निकली हुई एक विचार सारिणी है। जैन दर्शन में 24 तीर्थंकर हुए हैं। चौबीसवें तीर्थंकर वर्धमान अर्थात् महावीर स्वामी (ईसा से 540 वर्ष पूर्व कहीं-कहीं 600 वर्ष पूर्व भी लिखा मिलता है) के बाद जैन विचारधारा स्पष्ट रूप से उभरकर आती है। जैसा कि मैंने पूर्व में उल्लेख किया है कि पौराणिक काल में धर्म का कर्मकांड वाला पक्ष काफी लोकप्रिय हो चला था। लगभग पूरे समाज में धर्म के नाम पर कर्मकांड का बोलबाला था। ऐसे समय में महावीर स्वामी ने कर्मकांड का विरोध किया और 'अहिंसा परमो धर्मः' की स्थापना की।

सनातन धर्म में कर्मकांड के चलते बलि आदि की प्रथा प्रचलित थी। महावीर स्वामी ने इसकी सख्त आलोचना की। उन्होंने सभी प्राणियों में विद्यमान जीव की सुरक्षा को सर्वोपरि बताया। उनका कहना था कि जियो और जीने दो। उन्होंने एकमात्र नियंता ईश्वर की अवधारणा को नकारकर कर्म का सिद्धांत प्रतिपादित किया। इसके अनुसार हर आदमी को अपने अच्छे और बुरे कर्मों का परिणाम भोगना ही पड़ता है। अतः आदमी अपने भाग्य का नियंता स्वयं है। उन्होंने अवतारवाद के सिद्धांत को भी अस्वीकार किया। उनके अनुसार ज्ञानावरण, दर्शनावरण, वेदनीय, मोहनीय, अंतराय, आयु, नाम और गोत्र इन आठ कर्मों का नाश हो जाने के पश्चात् जीवन कर्म बंधनों से मुक्त होकर निर्वाण को प्राप्त होता है।

कर्मकांड का प्रबल विरोध होने के कारण महावीर स्वामी की ओर लोगों का ध्यान आकृष्ट हुआ। परम अपरिग्रही और मनसा, वाचा, कर्मणा अहिंसक

होने के कारण आप भगवान महावीर कहलाए और हजारों लोगों ने आपसे दीक्षा ग्रहण की। इस प्रकार महावीर स्वामी के जैन दर्शन द्वारा जो पूर्व से चला आया था सनातन धर्म का स्वरूप और विकसित हुआ। कालांतर में इस विचारधारा ने एक संगठित धर्म का रूप ले लिया, परंतु उन्होंने कभी अपने आप को पुरातन वैदिक धर्म से पृथक् नहीं माना। आज इस धर्म में भी दो विचारधाराएँ हो गईं, श्वेतांबर और दिगंबर। परंतु मूल अवधारणाओं में ज्यादा भेद नहीं है। अहिंसा सबसे ऊपर प्रतिष्ठित है। अपरिग्रह और कर्मवाद का सिद्धांत दोनों वर्गों को समान रूप से ग्राह्य है।

बौद्ध विचारधारा नितांत मौलिक है। इसकी कोई परंपरा नहीं है। बुद्ध ने अपने जीवन में जो देखा, जाना और बोधि के क्षणों में जो अनुभव किया, वही कहा। बुद्ध का वास्तविक नाम सिद्धार्थ गौतम था। ये राजा शुद्धोधन के बेटे थे। कहते हैं इनके जन्म के समय ही ज्योतिषियों ने भविष्यवाणी की थी कि यह बालक या तो चक्रवर्ती सम्राट बनेगा या परिव्राजक होकर परम संन्यासी हो जाएगा। राजा शुद्धोधन ने बेटे गौतम के लिए तरह-तरह के राजसी वैभवों और सुखों की व्यवस्था की ताकि वह इनमें रमकर चक्रवर्ती सम्राट बने।

गौतम ने अपने युवाकाल में एक बीमार, एक वृद्ध और एक मृत व्यक्ति को अलग-अलग समय में देखा। ऐसा क्यों है? इन दुखों का कारण और इनसे मुक्ति का उपाय? इन प्रश्नों के उत्तर तलाशने के लिए वे अपनी पत्नी यशोधरा और नवजात शिशु राहुल को छोड़कर वन में तपस्या करने चले गए। छह वर्षों के कठोर तप के उपरांत उन्हें बुद्धत्व प्राप्त हुआ। वे परम ज्ञान को उपलब्ध हुए। उनके पीछे कोई ज्ञान की परंपरा नहीं है किंतु सत्य का अनुभव तो सदा एक है। इस प्रकार उन्होंने जो कहा, वह उनका जाना हुआ है। अनुभूतिजन्य है। उसका साम्य वैदिक धर्म के साथ स्थापित होता है। बुद्ध के पाँच प्रमुख उपदेश हैं, प्राणी मात्र की हिंसा से विरत रहना। अचौर्य अर्थात् कभी भी चोरी न करना। व्यभिचार से विरत रहना। मादक पदार्थों से विरत रहना और हमेशा सत्य बोलना। इसके साथ ही वे सम्यक् जीवन जीने के लिए कहते थे। बुद्ध ने जैसा जिया, वैसा ही कहा, इसलिए उनके उपदेशों का समाज पर जबरदस्त प्रभाव रहा। वे कर्मकांड के सख्त विरोधी थे। वर्ण व्यवस्था की उन्होंने आलोचना की। पंडों-पुरोहितों का उन्होंने उपहास उड़ाया। वे भारत में श्रमण परंपरा के दार्शनिक कहलाते हैं। उन्होंने विपस्सना नामक एक महत्त्वपूर्ण ध्यान की विधि विकसित की।

गौतम बुद्ध के महापरिनिर्वाण के पश्चात् भी लगभग पाँच शताब्दियों तक भारत के कई शक्तिशाली राजवंशों पर बौद्धों का जबरदस्त प्रभाव रहा। सम्राट अशोक ने तो अपने पुत्र एवं पुत्री को बौद्ध दर्शन का प्रचार-प्रसार करने के लिए विदेशों में भेजा था। कालांतर में बौद्ध विचार दर्शन एक संगठित धर्म के रूप में स्थापित हुआ। बौद्ध मठ एवं विहार बने। राजवंशों का संरक्षण इन्हें प्राप्त था। उसी समय आदि शंकराचार्य से इनके मतभेद हुए। ये मतभेद आगे वेदमार्गी और बौद्धों के बीच संघर्ष के रूप में भी सामने आए। तब बौद्धों ने भारत से बाहर विदेशों में अपने विचारों को बहुत फैलाया। आज बौद्ध धर्म दुनिया का चौथा सबसे बड़ा धर्म है। एक अनुमान के अनुसार विश्व में 54 करोड़ लोग बौद्ध धर्म के अनुयायी हैं। भारत, नेपाल, चीन, जापान, रूस, मलेशिया आदि देशों में बौद्ध धर्म के मानने वालों की संख्या बहुत है। बहुत जल्द ही यह विचार दर्शन भी संगठित धर्म में परिवर्तित हो गया। राजवंशों का संरक्षण इन्हें लंबे समय तक प्राप्त रहा। विदेशों में बौद्ध धर्म का पर्याप्त प्रचार-प्रसार हुआ, ऐसे में अनुयायियों के बीच तरह-तरह के मतभेद भी पैदा हुए। फलस्वरूप बौद्ध धर्म में कई संप्रदायों का जन्म हुआ। इनमें हीनयान, महायान, वज्रयान, नवयान और थेरवाद प्रमुख हैं। बौद्ध धर्म की बहुत सारी बातें वैदिक धर्म में पहले से मान्य थीं इसलिए भारत में बौद्ध धर्म का ज्यादा प्रसार नहीं हो पाया, परंतु भारतीय धर्म ने बौद्ध धर्म को उदारतापूर्वक आत्मसात् किया। जबकि बौद्ध धर्म की कोई प्राचीन परंपरा नहीं थी। महात्मा बुद्ध को भारतीयों ने एक अवतार के रूप में स्वीकार किया। इस प्रकार बौद्ध धर्म भी सनातन धर्म की एक शाखा के रूप में स्वीकृत है। बौद्ध विचार एवं दर्शन की भारतीय धर्म परंपरा में पर्याप्त प्रतिष्ठा और मान्यता है।

इस स्थिति में भारत की उत्तर-पश्चिमी सीमाओं से विदेशियों की घुसपैठ लगातार होती रही। शकों, हूणों, कुषाणों और यूनानियों का यहाँ आगमन हुआ, उन्होंने यहाँ अपने साम्राज्य भी स्थापित किए परंतु सांस्कृतिक और धार्मिक क्षेत्र में उनके आगमन से ज्यादा नुकसान नहीं हुआ। वे अपने आर्थिक एवं राजनीतिक उद्देश्यों के लिए यहाँ आए और उन्होंने यहाँ आंशिक सफलता भी पाई परंतु वे यहाँ कोई स्थायी प्रभाव नहीं छोड़ पाए। समय रहते वे अपने मूल स्थानों को वापस भी हो गए।

643 ई. में पहली बार खलीफा उमर ने भारत की सीमाओं पर आक्रमण किया। सिंधु नदी की सीमाओं पर आकर उसकी सेनाओं ने डेरा डाला। हिंदुस्तान में रहने वाले लोगों का सनातन धर्म उनकी समझ में कभी नहीं आया। यहाँ इतने देवी-देवता, इतने मठ-मंदिर और इतने अधिक धार्मिक शास्त्र देखकर वे अचंभित हुए। उन्होंने यहाँ के निवासियों के धर्म को एक सरल-सा संबोधन दिया हिंदू धर्म। इसके पूर्व के संस्कृत ग्रंथों में कहीं भी हिंदुस्तान और हिंदू धर्म की संज्ञा का कोई उल्लेख नहीं मिलता।

अरबों के आक्रमण लगातार भारत पर होते रहे। छोटे-छोटे राज्यों में बंटे हुए देश के राजाओं की आपसी फूट का लाभ उठाते हुए वे अपना साम्राज्य यहाँ फैलाते चले गए। अरबों के भारत में आक्रमण के दो प्रमुख कारण थे। एक तो यहाँ की अपार धन-संपत्ति को लूटना और दूसरे यहाँ इस्लाम धर्म को फैलाना। दोनों कार्यों में उन्हें यहाँ अपार सफलता मिली। वे क्रमशः एक-एक राज्य को जीतते चले गए। पराजित राज्यों में उन्होंने जबरदस्त कत्लेआम किया और जबरदस्ती धर्मांतरण कराते हुए इस्लाम धर्म को फैलाया। यह सिलसिला यहाँ सदियों तक चलता रहा। शासक तो यहाँ की धन-संपत्ति लूटकर अपने मूल स्थान को वापस चले गए या युद्धों में मारे गए। परंतु लाखों की संख्या में वे यहाँ मुसलमान बनाकर छोड़ गए। हर छोटे-बड़े राज्य में पराजित लोगों को जबरदस्ती मुसलमान बनाया गया। एक-दो पीढ़ियों तक लोगों में कसमसाहट रही परंतु उन्हें विवश होकर इस्लामिक परंपराएँ अपनानी पड़ीं। आगे की पीढ़ियों में वह विश्वास घना होता चला गया। वे जिनकी पूर्ववर्ती पीढ़ियों को जबरदस्ती मुसलमान बनाया गया था, उनकी परवर्ती संतानें बाद में सचमुच मुसलमान होती चली गईं। इस तरह हिंदुस्तान में तेजी से इस्लाम धर्म फैला।

बाहर से आए अधिकांश इस्लामिक हमलावर लूटपाट करके अपने देश को वापस हो गए, परंतु यहाँ भारतीयों की एक बड़ी संख्या को मुसलमान बनाकर वे यहीं रहने के लिए छोड़ गए। ये मुसलमान जाते भी कहाँ? वे तो यहीं के मूल निवासी थे, जो जबरदस्ती मुसलमान बनाए गए। अब उनकी संतानें हुईं और यहाँ इस्लाम धर्म फैलने लगा। 643 ई. से लेकर लगभग आठ सौ अस्सी वर्षों तक भारत ने मुगलों के जबरदस्त आक्रमण सहे और भीषण कत्लेआम, मंदिरों की टूट-फूट और जबरदस्ती धर्मांतरण का दौर झेला। इस दौरान कई मुगल वंश भारत में आए, सबका उद्देश्य लूटपाट और इस्लाम

को फैलाना रहा। अपने उद्‌देश्यों की पूर्ति के लिए वे निर्दोषों का कत्लेआम करने में तनिक न झिझकते थे। पराजित राज्य में उन्होंने स्त्रियों को अपने हरम में डाला। जवानों को मुसलमान बनाकर उन्होंने सेना में भर्ती किया। बच्चों और बूढ़ों का या तो उन्होंने कत्ल कर दिया या उन्हें गुलाम बनाकर अपनी सेवा में लगाया। मुगल हमलावर उन दिनों जो कुछ भी यहाँ कर रहे थे, उसे वे सवाब का काम कहते थे। भारतीय नागरिकों ने धर्म का ऐसा स्वरूप कभी नहीं देखा था। धर्म की यह व्याख्या उनके लिए बिलकुल नई थी। भारतीय नागरिक तो अहिंसा, प्रेम, सद्‌भाव, सहयोग, करुणा, समानता और स्वतंत्रता को धर्म के मूल तत्त्व मानते थे। पहली बार उन्होंने धर्म का ऐसा संगठित रूप देखा। हिंसा, लूटपाट और स्त्री शक्ति के इस प्रकार के दमन को धर्मसम्मत मानना, उन्होंने पहली बार देखा और सहा।

नवीं सदी में कलाड़ी (केरल राज्य में) आदि शंकराचार्य का जन्म हुआ। उन्होंने सनातन धर्म की विविध विचारधाराओं का एकीकरण किया। उपनिषदों और वेदांत सूत्रों पर लिखी गई आपकी टीकाएँ बहुत प्रसिद्ध हैं। आपने अद्वैत दर्शन का प्रतिपादन किया। आपके अनुसार ब्रह्म अद्वैत है अर्थात् वह दो नहीं है और एक भी नहीं है। वह एक ही समय में निराकार और साकार दोनों एक साथ हैं। इस प्रकार अद्वैत विचारधारा के संस्थापक आदि शंकराचार्य हैं। उन्होंने सनातन धर्म की प्रतिष्ठा हेतु भारत के चारों कोनों में क्रमशः ज्योतिर्पीठ बदरिकाश्रम, शृंगेरी पीठ, द्वारिका पीठ और गोवर्धन पीठ की स्थापना की। इन मठों में विराजमान आचार्यों को आज भी शंकराचार्य कहा जाता है। आदि शंकराचार्य की सनातन धर्म में बड़ी प्रतिष्ठा है। इन्हें जगत गुरु शंकराचार्य कहा जाता है। उपनिषदों पर आपके द्वारा लिखे गए भाष्य बहुत प्रसिद्ध हैं। बत्तीस वर्ष की अल्प आयु में आपने पूरे देश का भ्रमण करते हुए चार पीठ (मठ) स्थापित किए, जो एक तरह से इस देश की सीमा भी निर्धारित करते हैं और पूरे देश को सांस्कृतिक एवं धार्मिक रूप से एक सूत्र में बाँधने का प्रयास भी है।

कोई भी धर्म संस्थापक अमानवीय मूल्यों का पक्षधर नहीं होता। वह तो सदा प्रेम और सद्‌भाव का पाठ पढ़ाता है। जरूर लोगों से इस्लाम को समझने में भूल हुई होगी। इस्लाम की सारी बातें अरबी-फारसी में कही गई हैं। ये बातें जानना-समझना हमेशा से आलिम-फाजिल लोगों के वश की बात रही है। सामान्य लोगों को जो बताया गया, समझाया गया, वही उन्होंने मान

लिया। इस प्रकार एक रूढ़ और कट्टर अवधारणा इस्लाम के रूप में प्रचलित होती चली गई। दुर्भाग्य से यह अब भी इसी प्रकार प्रचारित-प्रसारित हो रही है। भारतवर्ष में वेद, उपनिषद् और पुराणों के ज्ञान के पश्चात् भी संगठित धर्म की बात कभी नहीं आई। धार्मिक विश्वासों की स्वतंत्रता यहाँ सबसे बड़ा जीवन मूल्य रहा। इसलिए इतने अधिक देवी-देवताओं की उपासना पद्धति और अलग-अलग पूजा, पाठ, व्रत, उपवास और अनुष्ठानों की परंपरा के बावजूद कभी भी इन बातों को लेकर समाज में कोई विभेद या संघर्ष नहीं रहा। जातिवाद को लेकर जरूर कुछ कट्टरता समाज में व्याप्त हो गई थी परंतु धार्मिक कट्टरता के लिए भारतीय समाज में कभी कोई जगह नहीं रही। पहली बार यहाँ के लोगों ने इस्लाम के रूप में धर्म का एक नया स्वरूप देखा, हिंसा जिसमें धार्मिक रूप से स्वीकृत थी। विधर्मियों को मारने से सवाब मिलता था। जबरदस्ती धर्मांतरण कर्तव्य की श्रेणी में लिया जाता था। बहुविवाह और हरम में हजारों स्त्रियों को रखना धार्मिक निर्देशों के अंतर्गत आता था। क्योंकि इन विश्वासों को मानने वाले विजेता थे, शासक थे, इसलिए उनके खिलाफ कोई कुछ बोल नहीं सकता था। उनके विश्वास ईश्वरीय आदेश की तरह मान्य थे इसलिए उनमें परिवर्तन की कोई गुंजाइश नहीं थी। विचार, तर्क और विश्लेषण के लिए उनके दर्शन में कोई जगह नहीं थी। उनका विजेता होना भी स्वाभाविक था। वे हिंसा को अपना आदर्श मानकर आगे बढ़ रहे थे। इधर के राजाओं में जबरदस्त आपसी फूट थी इसलिए हमलावर लगातार एक-एक राज्य को पराजित कर अपनी शक्ति बढ़ाते हुए देश के बहुत बड़े हिस्से पर छा गए। आठ सौ अस्सी वर्षों के इस लंबे समय में इस देश में तेजी से इस्लाम धर्म फैलाया गया। मंदिरों, मठों और देवालयों को नष्ट-भ्रष्ट किया गया और जगह-जगह लगातार छोटी-बड़ी मस्जिदें बनती चली गईं।

सन् 1526 ई. में जब बाबर हिंदुस्तान में आया, तब हालात कुछ सामान्य हुए। हालाँकि बाबर स्वयं मुसलमान था परंतु वह शिक्षित, कविहृदय और उदार शासक था। पहली बार उसने हिंदुस्तान को अपना वतन माना और यहीं बसने का निर्णय लिया जबकि पूर्ववर्ती शासक यहाँ की संपत्ति लूटकर अपने मुल्क ले जाते रहे और उन्होंने कभी हिंदुस्तान को अपना मुल्क नहीं माना। बाबर की उदारता और सहिष्णुता बाबरनामा और उसका वसीयतनामा हुमायूं के नाम पढ़कर जानी जा सकती है। बाबर, हुमायूं, अकबर और शाहजहाँ तक देश में बहुत हद तक सौहार्दपूर्ण वातावरण

रहा। इस युग में संतों की एक पूरी पीढ़ी उभरकर सामने आई, जिसमें हिंदू और मुसलमान समान रूप से भक्ति गीत गा रहे थे। इस युग को भारतीय इतिहास में भक्तिकाल कहा जाता है। तुलसी, मीरा, सूर, कबीर, रहीम, रसखान, मलूकदास, रैदास, सहजोबाई, दरिया साहब, नानक, पलटू, भीखा, यारी साहब, सुंदरदास, चरणदास... संत कवियों की यह बहुत लंबी शृंखला है। इन संतों-कवियों ने अपने समय में बहुत महत्त्वपूर्ण काम किया। हिंदू और मुसलमान दोनों समुदाय के संत-कवियों ने मिलकर घोषणा की 'एकै राम अलाह'। सिर्फ घोषणा ही नहीं, इन्होंने अपने बृहद काव्य साहित्य से यह सिद्ध कर दिया कि राम और अल्लाह दो नहीं हैं। यह सिर्फ भाषा का भेद है। वास्तविक रूप से वह सर्वशक्तिमान एक और सिर्फ एकमात्र है। इस युग की सबसे बड़ी विशेषता ये रही कि सभी संत कवि हिंदू और मुस्लिम दोनों ही जनभाषा में अपनी बात कर रहे थे। संस्कृत जो अब तक अभिजात भाषा के रूप में प्रतिष्ठित थी, उसे छोड़कर तुलसी और सूर जैसे महाकवि महान संस्कृत ग्रंथों (रामायण और भागवत पुराण) को जनभाषा (अवधी और ब्रज) में लेकर आए। रहीम, रसखान, वाजिद और दरिया साहब जैसे लोग अरबी-फारसी छोड़कर जनभाषा (हिंदवी) में अपनी बात कह रहे थे।

भक्तिकाल में एक बार फिर सनातन धर्म के उपासना कांड की प्रतिष्ठा स्थापित हुई। राम और कृष्ण की भक्तिधारा में समाज सराबोर हो गया। भक्तिकाल के साहित्य में ही सनातन धर्म, आर्य धर्म, वैदिक धर्म को हिंदू धर्म के रूप में व्यापक मान्यता मिली। पूरे भक्ति साहित्य में हिंदुस्तान और हिंदू धर्म का नामोल्लेख विस्तारपूर्वक मिलता है।

इस काल में भारतीय शास्त्रीय संगीत में भी जबरदस्त विकास हुआ। गायन, वादन और नृत्य जैसी संगीत विधाओं में नए-नए प्रयोग इस युग में देखने को मिलते हैं। वैदिक धर्म में, शास्त्रीय संगीत भी उपासना की एक शैली के रूप में स्वीकृत है। इस्लाम में संगीत वर्जित होने के बावजूद इस युग में सर्वाधिक मुसलमानों द्वारा शास्त्रीय संगीत को स्थापित परंपराओं के साथ अपनाया गया। शास्त्रीय संगीत में ओंकारवाद की बड़ी महिमा है। यहाँ सरस्वती, शंकर, गणेश, राम और कृष्ण की स्तुतियाँ गाई जाती हैं, यह शास्त्रीय संगीत की मान्य परंपरा है। मुसलमान साधकों ने इस्लाम के दायरे से हटकर इस परंपरा को पूरी तरह आत्मसात् किया और शास्त्रीय संगीत के क्षेत्र में नए आयाम स्थापित किए।

एक ओर रहीम, रसखान जैसे लोग साहित्य के क्षेत्र में कृष्ण भक्ति के गीत गा रहे थे। दूसरी ओर तानसेन, तानरंग खाँ, खुर्रमदाद, छतर खाँ एवं विलास खाँ जैसे लोग शास्त्रीय संगीत में वैदिक परंपराओं का पालन कर रहे थे।

उस समय यदि शासन पक्ष सहिष्णु और उदार न होता तो इस तरह की गंगा-जमुनी संस्कृति का प्रादुर्भाव भला कैसे होता? कहते हैं अकबर ने तो हिंदू और मुस्लिम मान्यताओं को मिलाकर एक 'दीन इलाही' धर्म ही चला दिया था। इस मिली-जुली संस्कृति और धार्मिक समरसता पर कुठाराघात हुआ औरंगजेब के आने के बाद। औरंगजेब अपने पिता शाहजहाँ को कैद में रखकर और दोनों भाइयों का कत्ल करने के पश्चात् सम्राट बना। कहते हैं कि वह बहुत कट्टर शासक था। पक्का मुसलमान था। इस्लाम में उसका अटूट विश्वास था। अब प्रश्न यह उठता है कि कैसा धर्म? कैसा विश्वास? भारतवर्ष में एक बार फिर मानवता शर्मसार हुई। एक बार फिर हिंदुओं का कत्लेआम शुरू हुआ। जबरदस्ती धर्मांतरण की आँधी आई। मंदिरों, मठों और देवालयों का विध्वंस प्रारंभ हुआ। इस भीषण स्थिति में हिंदुओं की रक्षा के लिए सिख समुदाय सामने आया।

नानक देव (1469 ई.) ने पंजाब में गुरु की महत्ता स्थापित की। गुरु ब्रह्मा, गुरु विष्णु और गुरु देवा महेश्वरा इस आदर्श को गुरुनानक देव ने पुनर्स्थापित किया। उनके हजारों शिष्य हुए, जो आगे चलकर सिख कहलाए। 'जपुजी साहेब' नानकदेव के वचनों का संग्रह है। आम तौर पर सिखों के दस गुरु माने गए हैं परंतु गुरु ग्रंथ साहेब में 6 गुरुओं सहित कई भक्तों की रचनाएँ संगृहीत हैं। इसमें रामानंद, कबीर, रैदास, पीपा, शेख फरीद, सुंदरदास और सूरदास सहित लगभग तीस महान संतों की वाणियाँ संकलित की गई हैं। दसवें गुरु गोविंद सिंह ने खालसा पंथ की स्थापना की। गुरु गोविंद सिंह परम देशभक्त और पहुंचे हुए संत थे। उन्होंने औरंगजेब को उसके अत्याचारों के लिए ललकारा। इसके लिए उन्होंने बाकायदे एक संगठित सेना को तैयार किया। उन्होंने हर घर से एक जवान लड़के की माँग की, उसे केश, कृपाण, कंघी, कच्छा और कड़ा धारण करने के निर्देश दिए। इस प्रकार वे कौम के नेतृत्व-कर्ता अर्थात् सरदार कहलाए। इन्होंने युद्ध में मुगलों के दाँत खट्टे कर दिए। आज भी सरदार बहादुरी के पर्याय माने जाते हैं। गुरु गोविंद सिंह महाबलिदानी पुरुष थे। उन्होंने अपने पूरे परिवार को देश

और धर्म रक्षा के लिए बलिदान कर दिया। कहा जाता है जब उनके दो बेटे, जोरावर सिंह (आयु 7 वर्ष), फतेह सिंह (आयु 5 वर्ष) को गिरफ्तार कर मुगल दरबार में इस्लाम कुबूल करने के लिए कहा गया तब दोनों ने जोर से 'जो बोले सो निहाल, सत श्री अकाल' का नारा लगाया। बदले में उन्हें जिंदा दीवारों में चुनवा दिया गया परंतु उन्होंने उफ तक नहीं की। गुरु गोविंद सिंह ने बहादुरी, बलिदान और देशभक्ति की मिसाल प्रस्तुत की। वे स्वयं एक महान लेखक, चिंतक और शासक के रूप में प्रसिद्ध हुए। उन्होंने 'गुरु ग्रंथ साहेब' को पूरा किया और उसे गुरुगद्दी पर आसीन कर उसकी ही पूजा करने की परिपाटी विकसित की। वैदिक परंपरा में शब्द को ब्रह्म कहा गया है। गुरु गोविंद सिंह ने गुरुओं के वाणी संग्रह अर्थात् शब्द संपदा को ब्रह्म के रूप में स्थापित कर पूज्य बनाया। आगे सिख समुदाय ने संगत और पंगत को आदर्श मानते हुए आपसी भाईचारे, सहयोग, उद्यम, कर्मठता और सद्भाव के मूल्यों को गंभीरतापूर्वक अपनाया।

औरंगजेब का कार्यकाल भारत के इतिहास में बहुत खराब रहा। उसने गैर इस्लामिक लोगों पर जजिया नामक कर लगा दिया था। इस समय धार्मिक सहिष्णुता, धार्मिक स्वतंत्रता और गंगा-जमुनी संस्कृति को बहुत ठेस पहुंचाई गई।

इसी समय महामति प्राणनाथ औरंगजेब की धर्मांधता के खिलाफ अपना स्वर बुलंद करते हुए सर्वधर्म समन्वय का आदर्श प्रतिपादित करते हैं। महामति प्राणनाथ (1618-1694) मध्य युग के एक देदीप्यमान नक्षत्र हैं। गुजरात प्रदेश में जन्म लेकर आपने अरब देश की यात्राएँ कीं और लगभग पूरे भारत में भ्रमण करते हुए पन्ना (म.प्र.) में आकर परमवीर छत्रसाल बुंदेला को अपना शिष्य बनाया। महामति ने अपनी यात्राओं को 'जागनी अभियान' कहा है। देश में मुगलों की गुलामी के दिन। चारों ओर धर्म के नाम पर पाखंड और अंधविश्वासों का बोलबाला। जबरदस्ती कराए जा रहे धर्मांतरण का समय। राजनीतिक, सामाजिक और धार्मिक रूप से दिग्भ्रमित भारत, ऐसे समय में महामति जीवन के हर क्षेत्र में नव जागरण का आंदोलन खड़ा करते हैं। वे विभिन्न धर्म-संप्रदायों के मत-मतांतरों को समाप्त कर 'परा प्रेम लक्षणा भक्ति' के मार्ग की स्थापना करते हैं।

महामति गुजराती, संस्कृत, सिंधी, अरबी-फारसी और हिंदुस्तानी भाषाओं को भली भांति जानते हैं परंतु उन्हें इस महादेश को एक सूत्र में पिरोने के

लिए हिंदी हिंदुस्तानी और नागरी लिपि बहुत उपयुक्त प्रतीत होती है, इसलिए वे अपने सारे कथन देवनागरी लिपि में प्रस्तुत कर छोड़ गए। वे संस्कृत और अरबी-फारसी को साधारण जन की भाषा नहीं मानते। संस्कृत के लिए वे कहते हैं कि इस भाषा में कामा, मात्रा और हलंत की लड़ाई है। पंडित इसी में उलझे हैं। यही हाल अरबी-फारसी का है। कुरान पढ़कर मौलवी आगे हुए, वे उसका सही अर्थ नहीं जानते। 'कलाम अल्ला और हदीसें, हक रसना के भेद'। आगे वे कहते हैं 'राह बतावें दुनी को कहें ये नविए कहेल, लिख्या और फुरमान में, ये खेलें और खेल।' इस प्रकार महामति कहते हैं कि भाषा विभेद के कारण धार्मिक झगड़े हैं। पंडितों और मौलवियों ने मनमाने ढंग से अपने-अपने धर्मग्रंथों की व्याख्या की, जिससे उलझनें बढ़ती चली गईं।

महामति प्राणनाथ ने चौदह ग्रंथों का प्रणयन किया। इनमें दस हिंदुओं के लिए और चार ग्रंथ मुस्लिम समुदाय को संबोधित हैं। सभी ग्रंथ हिंदी और देवनागरी लिपि में उपलब्ध हैं। महामति का कहना है कि सभी धर्म आपसी सद्भाव, प्रेम और सौहार्दका पाठ पढ़ाते हैं। विभेद की बातें धर्म के ठेकेदारों ने फैलाई हैं।

उस युग में महामति प्राणनाथ धर्म के क्षेत्र में भक्ति योग का प्रचार-प्रसार करते हैं। वे 'परा प्रेम लक्षणा भक्ति' के संस्थापक कहे जाते हैं। हिंदू अनुयायी उन्हें विजयभिनंदन बुद्ध निष्कलंक और मुस्लिम समुदाय के प्रशंसक उन्हें ईमाम मेहदी कहते हैं।

सन् 1498 ई. में एक पुर्तगाली वास्को ड गामा व्यापारी के रूप में समुद्र मार्ग से भारत आया। अंग्रेज भी समुद्र मार्ग से भारत में आए थे। इस प्रकार पहले सिंधु नदी के किनारे भारत की उत्तर-पश्चिमी सीमाओं से मुगल आए तत्पश्चात् समुद्री मार्गों से पुर्तगालियों और अंग्रेजों का आगमन हुआ। हालाँकि पुर्तगाली और अंग्रेज अपनी व्यापारिक मानसिकता के साथ भारत आए थे। उन्हें यहाँ के धार्मिक-सामाजिक ढाँचे से कोई मतलब नहीं था। हम ये कह सकते हैं कि वास्को ड गामा के साथ ही यहाँ ईसाई धर्म का आगमन हुआ। विधिवत् रूप से सन् 1542 में ईसाई धर्म प्रचारक सेंट फ्रांसिस जेवियर भारत आए और उन्होंने यहाँ गरीब और पिछड़े तबकों में ईसाई धर्म का प्रचार-प्रसार शुरू किया।

पुरानी मान्यताओं के अनुसार ईस्वी सन् 52 में ईसा मसीह के बारह प्रमुख शिष्यों में सेंट थॉमस केरल के तटीय नगर क्रागानोर में आए थे।

यहाँ उन्होंने सर्वप्रथम कुछ ईसाई बनाए थे। एक मान्यता के अनुसार स्वयं ईसा मसीह अपने अंतिम दिनों में (सूली से उतारे जाने के पश्चात् जीवित बचकर) भारत के जम्मू-कश्मीर क्षेत्र में रहे हैं। यहाँ उन्होंने कई वर्षों तक ध्यान साधना की, तत्पश्चात् यहीं उनका इंतकाल हुआ। कहा जाता है कि श्रीनगर के खानयार इलाके में रोजाबल नामक पत्थर की इमारत में उनकी कब्र आज भी मौजूद है।

सोलहवीं शताब्दी के मध्य में दक्षिण भारत के तटीय क्षेत्रों से भारतवर्ष में ईसाई धर्म के प्रचार-प्रसार की शुरुआत हुई। शनैः-शनैः अंग्रेजों का शासन भारत के विभिन्न क्षेत्रों में फैलता जा रहा था। यहाँ भी भारतीय राजाओं की आपसी फूट का अंग्रेजों ने फायदा उठाया और लगातार वे अपना साम्राज्य फैलाते चले गए। अंग्रेजों के शासनकाल में ईसाई मिशनरियों का भारत में आना शुरू हो गया था। इन्होंने अपना कार्यक्षेत्र जनजातीय और आदिवासी अंचलों को बनाया। विशेष रूप से समाज के पिछड़े वर्गों और गरीबों के बीच इन्होंने ईसाई धर्म की शिक्षाओं को फैलाने का काम किया। उस समय ईसाई मिशनरियों को शासन का पर्याप्त समर्थन मिला। अंग्रेजों ने इन्हें अपने क्षेत्रों में खुलकर काम करने की छूट प्रदान की। परंतु मुगलों की तरह अंग्रेजों ने जबरदस्ती धर्मांतरण नहीं करवाया। वे धार्मिक स्वतंत्रता में विश्वास करते थे। समझा-बुझाकर, लोगों को शिक्षित करके वे अपने धर्म का प्रचार कर रहे थे। अंग्रेजी शासन के बावजूद यहाँ जबरदस्ती ईसाई बनाने की वारदातें नहीं हुईं और न ही इसके लिए किसी को बाध्य किया गया। हाँ, ईसाई समुदाय को विशेष रियायतें दी गईं। अंग्रेजों के शासनकाल में कॉन्वेंट स्कूल और चर्च के माध्यम से ईसाई धर्म का व्यापक प्रचार-प्रसार किया गया। इस प्रकार ग्रामीण क्षेत्रों से लेकर शहरी क्षेत्रों में भी जगह-जगह चर्च की इमारतें बनाई गईं और उसमें ईसाई फादर नियुक्त किए गए, जिन्हें शासन का पर्याप्त संरक्षण प्राप्त रहा।

वैदिक धर्म, जिसे अब हिंदू धर्म कहा जाता था, उसमें कभी भी प्रचार-प्रसार की परंपरा नहीं रही। हिंदू धर्म, इस्लाम और ईसाई धर्मों की तरह कभी संगठित धर्म नहीं रहा। यहाँ जातीय संगठन जरूर थे लेकिन हिंदुओं का उस समय तक कोई धार्मिक संगठन नहीं बना। वो तो बहुत बाद में मुसलमानों और ईसाइयों के संगठनों को देखते हुए प्रतिक्रिया स्वरूप हिंदुओं ने भी अपने संगठन बनाए। हिंदुओं में एक देवता और एक शास्त्र

की अवधारणा कभी नहीं रही। धार्मिक विश्वासों को लेकर जैसी स्वतंत्रता हिंदुओं में है वैसी स्वतंत्रता दुनिया के किन्हीं धर्मों में कभी नहीं रही। विभिन्न धार्मिक विश्वासों का चलन यहाँ सहज स्वीकृत रहा है। इसको लेकर कोई मतभेद हिंदुओं में कभी नहीं रहा। ऐसी स्थिति में धर्म के नाम पर हिंदुओं में कोई संगठन बनाना बहुत कठिन काम है।

इस्लाम का प्रचार-प्रसार भारत में तलवार के बल पर किया गया। किसी ने अपनी मर्जी से खुशी-खुशी इस्लाम कुबूल नहीं किया। वहीं कुछ लोगों ने मर जाना पसंद किया परंतु इस्लाम कुबूल नहीं किया। ईसाइयत भारतवर्ष में गरीब और पिछड़े वर्गों में फैलाई गई। उन्हें धार्मिक सुरक्षा, मान-सम्मान और सरकारी संरक्षण का प्रलोभन देकर ईसाई बनाया गया। वहाँ भी कोई अपनी मर्जी से ईसाई नहीं बना। हिंदुओं में हमेशा से धर्म एक विचार-दर्शन है इसलिए कई मुसलमान और ईसाई इस विचार से, दर्शन से स्वेच्छापूर्वक प्रभावित हुए और उन्होंने हिंदुओं के विश्वासों का खुलकर समर्थन किया। मध्य युग में कई मुस्लिम कवियों ने राम और कृष्ण के भक्ति गीत गाए। रहीम और रसखान तो शासक वर्ग से थे। उन पर किसी प्रकार के दबाव होने का प्रश्न ही नहीं उठता। उन्होंने हिंदुओं की धारणाओं का समर्थन किया और उनसे प्रेरित होकर अपनी काव्य रचनाएँ कीं। आधुनिक युग में स्वामी विवेकानंद जब शिकागो गए तब न वे अपने साथ तलवार ले गए और न ही वे किसी मिशनरी के प्रतिनिधि बनकर गए। वे अपने साथ हिंदुओं के विचार-दर्शन को लेकर गए और वहाँ उन्होंने वृहद् ईसाई समाज को प्रभावित किया। इसी प्रकार फादर कामिल बुल्के (1909-84) भारत में ईसाई धर्म का प्रचार करने आए थे परंतु वे यहाँ तुलसी साहित्य से इतने प्रभावित हुए कि उन्होंने यहाँ रहते हुए तुलसीदास और उनके साहित्य पर शोध कार्य किया। रामकथा पर उनकी पुस्तक एक प्रमाणित ग्रंथ माना जाता है। भारत सरकार ने उनकी हिंदी सेवाओं का सम्मान करते हुए उन्हें पद्मभूषण की उपाधि से विभूषित किया। हिंदू धर्म एक विचारधारा है, जिससे प्रभावित लोग इसकी ओर आकृष्ट होते हैं। हिंदू धर्म में अपने-अपने विश्वासों की स्वतंत्रता सबसे बड़ा मूल्य है इसलिए समय-समय पर इसमें कई संप्रदायों का उदय हुआ, जिनमें प्रमुख हैं, शंकर संप्रदाय, श्री संप्रदाय, रामानंद संप्रदाय, माधवाचार्य संप्रदाय, गौडीय संप्रदाय, निम्बार्क संप्रदाय, श्रीवल्लभाचार्य संप्रदाय, श्री राधा-वल्लभ संप्रदाय, निजानंद संप्रदाय आदि।

हिंदू धर्म की प्रमुख अवधारणा यह है कि यह जगत माया का खेल है। जीव इसमें अपने कर्मों के अनुसार आवागमन करता है। विभिन्न देवी-देवताओं के अपने-अपने लोक हैं। लोग अपनी भक्ति के अनुसार इन लोकों को प्राप्त होते हैं। अच्छे कर्म करने वाली पवित्र आत्मा को स्वर्गलोक अथवा बैकुंठ लोक प्राप्त होता है। बुरी आत्माओं को नर्कलोक में अपने बुरे कर्मों का फल भोगना पड़ता है। तमाम कामनाओं से परे जो अति शुद्ध मन से श्री हरि (विष्णु) का चिंतन-मनन करते हैं, मरणोपरांत उनकी आत्मा श्री हरि में जाकर मिल जाती है, इसे मोक्ष कहा गया है। मोक्ष प्राप्त करने वाली आत्माओं को जनम-मरण के बंधनों से मुक्ति प्राप्त हो जाती है। सदाचरण, परोपकर, अहिंसा, सहिष्णुता और सद्भाव हिंदू धर्म के प्रमुख गुण कहे गए हैं। हिंदू धर्म में कई धार्मिक ग्रंथ हैं और कई देवी-देवता। अपनी इच्छानुसार हर व्यक्ति को अपना इष्ट, पूजा और ध्यान विधि चुनने का अधिकार है। अपनी रुचि के अनुसार कभी भी आप किसी भी धार्मिक ग्रंथ का पारायण कर सकते हैं। भक्तिकाल में राम और कृष्ण भक्ति की परंपराएँ बहुत लोकप्रिय हुईं। इनके दो प्रमुख ग्रंथ, तुलसीदासकृत 'रामचरितमानस' और सूरदासकृत 'सूरसागर' जन भाषाओं में लिखे गए ये ग्रंथ खूब पढ़े गए और अभी भी खूब पढ़े जाते हैं। वैसे जैन, बौद्ध, सिख, शैव, शाक्त और विभिन्न संप्रदायों की परंपराएँ हिंदू धर्म में समाहित हैं। इससे हिंदू धर्म, जिसे भारतवर्ष का भारतीय धर्म कहें, इसका एक विशाल परिदृश्य उभरकर सामने आता है। अब तो भारतीय समाज में हिंदू, मुसलमान, ईसाई, सिख, दाउदी बोहरा, पारसी, सिंधी और सैकड़ों जातियों-उपजातियों, जनजातियों के लोग अपनी-अपनी परंपराओं एवं विश्वासों का पालन करते हुए मिल जुलकर रहते हैं यह एक बहुत बड़ा आश्चर्य है और यही भारतवर्ष की सबसे बड़ी विशेषता भी है।

भारत में अंग्रेजों के आने के पश्चात् हिंदू धर्म-दर्शन और विचार की यह यात्रा थमी नहीं बल्कि सतत प्रवाहित होती रही। अंग्रेज पूरी तरह व्यापारी थे। उन्होंने यहाँ के धार्मिक विश्वासों को बिलकुल नहीं छेड़ा। भारतीय समाज सुधारकों के साथ मिलकर उन्होंने भारतीय समाज की कुरीतियों (सती प्रथा आदि) को दूर करने के लिए आवश्यक कानून बनाए। सन् 1828 में राजा राममोहन राय एवं द्वारकानाथ टैगोर ने मिलकर ब्रह्म समाज की स्थापना की। इन्होंने धार्मिक, सामाजिक कुरीतियों को दूर करने के क्षेत्रा में महत्त्वपूर्ण पहल की। इसी समय सन् 1875 ई. में स्वामी दयानंद सरस्वती ने आर्यसमाज की

स्थापना की। यह हिंदुओं में एक सुधारवादी आंदोलन था। स्वामी दयानंद सरस्वती ने वेदों के ज्ञान को पुनर्स्थापित किया। इन्होंने धार्मिक अंधविश्वासों और सामाजिक कुरीतियों के खिलाफ आवाज उठाई। वे परम योगी थे। उनकी लिखी हुई पुस्तक 'सत्यार्थ प्रकाश' आर्यसमाज का प्रमुख ग्रंथ माना जाता है।

सन् 1836 ई. में बंगाल प्रांत के कामारपुर ग्राम में श्री रामकृष्ण परमहंस का जन्म हुआ। आप दक्षिणेश्वर के काली मंदिर में पूजा-उपासना किया करते थे। धार्मिक दृष्टि से उस युग के आप सर्वाधिक प्रभावशाली व्यक्तित्व थे। आपके शिष्यों ने आपको परमहंस की उपाधि प्रदान की। सचमुच आप एक जाग्रत व्यक्तित्व थे। आपने जो कहा, वही शास्त्रा के रूप में स्वीकृत हुआ। आप बे-पढ़े-लिखे अत्यंत साधारण ग्रामीण व्यक्ति थे, परंतु आत्म-जाग्रत थे। वे उस युग में जीते-जागते धर्म के प्रतीक बन चुके थे। नोबेल पुरस्कार विजेता रोमा रोलां ने आपकी जीवनी लिखी है। अप्रतिम प्रतिभा के धनी स्वामी विवेकानंद जैसे व्यक्ति उनके अनन्य शिष्य के रूप में प्रसिद्ध हुए। रामकृष्ण परमहंस देव की दिनचर्या और उनके दैनंदिन कथन मूल रूप में बाँग्ला में लिखे गए तत्पश्चात् उनका हिंदी में पं. सूर्यकांत त्रिपाठी निराला ने अनुवाद कर श्रीरामकृष्ण वचनामृत नामक ग्रंथ (दो भागों में) तैयार किया, जो हिंदू धर्म-दर्शन का बहुत प्रसिद्ध ग्रंथ माना जाता है। कालांतर में उनके शिष्य स्वामी विवेकानंद आदि ने श्री रामकृष्ण मिशन की स्थापना कर देश-विदेश में उनके विचारों का प्रचार-प्रसार किया। उस समय देश के प्रसिद्ध शिक्षाविद्, वकील, राजनेता, लेखक एवं अन्य जो भी श्री रामकृष्ण परमहंस के संपर्क में आए, उनसे प्रभावित हुए बिना नहीं रह सके। जबकि वे स्वयं बिना पढ़े-लिखे साधारण व्यक्ति थे परंतु आत्म जाग्रत होकर उन्होंने धर्म की जीती-जागती मिसाल समाज के सम्मुख उपस्थित कर दिखाई।

इसी प्रकार सन् 1879 ई. में तिरुचुली (तमिलनाडु) में वेंकट रमन अय्यर नामक एक व्यक्ति हुए जो इतिहास में महर्षि रमण के नाम से प्रसिद्ध हैं। ये भी एक जाग्रत महापुरुष थे। इन्होंने अरुणाचल में पच्चीस वर्षों तक कठोर साधना की। तत्पश्चात् वे आत्मज्ञान को उपलब्ध हुए। पाल ब्रटंन नामक अंग्रेजी लेखक ने आपसे भेंट कर आपके व्यक्तित्व से प्रभावित हो अपनी पुस्तक में आपके विषय में विस्तारपूर्वक लिखा है। देश और विदेश से अनेक धार्मिक जिज्ञासु आपके पास आते, आपसे भेंट करते और अपनी

जिज्ञासाओं का संतोषजनक समाधान पाकर धन्य होते। कई देशी-विदेशी लेखकों ने आपकी शिक्षाओं के विषय में विस्तारपूर्वक लिखा है।

2 अक्तूबर, 1869 ई. में एक ऐसे महान धार्मिक व्यक्तित्व का जन्म हुआ, जिसने बिना युद्ध, बिना संग्राम सिर्फ अपने नैतिक बल से अंग्रेजी शासन की चूलें हिलाकर रख दी। उस विलक्षण व्यक्तित्व का नाम था, मोहनदास करमचंद गांधी। गांधी एक अत्यंत साधारण हिंदू धर्मावलंबी व्यक्ति थे। उन्होंने अपने जीवन में एक-एक कर धार्मिक मूल्यों को उतारने की कोशिश की। सत्य, अहिंसा, अपरिग्रह को अपनाते हुए वे साधारण से असाधारण होते चले गए। उनमें जबरदस्त नैतिक बल का विकास हुआ। वे सत्य की रक्षा के लिए बड़ी से बड़ी ताकत से भिड़ जाते थे। निडर थे। साहसी थे। उनका स्पष्ट कहना था कि शुरू में भले ही आपको आततायी शक्तियाँ जीतती दिखाई देती हों परंतु सत्य के लिए अडिग होकर संघर्ष करने वालों के सामने उन्हें हारना ही पड़ता है यह सिद्धांत सर्वोपरि है। उन्होंने अपने जीवन में यह प्रमाणित कर दिखाया। सत्य और अहिंसा के बल पर ही उन्होंने आजादी की लड़ाई लड़ी और उसमें विजयी हुए। वे महात्मा गांधी के नाम से इतिहास में मशहूर हुए। भारतवर्ष में वे आदरपूर्वक राष्ट्रपिता कहे जाते हैं। वे हिंदू धर्म के ज्ञानकांड और उपासना कांड के प्रतीक हैं। उनका श्रीकृष्ण की भगवत गीता में अटूट विश्वास है। उन्होंने गीता का हिंदी में 'गीता-माता' नाम से अनुवाद भी किया है। उन्होंने जो कहा सो किया। उनकी कथनी और करनी में कोई अंतर नहीं था। हरिजन उद्धार की बात कही तो हरिजन कॉलोनियों में जाकर रहे और खुद मैला साफ करने का आदर्श उपस्थित किया। कोढ़ियों की सेवा का व्रत लिया तो जगह-जगह जाकर कोढ़ियों की सेवा की, उन्हें अपनाया। इस प्रकार उन्होंने गीता में बताए गए कर्मयोग को पूरी तरह जीवन में उतारा। भक्तियोग के रूप में उन्होंने प्रार्थना को अपनाया। तमाम धार्मिक कर्मकांडों को छोड़कर उनका सर्वधर्म समभाव और नित्य प्रति प्रार्थना में विश्वास था। वे बार-बार कहते थे, 'ईश्वर अल्लाह तेरो नाम, सबको सनमति दे भगवान।' अपने समय में वे सचमुच महात्मा सिद्ध हुए।

जीवन के अंतिम समय में वे कट्टरवादी ताकतों को समझाने में असफल रहे, परंतु उन्होंने उनसे कभी हार नहीं मानी। भले ही जिन्ना ने अपनी जिद के कारण पाकिस्तान बना लिया परंतु गांधी को कभी यह स्वीकार

नहीं था। उन्होंने पाकिस्तान जाकर लोगों को समझाने का निश्चय कर लिया था। वे पाकिस्तान जाने की तैयारी कर ही रहे थे कि असमय उनकी हत्या कर दी गई। परंतु गांधी कभी नहीं मर सकते। वे हिंदू धर्म के एक बड़े प्रतीक बनकर सामने आए। हिंदू धर्म में धार्मिक ढाँचे पर इतना जोर नहीं है, जितना सदाचार पर। गांधी जी ने हमेशा सदाचार अपनाया और धार्मिक ढाँचे की कोई परवाह नहीं की।

मुस्लिम संगठन और उनकी गतिविधियाँ साफ दिखाई दे रही थीं। ईसाई संगठन विदेशों में ज्यादा सक्रिय थे परंतु उनका प्रभाव भी भारत में तेजी से फैल रहा था। इसकी प्रतिक्रिया में हिंदू संगठन बने। सबसे पहले राष्ट्रीय स्वयंसेवक संघ, हिंदू संगठन के रूप में सामने आया। हालाँकि इसके संस्थापक केशव बलिराम हेडगेवार यह अच्छी तरह जानते थे कि भारत जैसे बहुधार्मिक देश में इस प्रकार का धार्मिक संगठन बनाना ठीक नहीं है परंतु उन्हें हिंदू समाज के हितों की बहुत चिंता थी। बहुत सोच-समझकर उन्होंने अपने संगठन का नाम 'राष्ट्रीय स्वयंसेवक संघ' रखा। हिंदू हितों से बात शुरू करते हुए वे उसे राष्ट्रीय हितों तक पहुंचाना चाहते थे। अपने जीवन काल में उन्होंने ऐसा किया था। अब तक सभी सर संघ चालकों के दिमाग में यह स्पष्ट है कि हिंदुओं के हितों के साथ राष्ट्रहित सर्वोपरि है।

कालांतर में विश्व हिंदू परिषद, बजरंग दल आदि कई हिंदू संगठन बने और वे सक्रिय भी हैं परंतु यह बुनियादी सत्य है कि हिंदू धर्म कोई संगठित धर्म नहीं है। यह एक विचार-दर्शन है और यही इसकी सबसे बड़ी विशेषता है।

15 अगस्त, 1872 को कलकत्ते में जन्मे अरविंद घोष ने अपनी प्रारंभिक शिक्षा इंग्लैंड में पाई। इनके पिता इन्हें भारतीय संस्कृति और धार्मिक शिक्षाओं से दूर रखना चाहते थे परंतु हुआ इसका उलटा। इंग्लैंड से शिक्षित होकर वे भारत आए और स्वतंत्रता आंदोलन में सक्रिय हो गए। बाद में उनका आध्यात्मिक रुझान हुआ और वे योग साधना करते हुए महर्षि अरविंद के रूप में विख्यात हुए। पांडिचेरी में उनका विशाल आश्रम है। 'सावित्री' नामक उनका ग्रंथ बहुत प्रसिद्ध है।

11 मई, 1895 ई. में एक महान दार्शनिक का जन्म हुआ, जिनका नाम था जिद्दू कृष्णमूर्ति। ये पूरी तरह जाति, राष्ट्रीयता और संगठित धर्मों

के ढाँचों से बाहर थे। इनके व्यक्तित्व में वेदों का उद्‌घोष 'वसुधैव कुटुंबकम्' सार्थक होता है। इन्होंने आत्म साक्षात्कार के पश्चात् सारी दुनिया का भ्रमण किया और मानव मात्र को जाति, राष्ट्र और संगठित धर्मों के पाखंड से बाहर निकलकर स्वयं में स्थित होने की प्रेरणा दी। वे किसी भी मठ, मंदिर, संप्रदाय, समाज, राष्ट्र आदि में विश्वास नहीं रखते थे। उनकी शिक्षाएँ समूची मानवता के लिए हैं। उन्होंने आपसी प्रेम, करुणा और सद्‌भाव का प्रचार किया। इन्हें ही धर्म का मूल बताया। वे पंडित, पुरोहित, आचार्य और गुरुओं आदि की भी आलोचना करते थे, उन्होंने अपने लिए सत्य मित्र की भूमिका स्वीकार की। उनके विचारों में पहली बार एक विशाल और व्यापक दर्शन दिखाई देता है। उन्होंने इस धरती पर मानव मात्र के लिए काम किया। यदि हिंदू धर्म के पूरे विकासक्रम को ईमानदारी से देखें तो आपको इसी विचार-दर्शन की व्यापकता दिखाई देगी।

11 दिसंबर, 1931 को एक और महान दार्शनिक का जन्म होता है, जो शुरू में आचार्य रजनीश और बाद में ओशो के नाम से विख्यात हुए। ये एक महान व्याख्याकार थे। विश्वविद्यालय में दर्शनशास्त्र के प्राध्यापक होने के पश्चात् उन्होंने नौकरी छोड़ दी और स्वतंत्र रूप से प्रवचन देने का कार्य किया। इनकी वाणी में आश्चर्यजनक सम्मोहन था। प्रखर वक्ता थे। इन्होंने बुद्ध, महावीर, लाओत्से, गीता, लगभग सभी उपनिषद्, पतंजलि योग सूक्त, नारद भक्तिसूक्त और समूचे भक्ति साहित्य पर लंबी प्रवचन मालाएँ आयोजित कीं। भारत में शायद यह पहला मौका था जब लोग टिकट लेकर इनका प्रवचन सुनने जाते थे। इन प्रवचनों को बाद में पुस्तकाकार रूप में प्रकाशित किया गया। आज इनकी पाँच सौ से ज्यादा पुस्तकें उपलब्ध हैं। वेदों को छोड़कर लगभग संपूर्ण धार्मिक साहित्य पर ओशो ने बोला है और उन पर उनकी पुस्तकें उपलब्ध हैं। वे अद्‌भुत व्याख्याकार हैं। आधुनिक भाषा शैली में उन्होंने हिंदुओं के संपूर्ण वाङ्मय की व्याख्या की है। इन पुस्तकों को पढ़ना निश्चित रूप से नए अनुभवों से गुजरना है। इसके अलावा ओशो ने ध्यान की कई विधियाँ विकसित कीं, जिसमें 'सक्रिय ध्यान' बहुत महत्त्वपूर्ण और लोकप्रिय है। देश में जगह-जगह आपने ध्यान शिविर आयोजित किए और आदमी को आत्मकेंद्रित होना सिखाया। जीवन के उत्तरार्ध में वे अमेरिका चले गए। उन्होंने वहाँ 'रजनीशपुरम' नाम से विशाल आश्रम स्थापित किया। अमेरिका सरकार को उनकी बढ़ती लोकप्रियता पसंद नहीं आई। उन्हें वहाँ से

निष्कासित कर दिया गया। कहते हैं वहाँ उन्हें थीलियम नामक धीमा जहर दे दिया गया था। वे वहाँ से भारत आकर पुणे स्थित अपने आश्रम में रहने लगे थे। कुछ समय पश्चात् उनका देहांत हो गया। अपने समय में उन्होंने सामान्य जन के साथ-साथ पूरे बौद्धिक जगत को प्रभावित किया। उनके आश्रम में बड़े राजनेता, नामी फिल्म स्टार, ख्यात पत्रकार, कवि, लेखक आदि सभी वर्गों के लोग बड़ी संख्या में देखे जाते रहे हैं। उनकी सबसे बड़ी देन ये है कि उन्होंने बृहद धार्मिक साहित्य, जो प्रायः संस्कृत में प्राप्त था उसको सरल हिंदी भाषा में व्याख्यायित करके हमें सहज उपलब्ध करा दिया। उपनिषद्, गीता, तंत्र, योग, भक्ति और लाओत्से आदि पर उनका विवेचन पढ़ने लायक है। वे भारतीय ज्ञान- परंपरा के अद्भुत मनीषी थे।

इक्कीसवीं सदी में आकर जब हम हिंदू धर्म पर विचार करते हैं तो कई बातें सामने आती हैं। पहली बात तो बहुत स्पष्ट है कि अतीत में जिसे हम सनातन धर्म, वैदिक धर्म, आर्य धर्म कहते रहे हैं, उसका ही एक नाम हिंदू धर्म है। यह बात भी बहुत स्पष्ट है कि अरबों के आक्रमण पूर्व के भारतीय वाङ्मय में हिंदू और हिंदुस्तान शब्द का उल्लेख नहीं मिलता इसलिए यह मानना सर्वथा उचित है कि अरबी-फारसी में 'स' को 'ह' कहने के कारण अरबों ने सिंधु नदी के इस पार के स्थान को हिंदुस्तान और यहाँ के धर्म को हिंदू धर्म कहा। कालांतर में अमीर खुसरो के समय क्षेत्रीय भाषाओं और अरबी-फारसी के शब्दों को मिलाकर हिंदवी भाषा चलन में आई। बाद में भारतेंदु हरिश्चंद्र के युग में खड़ी बोली आई, जिसे हिंदी नाम दिया गया। इस प्रकार हिंदी, हिंदू और हिंदुस्तान ये नाम हमारी संस्कृति में आए। हिंदू धर्म को वर्तमान संदर्भों में यदि हम भारतीय धर्म कहें तो ज्यादा समीचीन होगा। भारतवर्ष और भारतीय धर्म कहते हुए आप अपनी पौराणिक परंपरा से जुड़ते हैं।

मुख्य रूप से धर्म में हमें दो पक्ष दिखाई देते हैं; एक नैतिक आचारण, दूसरा उपासना पक्ष। सभी धर्म नैतिक आचरण पर बहुत जोर देते हैं। समाज में सद्भाव, सहयोग और पारस्परिक प्रेम का संचार हो इसलिए नैतिक आचरण के लिए हर धर्म ने कुछ नियम निर्धारित किए, जिनका कड़ाई से पालन करने का आग्रह धर्मों में दिखाई देता है। इधर नैतिक आचरण का महत्त्व लोगों की समझ में आया और सहज रूप से इसे अपनाने की बात मानी जाने लगी। अर्थात् नैतिक होने के लिए आस्तिक होने की जरूरत नहीं

है। प्रायः देखा यह गया कि तथाकथित आस्तिकों की तुलना में कई नास्तिक ज्यादा नैतिक पाए गए। क्योंकि वे अपनी नैतिकता को अपना कर्तव्य मानकर पालन कर रहे थे। इस प्रकार हम कह सकते हैं कि समाज में नैतिक आचरण का प्रचार-प्रसार हो और एक स्वस्थ समाज बने, इस सद्इच्छा के साथ धर्मों ने नैतिकता पर बहुत जोर दिया। दूसरा पक्ष है, उपासना का। आधुनिक मनोविज्ञान यह कहता है कि हम जैसा सोचते हैं, वैसे ही होते चले जाते हैं। धर्मों में पूजा, उपासना की पद्धति इसी विश्वास के साथ पैदा हुई। विभिन्न देवी-देवताओं की पूजा, अर्चना उनके गुणों को आत्मसात करने का प्रयास किया है। इसके साथ यह विश्वास भी पल्लवित हुआ कि इन देवी-देवताओं के कहीं लोक होंगे, जहाँ मृत्यु उपरांत हमारा जो जीवन है, हम वहाँ सुखपूर्वक व्यतीत करेंगे। इस प्रकार यह धारणा आई कि अच्छे कर्म करने वालों को अच्छे लोक और बुरे कर्म करने वालों को मरणोपरांत बुरे लोक प्राप्त होंगे। यदि यह सत्कर्मों के लिए प्रलोभन और बुरे कर्मों के लिए भय की बात भी है तो क्या बुरा है? इन्हीं विश्वासों के साथ पुनर्जन्म की अवधारणा सामने आती है, जिसमें अच्छे और बुरे लोकों में कर्मानुसार फल भोगकर जीव को पुनः भूलोक में जीवन प्राप्त होता है। यह क्रम लगातार चलता रहता है। इसके साथ यह मान्यता भी है कि कर्मों के अनुसार यहाँ जीव को विभिन्न योनियों में जीवनयापन करना पड़ता है।

भारतीय धर्म परंपरा में एक अवधारणा है, मोक्ष की। योगियों का कहना है कि शरीर नष्ट होने के बाद इसके सारे अवयव (क्षित, जल, पावक, गगन, समीर) बाहर अपने बड़े भागों में जाकर मिल जाते हैं। एक छठवाँ तत्त्व भी है, जिसे 'चैतन्य' कहा गया है, जिसके कारण शरीर में जीवन है, वह भी अपने बड़े भाग से मिलने का प्रयास करता है। माना गया है कि बड़ा भाग पूरी तरह शुद्ध और निर्विकार है, जिसे योगी जन निराकार, ब्रह्म कहते हैं। जब मनुष्य के भीतर का चैतन्य (इसे आत्मा कहते हैं और बड़े भाग को परमात्मा।) ध्यान साधना से बड़े भाग जैसा शुद्ध और निर्विकार हो जाता है, तब शरीर छूटने के पश्चात वह अपने बड़े भाग में समाहित हो जाता है, इसे मोक्ष कहा गया है। परलोक की धारणा किसी न किसी रूप में दुनिया के सभी धर्मों में दिखाई देती है। मोक्ष के पश्चात आत्मा का इस जगत में आवागमन नहीं होता। आत्मा इन बंधनों से मुक्त हो जाती है। इस प्रकार अब धर्म के तीन सोपान सामने आते हैं, पहला नैतिक आचरण, दूसरा पूजा-उपासना

(इसमें गुणों की प्राप्ति के लिए उपक्रम है।) और तीसरा है, ध्यान-साधना (यह मोक्ष के लिए किया गया प्रयास है।) ये तीनों बातें सार्वभौमिक हैं इसलिए धर्म के आगे कोई संज्ञा लगाने की जरूरत नहीं रह जाती।

इक्कीसवीं सदी में जब सारे विश्व में ज्ञान का विस्फोट हुआ है, तब राष्ट्रीयता की सीमाएँ कमजोर हुई हैं। अब उस तरह के राष्ट्रवाद से लोग प्रभावित नहीं होते जैसे हिटलर के युग में द्वितीय विश्वयुद्ध के समय होते थे। अब हम भूमंडलीकरण के युग में जी रहे हैं। इसी प्रकार दुनिया भर में संगठित धर्म की दीवारें भी बहुत कमजोर हो गई हैं। मेरा मानना है कि अब संगठित धर्मों का कोई भविष्य नहीं है। जाति, धर्म, समुदाय और राष्ट्रों की दीवारें अब बहुत जर्जर हो गई हैं। अब हर बात को वैश्विक स्तर पर सोचा जाता है। व्यक्ति स्वातंत्र्य इस युग का सबसे बड़ा मूल्य है। हम वैदिक संदेशों पर तनिक विचार करें। सभ्यता के प्रारंभिक काल में भारत के मनीषियों ने यह सोच लिया था कि मानव मानव को बाँटने वाली सब तरह की दीवारें बेमानी हैं। उस युग के ऋषियों ने उद्घोष किया था सर्वे भवन्तु सुखिनः सर्वे सन्तु निरामया एवं वसुधैव कुटुंबकम्। उस युग में भारत के निवासियों ने सारी पृथ्वी और समूची मानवता के कल्याण की बातें सोची थीं। इस सत्य को स्थापित होने में इतनी सदियाँ लग गईं।

इस प्रकार वर्तमान संदर्भों में जब हम हिंदू धर्म की व्याख्या करते हैं तो वह एक विशाल और व्यापक विचार-दर्शन के रूप में सामने आता है, जिसमें सारी मानवता समाहित है। जहाँ तक संस्कृति का सवाल है, इसमें विभेद हो सकते हैं क्योंकि यह जीवन शैली, परंपराएँ और प्रचलित रीति-रिवाजों से संबंधित है। संस्कृति बहुत हद तक भौगोलिक स्थितियों, जलवायु और क्षेत्र विशेष के कृषि उत्पादन, उद्योग आदि पर निर्भर करती है। इस प्रकार संस्कृति में विभेद हो सकता है और होना भी चाहिए यह सहज स्वीकार्य है। परंतु धर्म तो अंतर्जगत के रहस्यों को जानने का परम विज्ञान है, इसको अलग-अलग नाम दिया जाना ठीक नहीं है इसीलिए भारतीय मनीषा ने प्रारंभ में ही धर्म को सिर्फ सनातन धर्म कहकर छोड़ दिया था। ध्यान रहे सनातन शब्द यहाँ संज्ञा के रूप में नहीं विशेषण के रूप में व्यवहृत है। इस प्रकार आज यह बात बहुत सार्थक लगती है कि धर्म को सिर्फ धर्म रहना चाहिए, उसे अब किसी अतिरिक्त संज्ञा की जरूरत नहीं है। यहीं मुझे जे. कृष्णमूर्ति याद आते हैं, जिन्होंने धर्म की ऐसी ही व्याख्या प्रस्तुत की है। कहने का

तात्पर्य यह है कि विश्व व्यापक धर्म के बीज सदियों पहले सनातन धर्म के रूप में हमारे पास विद्यमान थे। आने वाली सदियों में इन बीजों को पल्लवित और पुष्पित होना है।

राष्ट्रीय सीमाएँ धीरे-धीरे बेमानी होती जा रही हैं। जातियों का कोई महत्त्व नहीं रह गया है। धर्म सार्वभौमिक होता जा रहा है, जिसमें चिंतन, मनन और ध्यान की परंपरा मानव स्वतंत्रतापूर्वक अपना रहा है। इस प्रकार कह सकते हैं कि हम सर्वे भवन्तु सुखिनः, सर्वे सन्तु निरामया के लक्ष्य की ओर तेजी से अग्रसर हैं।

धर्म का क्षेत्र बहुत व्यापक है, जैसे विज्ञान का। पदार्थ के रहस्य जानने में हमने बहुत सफलता पाई है। सारी दुनिया ने मिलजुलकर इस दिशा में प्रयास किया है। इसी प्रकार चेतना के रहस्यों का भी बहुत विस्तार है। धर्म उन रहस्यों को खोजने का कार्य करता है। कई मनीषियों ने इस क्षेत्र में महत्त्वपूर्ण उपलब्धियाँ अर्जित की हैं। अब आवश्यकता है कि सारी दुनिया के लोग मिलजुलकर इस दिशा में कार्य करें तभी मानवता के कल्याणार्थ नए आयाम स्थापित किए जा सकते हैं। कितना अच्छा हो कि हम 'वसुधैव कुटुंबकम्' के उद्घोष को याद करते हुए प्रगति पथ पर अग्रसर रहें।